文明を問い直す

― 一市民の立場より ―

復刻版の発刊に寄せて

北村　栄

「君らは、自分が努力して大学に受かったと思っているかもしれないが、それは大間違いだ！　思い上がるんじゃない！」

「大学に受かったからといって物事が分かった気になるな！」

「地球は動いているかどうか。地球は丸いかどうか、君らはどう思うか！」

一九七四年、合格気分が残る大学に入っての最初の講義で、おっかない顔で、口から泡を飛ばす勢いで激しくたたみかけられた梅津先生の、我々新入生への第一声である。

この先生は何だ！　何を言いたいんだ、と思った。そして、「地球は、自転、公転しているし、球形です」との学生の答えに、「本当にそうか！　地球は動いてなぞいないし、丸くもなく平らだ！」と激しく叱られた。どうして？

それから、数十年、ずっと心に決めたことがあった。この本の復刻である。

この名古屋大学の教養部での梅津先生との出会い。その偶然が、私のその後の弁護士としての活動・ライフワークに、また私の人生に、大きな、またたくさんの仕合わせをもたらしてくれた。先生がよく言っておられた「仕合わせとは『偶然の出会い』である」ことを何十年か経って、心から実感をしている。

梅津先生は、山形県の羽黒山麓の出身で、実家は古くからの修験道の宿坊だが、長男の先生は親の反対を押し切って英文学者を目指された。先生は英国の詩人・版画家のウィリアム・ブレイクにひかれ（物事の本質を見透す直感のすごさに共感されたのだろう）、一九八九年『ブレイク全著作』で日本翻訳文化賞を受賞するなど、我が国のブレイク研究の第一人者でもあるが、先生は「第一人者」というような権威付けの表現は大嫌いなので、ここはブレイクの研究家とさせていただく。

先生のすごさは、ブレイク研究に留まらなかった。戦後まもなくアメリカに渡航したときのことから折に触れて綴られた先生の珠玉のエッセイは、まさに何百年と先まで我々の指針となる「梅津哲学」と呼ぶべきものである。そのエッセイというにはまるでふさわしくない「魂からの叫び」ともいうべき先生の珠玉の言霊が文字になり、一冊の本にまとめられたのが一九七九年に出版された『素人の立場―文明を問い直す―』であった。

しかし、残念ながら絶版になって久しく、その後は高値がついた古本でしか手に入らず私もネットで何冊か購入した。が、ある時その書評（レビュー）に釘付けとなった。そこには熱くて深い、私と同じような、この本への溢れんばかりの思いが綴られていた。

「多くの学生が梅津先生の授業を聞くために並んで授業を選択したその梅津先生の書であります。人類が抱える現代の問題を勉強し続け考え続け訴え続けた梅津先生の渾身の書です。現代に生きるための根本の哲学をこれ以上わかりやすく示した本がほかにあるでしょうか。愚かな存在である人間が、愚かであることを自覚し、愚かであることにしょげるのではなく、胸を張って生きること、自信をもって生きることの哲学を示した本があるでしょうか。そして、現在の最大の問題である原子力の問題を何十年も前に予言し、その予言が的中しないことを心から望んだ感動的な先生の講演の一部が本となって残っていることに心から感謝するものでもあります。多くの人が読むことができるように文庫本でどこかの出版社が出版してくださらないかと心から願うものであります」

この方も、梅津先生の言葉を全身に浴びた方なのだろう。ここまで本書と梅津哲学の神髄を端的に表されていることに驚く。

まさに、先生の思想は、現代の我々が、また未来の人々が、どうしても身につけなければならない哲学（基本的なものの考え方）なのである。

梅津先生は、原爆や水爆などの核兵器や原発を許さなかった。原爆の製造に関係したノーベル賞受賞者を徹底的に調べ上げ非難し、百点のつかない愚かな人間が原発を扱うことの危険性を六十年以上前から警告していた。現代の世界の哲学者達が、原爆が投下されても、福島第一原発事故が起きても、人類が原子力を使い続けるうかつさはどこからくるのかにつき、「人間は、あまりに被害が大きすぎると想像力が欠如する」と解明しているが、梅津先生はまさにそのことを半世紀以上前から指摘し（本書末尾の藤田氏の「人間の形の図形を六百万描いてみろ、それを描く手の疲労という感覚によって……事件の大きさがほんの少し分かるというのが人間なのだ」参照）、我々一人ひとりの生身の人間との関係値、反応値で物事を見ることを口を酸っぱくして唱えていたのである。

私は弁護士として、梅津先生の志を継ぎ、庶民の人々の仕合わせ、そして平和な世界、原子力のない世界の実現を目指してきているが、大きな権力や組織がその前に立ち塞がり、裁判を通じても、日頃の活動・運動を通じても、変えていくことが正直とても困難な現状に直面している。

しかし、一人ひとりの人間がこの梅津哲学を根底に持つことになれば、自ずと争いのない平和な世の中が、愚かな我々人間が胸を張って生きていける世の中が実現するであろう。そのためにも、この本は、これから、とても、とても重要な本になると思う。

今回の復刻にあたって、この梅津哲学に共鳴いただいた「読書のすすめ」の店長清水克衛さん、小川貴史さん、そしてこれまた共鳴して発刊していただいたエイチエス株式会社の斉藤和則さんに心から感謝申し上げます。

清水さんの提唱する「逆のものさし思考」は、現代社会及びこれからの人類にとってとても重要な考え方だが、「地球は丸くない、地球は動いてなぞいない」と、断じて強く言い張る梅津哲学も、またとても重要な「逆のものさし思考」である。

梅津先生は、終戦直後渡米した際「アメリカ人と日本人はどう違うか」との演題希望に従わず、いかにアメリカ人と日本人は人間として似ているかを力説された。

「平和というものも、人は如何に似たものであるかを小さいときから教えて子どもを育て教育することによって必ず達成できたのではなかったか」との自らの実践である。

ここまで「梅津哲学」と書いてきたが、何も難しいものではない。読んだ方は皆、言葉の端々から溢れる梅津先生の大きな愛とやさしさと勇気に、心があたたかくなり、またよくここまで言ってくれた、というスッキリ感を味わうことになるだろう。

世の中のために、また、私たちの子孫のために、ぜひ広めていただきたい一冊である。

最後に、本書復刻版には、教え子のご協力により、十二編もの貴重な未掲載原稿を新たに追加することができた。これで梅津哲学の全集ができたことになる。

亡き梅津先生、そして梅津ファンにはとても喜んでいただけると思っている。

（きたむら・さかえ　名古屋第一法律事務所　弁護士）

増補版に際して

『素人の立場』を出して以後の世に訴えるということは、ほとんど専ら講演という形をとることになって現在に至っているのであるが、その間にも、書かされた小文が十篇ほどあり、また、定年で名古屋大学を去るに当たっての最終講義も、専門の英文学に関するものではなく、やはり、世に訴えるという内容のものであったので、これをも加え、本の題名も、『文明を問い直す——一市民の立場より——』と変えて、『素人の立場』の増補版を出すことにしたのである。

一九八七年七月

梅津濟美

まえがき

世の片隅にいて、よくもこう、世に訴えるといった色合いのものを書いてきたものだと思う。原稿依頼があったとき、示された題目が、その時言いたいと思っているものに関連がなさそうだと、断った場合が多かったし、かくかくの別の問題についてなら書きましょうと、主題を変えてもらったことも何度かあった。こういうわがままな私にも、書く機会を与えてくださった方々に対し、あらためて、心から、感謝申し上げる次第である。

世に訴えたい、ということの最大の力になったものは、私の場合、原子力爆弾であったが、そのほかに働いた大小さまざまな力の中で、はっきりと記憶に残る亡友のある日の話がある。それをここに書くことをお許し願いたい。

友の名は、石黒秋生。東大農学部の学生であった彼は、在京学生のために郷里の人々が建ててくれた寮、荘内館に私と一緒に入り、偶然隣部屋に寝起きすることになったのが縁で、またえらく気が合って、たちまち親しくなったのであった。両膝を両手で抱きながら、ぽつりぽつりと、時に恥ずかしそうに、物を言う彼の姿が見えるようである。

その日も、その姿勢で、その口調で、彼は、自然の均衡ということについて語ったのであった。

自然は大きく奥行きが深くて、人間の知恵ぐらいで、人間の都合ぐらいで、いじってはいけない。自然の中の生物は、人間ももちろんその一種類に過ぎないのだが、複雑に依存し合っているもので、ある生物を食うものの存在は、その依存関係をたどってゆくと、食われる生物の幸福に不可欠に必要なものなのだ。つまり自然の敵（今は多く天敵と呼ばれるようだが、彼は自然の敵という言葉を使った）は、目前の敵ではあっても、ついには味方なのだ。

彼はその日、アキトウヤという人の本を貸してくれた。満州に移民した人々が彼の地においても日本流の生活様式を続けようとして種々の失敗を重ねているのを見兼ねた著者が、大学の職を捨てて現地の人々の生活の実態を調べ、満州の自然に従順な現地の人々の生活習慣こそが合理的で文化的で正に見習うべきものであり、人間はその地の自然に反逆しては生きられないものだ、と説く情熱について、熱っぽく語ったのであった。

彼は昭和十九年五月十三日、満州の錦州という所で、特別操縦見習士官として、飛行訓練中に死んだ。過日、数え年八十歳になられる彼のお母さんに、アキトウヤの本が彼の遺品の中にないかを調べてもらったのであったが、それはなく、彼の妹さんと結婚しているやはり荘内館時代以来の友、富士通川崎病院長、内山敬司君が、旧制二高、東大医学部、東大馬術部の先輩として、筆名・安騎東野（本名・宮本璋）氏のことを、個人的接触の話も含めて、知らせてくれたのであった。宮本氏は情に厚い大人であったという。

私が、約三十年前、ＤＤＴについて、曲がりなりにも的を射た着眼ができたのには、他に、寺田寅彦の『天災と国防』の影響などもあったが、この若き友の話は、あの日受けた瑞々しい感動と共に、忘れることができず、その後の私の物の考え方の一つの底流になったのであった。

女手ひとつで育ったこの優れた友の若きいのちを奪った戦争、それは私の終生許すことのできないものである。戦争を憎みつづけること、戦争を、いや日常の生活をも、ますます不幸なものにしているように見える自然科学の進歩に対して疑問を投げ続けること、これは、亡き友に供える私の一本の線香である。

最後に、私に世に訴えたい雑文のあることを知られると、その出版をすすめてくださり、さらにそれを引き受けてくだされた渡部喜一氏に対し、前二著の場合同様、篤くお礼申し上げます。

一九七九年八月六日

梅津濟美

文明を問い直す

第一章

学問のあり方を考える

第二章

学生と共に、ほか

第三章

アメリカから

第四章

増補

第五章

復刻版追加

第一章

学問のあり方を考える

ある座談会について

去年国際理論物理学会が日本で開かれた時、『朝日新聞』はその出席者数名を招いて座談会を催し、九月十五日から三日間にわたってその記事を載せた。題は、「原子力時代と日本の将来」。出席者は、藤岡由夫、ウィーラー（米）、パイアールス（英）、ペラン（仏）、バーバー（インド）、朝永振一郎、渡辺慧、湯川秀樹の八名、藤岡教授が司会を務めた。三日間に分けて掲載された記事には、それぞれ副題がついていた。曰く「全体と部分の関係」曰く「食卓ナイフと殺人」曰く「廃せよ近視眼的見解」。二番目の副題はいささか説明を要する。インドのバーバー博士が次のようなことを言った。

「……いささか哲学的な注意でありますが、原子力を探求するなという議論はあたかも食卓の上にナイフを置いておくと、それを殺人のために使われるといけないと言って使うのをあきらめるのと同じことであります」

この言葉から取ったものであった。三つの副題はこれをまとめて言ってみると、原子核研究と原子力研究、すなわち原子物理学と軍事目的のための原子力というものが往々混同して考えられているが、原子力研究は原子核研究のほんの一部分に過ぎないものである、全体と部分の関係にあるものだ。食卓ナイフは殺人に使えば使い得る、原子力の研究をやめよと言うのは食卓ナイフを使うなと言うのに同じである。基礎的研究はやがては実用に利用できるものだ、今すぐ役に立たなくとも、それだからといって原子物理学の研究を軽く見るのは近視眼的見解だ。まあこういったものである。これで分かることは、世間の人が原子物理学者を目して、あいつらが原子力を研究しているのか、けしからん、と考えたりすることは誤解なのだという学者たちの発言が、この座談会の大部分を占めた内容であったということである。

ビキニの灰事件は日本はもちろん世界を驚かしたのであるが、この事件が未だ起きておらない去年の秋に、世界一流の原子物理学者たちが、何やら世人に対して弁解的な話し合いをしていることは注目に値する。当時私はこの記事を読んで、受け持っていた学生たち全部に座談会の批判をしたことを覚えている。以下は少しく同じ批判を書いてみる。

まず「食卓ナイフと殺人」というバーバーの話である。この例え話はちょっと気が利いていて、ははあなるほどとうなずかせるものをもってはいる。しかし原子力は食卓ナイフと同じ性質のものであるのか。食卓ナイフはその使用法をほとんど万人が承知している。もっともそれを殺人に使用した人はあった。イギリスの名随筆家チャールズ・ラムの姉メアリは、家が貧乏で針仕事をして家計を助けていたが、ある弟子の針子が生意気なことを言った。その頃メアリは極度の神経衰弱状態にあったために、怒ってその弟子を部屋中追っかけ回した。テーブルの上に置いてあったナイフを持って追っかけた。ところが母親がそれを止めた。メアリはナイフを発作的に母親の肩に突き刺して即死させてしまったのである。しかしメアリは精神異常だという理由で罪にはならなかった。メアリのような狂人に近い者なら別だが、我々は皆、肉を切ったり、果物の皮をむいたり、ちゃんと食卓ナイフを本来の目的つまり平和的な目的のために用いることができる。すなわち人間は食卓ナイフの主人公なのである。ところが原子力はどうか。ビキニの灰事件が起こった後では、実に多くの人々が、原子力はもはや人間の制御力を越えたものになったといまさらのごとく言ったが、このことはビキニの灰事件を待つまでもない。いわゆる世界の大国なるものがいくら話し合っても、それを国際管理にしたり、平和目的にのみ利用することを成し得ないでいる。人間は原子力の使用法を知らない、いや知っていても実行することができない。これは知らないということである。すなわち人類は原子力の主人公ではないのである。バーバー流の例え話で人間と原子力の関係を言うなら、雷管のついているダイナマイトを、群がり遊んでいる三歳の子供たちの真っただ中に置くようなものだとでも言ったら、それこそ当てはまるのではないだろうか。学者などというものは少しばかり頭がよいので、このようにそれだけの範囲内ではちょっと論理が通っていて、人をうなずかせるようなことを言うものだ。

次に「全体と部分の関係」という問題。パイアールスは言っている。

「この座談会にお集まりの方々はもちろんこのような混同はありませんが、学者以外の間において、この原子力研究と、原子核の研究というものの混同があることは事実です。……しかし実際のところは、原子力研究というものは、原子核研究のほんとの小さな一部分に過ぎないもので、全体の原子核研究のうちからいえばせいぜい五パーセント程度のものが原子力研究に相当するということも言えましょう」

これに続いてウィーラーは、アメリカでいわゆる軍事研究、秘密研究に携わるものは全体の研究者の二、三パーセントにすぎないと言い、パイアールスは、原子力研究で取り扱われるエネルギーが大体百万電子ボルト程度であるのに比し、原子核研究の場合は二千万から十億電子ボルト程度のエネルギーが研究の対象になることを述べ、盛んにいわゆる「学者以外の間において」ある混同が間違っていることを説いている。さらにウィーラーは、

「ここで付言したいことは、このような原子核の実験においては原子力の実験よりも高いエネルギーを使っているということから、その高いエネルギーがまた原子力あるいは軍事的な目的に使われはしないかという疑いが起こるかもしれないが、それはとんでもないということはお分かりのとおりである」

と言い、その下の所には（笑声）とある。何人かが「それはとんでもないということはお分かりのとおりである」という言葉を聞いて、笑ったのである。この（笑声）という書き入れはちょっと気になる。先にパイアールスが「この座談会にお集まりの方々はもちろん云々」「学者以外の間において混同のあることは云々」といったのもそうであるが、この笑声の中には、自分たち学者だけが分かっているという一種の優越感と、分かっていない世間一般に対する一種のさげすみの気持ちが軽く働いてはいなかったろうか。そのような気持ちがなかったとしても、専門分野の知識から、すなわち理論から、そのように高いエネルギーは絶対に軍事目的に使い得ないということがそこで割り切れ

て、そこに一種の軽い愉快な気分を味わうということはなかったであろうか。

しかし、世間一般のいわゆる混同は、いくら専門的知識、例えば百万電子ボルトと十億電子ボルトの違いということを教えられても、ああそうですか、と言って割り切れてしまうものではない。食卓ナイフは気違いでもなければそれで人を殺しはしないが、そして使ったとしてもせいぜい一人しか殺せないが、また気違いと分かっておればナイフのような危険なものを付近に置かなければ殺人を防げるが、原爆や水爆は、そんなものを使う奴は気違いさ、と言ってはすまされないのである。しかも原爆や水爆は、それを使ったし、また使う可能性のあるものは気違いでも何でもない。特別に悪い人間であるアメリカ人と言ってもおかしい。それは我々人類という総体なのである。原子力を使いこなせないのは人間である。世間一般の全体と部分の混同、部分をもって全体を否定しようとするごとき見解は、実は死にたくないということの主張なのである。この主張くらい合理的なものはない。この主張の合理性に比べたら、全体と部分の混同というごとき論理の誤りは、その重さにおいて百に対する一にも足りないであろう。学者たちはこの大きな合理性を認めていない。少なくともそれに言及していない。混同をして、原子力を探求するなという世間一般の声にこそ最も大きな合理性を認めてやるべきものではないだろうか。しかもバーバーは言っている。

「実際この十億電子ボルトというようなものができているけれども、当分は何にも役に立たないことはほとんど明確です」

「当分は」であり、「ほとんど」である。どうして我々は混同は間違っていると説明されて、はいそうですかと引き下がることができようか。しかもさらに次のような発言があるのである。

ウィーラー「一般的にいって世間の人の間にこの混同が行われていることは事実であります。しかし世間というものは持合いでありまして、結局軍事的な研究というものと平和的な研究というものは非常に複雑にこみ入っているわけであります。陸上で使う発電量が一億キロワットとすれば海上における発電量は六千万キロワットで原子力を使うようになると海軍が最初に使いだすことは明らかであります。……しかも海軍は金をたくさん持っているから、その研究を続けていくことは当然の成り行きです。このように海軍が研究費を使ってやってくれれば何も民間がわざわざ金を使って競争する必要はない。むしろ海軍にやらせておいてその結果いいものができたら民間でそれを使えばいいのじゃないかと思う。すなわち平和的利用は実は軍事的利用に依存するという事情があるものだ」

パイアールス「……コストの問題については結局イギリスのようにすでに軍事研究のあるところでは軍部が研究の大部分の費用を賄ってくれます。それがのちに原子力の平和的利用に使われることになる訳ですが、その実現はしばらく先のことでしょう」

これらの発言は、アメリカおよびイギリスにおける研究の現状が文字どおり軍事的研究の先行という形をとっていることを示しているのである。そしてそのことは研究費の問題と不離な関係にあることをも語っている。軍部がそのように巨大な財力を消耗しているわけである。

いささか逆説めくが、軍事的研究ということは武装の研究ということで、本来自分を守るためのものである。死にたくないという欲求が人に武装をさせる。相手に殺されるかも分からないという恐怖は、実は死にたくないということがなければ、生じないはずのものである。生の主張が武装の原因である。生の主張が武装の研究にこのように巨大な費用を払わせ、その結果できてきた武装が逆に生の欲求をひどく脅かすという、正に悲劇的な矛盾の場に人類は今立っているわけである。原子物理学者のみが「混同」をしないで、この矛盾の圏外にいるわけではない。かえって世間一般よりは正にその矛盾に生きていると言ったほうがよいのである。世間一般は主として生の主張のみをしているので、「全体と部分の間の混同」の背後に、強い生の主張が働いているのだということは、前述したとおりであるが、自分たちの生の主張が実は武装手段の研究を行わしめたのだということはあまり考えない。原子物理学者の場合、自分をも含めた人間全体の生の主張が武装の研究をさせているのだということは考えないまでも、自分一個の生の主張の手段たる自分の職業というものが、その主張をはね返す力となって逆に働いてくるということは、他の職業の人々よりも強く感じているはずである。ところがこのことはあまり語られていない。誤解だ誤解だと言ってこのように説くのは、実は自分たちの職業を守ろうとしているに過ぎないのである。労働組合員が首切り反対を叫ぶのと同じなのである。これについてウィーラーは面白いことを言っている。

「アメリカでの国家予算委員会で現在物理学者によって非常に高いエネルギーの加速器が使われていることが話題になり、これが何か軍事的に用いられやしないかとの問いに対し、それに答え、結局これはスポーツマンが自分自身の目的のためにレコードを破ろうとしているようなものだと答えたという話があります」

「自分自身の目的のために」なのである。生まれて大きくなってみたら、頭が少々他の人よりよくて、学問によってパンを得ることができそうだというので、踏み込んだ道が学者という道であったに過ぎず、学者という職業の分野においても生存競争があるから、「レコードを破ろうとしている」のである。ところがある職業に対してパンを支払ってくれるのは世間であるが、原子力の研究とはけしからんというような見えざる世間の声は、彼らにパンを有利には支払ってくれなくなるかもしれない可能性を暗示する。我々の研究は結局は平和的目的に使われるようになるのです、と言って自分の職業を守ろうとしているゆえんなのである。バーバーは言っている。

「……世界中の国々がともすれば基礎研究は実際の役に立たないという理由のもとに財政的な困難に直面する傾向があります。とくに会社関係においては然りであります。しかしこれは近視眼的な見解であって、純粋研究というものはいつもやがては実用になるということを知って、日本の純粋研究も支持さるべきだと思います」

純粋研究、すなわち原子核研究は軍事目的とは無関係である、また今すぐ役に立たなくとも、やがてはいつか実用になるものだと言っているのである。そもそも純粋研究というものがあるのだろうか。英語では disinterested research（利害を超越した研究）などと言うが、そんなものがあるのだろうか。まずその研究は少なくとも研究者自身にパンを与えるという利益がある。次にその純粋研究なるものによって得られた結果が、研究者だけの（しかもその場合研究者は釈迦やキリストみたいに偉い人でなければ駄目であるが）手に握られて絶対に世の中に示されないのなら、それが人々の不幸を招くようなことに利用されることもないであろうが、事実はいつも先を争って世の中に示される。示された世の中が研究結果を好ましくないものに使った場合、それは学者の知ったことではないという、そういった問題は政治家が処理すべき問題で学問には何ら関係がない、というような言葉はよく聞かれる。一体学者のいわゆる純粋に知的な興味とでもいうものが、それほどの正当化をともなって世の中に売りつけられるだけの値打ちがあるものだろうか。純粋研究は利害を超越した研究で、えこひいきをしないものであるから、物事を純粋科学的に処理することは極めて結構なことである。科学的に物を見るということは、例えば甲なら甲ということに関与する要素を、できるだけ全部考慮に入れて甲を見るということらしい。純粋研究をやっているときは、このような態度ができるだけ厳格に守られるのであろうが、それの結果を世の中に発表して、あとは自分の知ったことではないと言うならば、これくらい科学精神に反した処置はない。世の中は実にえこひいき、利害関係のひどい所なのである。現在の程度にしか達していない人類をいくらはがゆく思い、あるいは気違いと呼んでも、人類の問題に関連して人類のことを処理していくのは、紛れもないこのようなはがゆい人間なのである。かくのごとき人間を考慮に入れて事を処理することこそ科学精神なのであろう。純粋研究者の科学精神は、研究の結果を世の中に発表したその瞬間、これを放棄してしまったのである。このことはとりも直さず、純粋研究者の科学精神なるものは、己れ一個の職業に精を出しているという、程度のもので、別に一般人の職業意識に比べて偉いものでも、また低級なものでもない。一般並みなものである。

最後に日本の学者の発言を引用してみよう。

藤岡「現在の物理学が当面している困難という問題について湯川さん何かお考えがありますか」

湯川「一口に言うと、現在での理論物理は完全な暗ヤミ状態である。実際われわれは実験的な面において断片的ないろいろな知識を持っているが、これを理論にまとめることができないでいる。将来はもちろんこれが総括的な理論にまとめられると思うが、現在の状態ではすぐそのような理論に到達することはできそうもない。すなわち実験の方法が理論よりもずっと先に進んでいて、理論家はいまこれを追っかけて、追いつくというところにあるかと思う」

朝永「パイアールスさんが先日のお話で物理学者を二つのタイプ――一つは西郷隆盛型、一つは菅原道真型にお分けになりました。西郷隆盛型というのは恐らく実効的なタイプであり、実際にできる問題に取り組んでこれを分析し、さらに計算にかけ、さらに理論に進めていけるところまで行こうというタイプであり、菅原道真タイプはむしろ分析的に対して、総合的または芸術的と申しますか、ただちに詳細な点に飛び込まずに、全体を総合的にみて、その中から美しいものを取り出してそれを理論にする型かと思います。今日の理論物理の困難に直面してわれわれが必要とするものはむしろ菅原道真タイプではないかと思います」

私は、司会者の発問が、現在の物理学が当面している困難、という問題であったことにもよるが、これら日本の学者の発言が一番立派であると思った。「現在での理論物理は完全な暗ヤミ状態である」と言い、「実験的な面において断片的な知識を持っているが」と言い、「実験の方法が理論よりもずっと先に進んでいて」と言っているのは、つつましやかな学問に対する態度である。理論よりもずっと先に進んでいる、しかも断片的な実験的方法、つまりえこひいきの世の中において不調和に利用されている科学の知識を、まとめることができないでいること、追っかけて、何とかして調和のある理論を打ち立てようとしている学者のあがき、苦しみ、ないしは非力といったものを率直に告白している。「菅原道真的タイプを必要としている」というのは、断片的に対して総合的な立場、調和のとれた美的な立場からの学問研究が不足していることを認めているのである。ここで言われている総合的とか調和のとれたというのは、原子物理学の体系内でのことを言ったものらしく、それは必ずしも、人類と科学との関係、ダイナマイトを子供の群れの中に放置するということき、不調和で危ない関係をなくしようということを直接意味してはいないようである。しかしその中には、「食卓ナイフと殺人」ということき思い上がった学問の肯定のし方は少しも見られない。私は座談会の記事を読んで、この湯川、朝永両教授の言葉に接した時、やっと少しばかりほっとしたのであった。二発の原爆をすでにわが身に受けた日本の学者であれば、このようにつつましやかな態度を学問に対して持つようになることもあるいは当然かもしれない。しかし学問に対する日本人、特に学者たち自身の態度はむしろ逆なように考えられることが多いのは私ばかりであろうか。二発の原爆に加えるにビキニの灰による莫大な損害と不安、さらに恐らくそのためだと言われている天候不順からくる不作に対する不安、それらを経験している我々日本人は、原爆や水爆を作ったのは何と言っても優秀な頭脳であることを考え、単に感情的にでも、もっと学問などというものに疑問を持つのが当然のように私には思われる。あの頭の良い奴らがよくないのだと腹を立てないのが不思議でならないのである。このような怒りは正しいのだ。学者などというものはたいしたものじゃない。学問などにたいしたもったいをつけてはもらいますまい、戦争をなくする平和な世界は、我々頭もたいしてよくない普通の人間の手で実現するしか方法がないのだ。学者などは、荷馬車引きが荷馬車を引くのに精出すのと少しも違わない気持ちで、彼らの学問という職業に精出している連中に過ぎないものだ、我々凡人並みの人間たちなのだ、と。

（一九五四・七・一七）

読者論

去年の六月の終わりころ、ブレイクを読んでいたある女子大学英文科三年の組で、簡単な実験をしてみたことがある。それまで教科書に載っていたブレイクについての「序」の解説をしていて、その日が実際の詩を読む最初であったが、その最初の詩が「春に」というものであったので、ふと思い付いた実験であった。学生の感想を聞こうというのであるが、夏の季節にいて春よ早く来いという詩を読んでいることの馬鹿らしさに果たして気付くかどうかというのが着眼であった。どんなことでもいいから感じたことを言ってごらん、と前置きして詩を読ませた。予期したようにほとんど何の感想も出ない。句跨りが多いと言った学生がいたか。そこで次に、もっと自分に忠実な感想は出ませんか、例えば今はもう夏なんだけれども、と言うと、さすがに今度は期待した感想がすぐに出た。今頃春よ早く来いという詩を読んでもちっともぴんときません。そう、そうなんです、そこなんですよ、それがあなたの生きた感想なので、英文科の学生であるよりも前に、もっと素朴な今のあなたの立場が、この詩の場合なら、今あなたが六月の終わりにいるという簡単なことが、あなたのいわば拠点になっていなければならないのですよ、と私は言った。

日本で六月の終わりに、誰の作であれ、春よ早く来いなどという詩を読んで、なんのかんのと言ってみたところで始まらないのだ。それは「春が来た」の唱歌を夏休み前に教えるようなものだ。こういう分かり切ったことが、外国文学を読むときにも、いつも分かり切ったことになっているか、どうか。第一「春に」のごとき詩は南国の人にはあまり訴える力を持たないものだ。「春は名のみの風の寒さや、谷の鶯歌は思えど、時にあらずと声も立てず」という歌は、こう書きだしただけでも、東北に生い育った者には強い感動が湧くものだ。屋根の雪が解けてぽたりぽたり落ちる音を聞き、その滴々の影が陽の当たっている障子に尾を引いて映るのを見たことのある者でなければ、「氷解け去り葦は角ぐむ、さては時ぞと思うあやにく、今日もきのうも雪の空、今日もきのうも雪の空」という歌が分かるはずはないのだ。

文学を読むということは、読者が作品に近付いていって、自分と作品との間にいわば化学反応を起こさせることで、その作品が仮に一定不変の化学成分を持っているとして、読者の化学成分は、その生い立ち、気質、年齢、男女の別（人間というものは実はいないので、われわれは男であるか女であるかなのである）、生い育った土地、今いる土地、生きている時代、今までの体験、読書、映画、などなど、さてはゆうべ熟睡したか否かということまでを含むわけで、つまり現在のその人の総合計なわけで、各人それを異にしているから、結果としての両者の反応は決して同一ではないはずである。いや先の「春に」を夏に読む場合のごとく、読者の成分が作品に反発する、読者のほうでその文学を縁なきものとして斥けるという反応もあるわけだ。青年にしか訴えない文学とか、四十を過ぎて初めて面白味が分かる文学とかが事実あるのであり、そういうふうに、読者が己れを充たし己れに忠実であって読まれるときに、文学が読まれたということになるのである。己を空しうするということ、自己主張をしないということが、文学を特に外国文学を読むまたは研究するという場合にも、一つの美徳になっているということがあるのではないか。個の主張の弱さ、個人主義の未成熟ということが。春よ早く来いという詩に夏頃感動しているといった滑稽な図が見られないか、どうか。

もっとも、先の学生の場合などは女であるということに加えて同情すべき点がある。受身の立場ということで、第一読むものが受動的に与えられる。自分からその文学に近づいていったのではない。試験なるものが彼女らの受動性をさらに強める。己れを充たし己れを主張して、与えられた作品に反発する、それを縁なきものとして拒否するなどということはとうていできない。大学で文学の講義を聴いて文学に開眼するということはあまりないのではないか。

だが、こういう受身ということは学生にばかり認められるのではない。T・S・エリオットとくれば誰も彼もT・S・エリオットを口にする。『荒地』は誰も彼も読まねばならず、誰も彼も感心するというのは、これは受身ということではないのか。もちろんこのことには我が国の歴史の宿命的型みたいなもの、古くは中国、近くは欧米先進国なるものに対する延々と続いてきた受身ということがあるにはある。何でも受け入れなければならない。何でも分からなければならない。分からないと言ってつっぱねる人が少ない。自分には縁なきものだとそっぽを向く人が少なすぎる。相手と肩を並べて、「『荒地』は詩としては、まったく体をなしていない」と言い切っている吉田健一氏のごときは、残念ながら稀少価値を持った存在である。私は、何はともあれ、吉田氏の鼻っぱしの強さに拍手をおくるものだ。

己れを空しうするという態度は、自然科学者が実験をしている時に、それこそ百パーセント要請されるものであろう。私心を挟んではならない。利害に関係のない探究でなければならない。そうして発達してきたのが、いわゆる日進月歩の自然科学なのである。無私なる研究態度によって自然科学は急速に今日の大をなした。ところが、この偉大なる自然科学の成果なるものを利用する人間が、恐ろしく利害に関係のある存在である。またほとんどまったく進歩しないものだ。特に生物的にはそうで、進化論的進化というのは千年や二千年の時間を時間とはしないものだ。人間の時間は、日本でなら、平均寿命が延びたといってもせいぜい七十年である。「婚姻は、両性の合意のみに基いて成立し」という憲法の箇条が、この人間の非進歩性というものを大上段に振りかぶって是認しているものだ。それはどんな男女も子供を生んでよろしいということでもあるので、優秀な遺伝子を持った者のみの結婚を否定しているものだ。もっとも、経済圏が広がり交通の便がよくなって、遠く離れた土地に生まれた者同士が結婚する率が多くなると、狭い範囲の結婚による血の濃さが薄くなり、少しはましな子供が生まれるということがあるのだそうで、人間の品種改良と称すべきものも、ほんの少しは、進行していると言えなくはない、とのことである。それにしても人間は遅々として進歩しない。自然科学の進歩は、見方によれば、自然物に加えた品種改良の結果とも言えるので、自然物のうち無生物は、例えば鉄鉱石は、熱しても熱いとは言わないから、どんなに非情な処理でもできる。人間が相手を非情に処理できる順番は、無生物、次に生物ということらしく、生物も動く生命の抵抗がある動物となると、そう非情には処理できない。相手が人間となればもうそれは相手ではなくて己れ自身であり、己れ可愛さは「婚姻は、両性の合意のみに基いて成立し」などと、人間の品種改良断念の宣言をしている。

これも実験の話で恐縮だが、例の人工衛星が初めて飛んだ時、それ一個を食べると三箇月だか半年だか飲まず食わずで大丈夫な小丸薬が作られるのも遠い先ではないらしいという話があった。それができれば家庭の主婦は炊事の仕事から解放される、早く作ってほしいというごとき新聞投書があったりした。そこで先の女子大学の当時の学生に、そういう丸薬ができたほうがよいかどうかを聞いてみた。焼芋もおしるこもアイスクリームも食べなくてもよくなるんですよと言ったら、もちろん全員丸薬は要らないとのことであった。進歩しない舌が歯が喉が胃が承知しないのだ。

こういう進歩しない人間と、躍進なるものを続けている自然科学の成果との間の落差が、今日の我々の大きな不幸である。煙を出す設備を作ったら、煙を吸っても大丈夫なように人間の体を進歩させればよかった。飛行機を作ったら、それに乗っている間だけ人間の体が綿状になる注射を発明すべきであった。自動車に乗るときだけ一時体が鋼鉄の百倍も堅くなるという丸薬をなぜ作らなかったのか。

　文学は、実は、この変わらない進歩できない人間を飽きずに書いてきているものだ。文学の最も多い主題は、統計をとるまでもなく、恋であろうが、この恋というやつが進歩しない。三度目の実験の話でいよいよ恐縮だが、文学にも表現技術の進歩ということはあって、初歩的なのに例えば二重否定の言い方がある。わるくない、というのは、よい、というよりもちょっとしゃれている。例の女子大学で、皆さんは恋人に、僕はあなたが嫌いではありません、と言われるのと、僕はあなたが好きです、と言われるのと、つまり何百億遍も言い古されたほうとどっちがいいですかと聞いた。これも、もちろん全員、進歩していないほうに賛成であった。

『源氏物語』「若菜下」で、源氏が「かくばかりまた無きさまにもてなし聞えて」可愛がっていた妻女三宮が、柏木と密通したことに対し、作者は源氏の心として、「帝(みかど)と聞ゆれど、たゞすなほに、おほやけざまの心ばへばかりにて、宮仕の程も物すさまじきに、志深き私の願言(ねぎごと)になびき、おのがじし哀を尽し、見過し難きをりのいらへをも言いそめ、自然(じねん)に心かよひそむらむ中らひは、同じけしからぬ筋なれども、よる方(かた)ありや」と書いている。宮中に召されて帝の妻となった女が、その後帝に捨てておかれて寂しい思いをしているときに、臣下の男と密通するに至るという場合は、女三宮の場合とは別で理由のあることだ、という。作者は帝の妻という地位よりも女が女であってよいのだという見方をしている。作者のこの人間の内の何を見ているか、何を重視しているかという視点が、この千年前の文学を今日の傑作たらしめている力なのだ。

文学の傑作が、世界の多くの人に愛される生命の長いものだとすると、そういう文学は、人間の化学成分のうち、時代や場所や個人によってあまり変わらないものと反応を起こす成分を豊富に持つものに相違なく、この点からも、文学は変わらない人間、何かそういう人間の中で進歩しない部分に断固たる拠点を置いているものであるといえる。先に述べた読者と文学との反応ということは、文学が書いてやまず、主張してやまないこの人間共通の進歩しない拠点に対する、読者の同様の進歩しない拠点の共感なのであり、その共感が血の通った生きたものとなり、自然科学万能の進歩の時代に生きている我々の、力強い人間主張の活力となるためには、読者がどうしても具体的に充ちていなければならず、それはとりもなおさず、人間は誰でも百パーセント本物の人間であることを己れについて言うことであり、人間の中に偽物はいないということを己れについて言うことである。

（一九六四・二・二）

「科学時代」に生きる素人の立場

ギヴ・アンド・テイク

我々は皆一個の職業人であるわけだが、つまり肉体労働であれ知能労働であれ広い意味でその所産を売るということによって生きている者なわけだが、職業は社会的に言えば分業ということで、例えば直接食糧を生産している人とそうでない人との間には、直接間接遅速その他の複雑な関係であっても、いわゆるギヴ・アンド・テイクということが成り立っていなくてはならない。わが国の琵琶法師も、瞽女(ごぜ)も、周の楽人瞽師(がくじんこし)も、伝えられているホメーロスも、『オデュッセイア』の中の吟遊詩人デーモドコスも、皆めくらであったというのは、そこに何か、直接パンを得ることができない人が人々に物語の楽しみを与えることによってパンを得たという、そういう人間関係のうちの基本的なものを思わせるものがあって興味深い。

ところで現在、我々素人に、自然科学界の花形のように見えるのは、非常に巨大なそして遠い世界のことと、非常に小さいいわゆる微視的世界のこと、言い換えれば、人間の近くの問題を中位の大きさの問題として、そこから最も隔たった大きい方と小さい方の両極端のところの問題であるが、そういう分野の研究をする知能労働の所産は我々にどういうギヴをするものであろうか。いろいろ読んだりしてみても、学問上の意義とやらが多く、素人になるほどと納得いくものは少ない。ところが、そういう分野の研究というのはまたえらく金がかかり、例えばソ連の人工衛星第一号を飛ばすのにかかったのは、それまでの準備もあってか、たしか四兆円。当時のわが国総予算の四年分に当たると報ぜられていた。米国の月旅行用ロケット、サターン五型十五機の場合はロケットの製作費も含めて二兆五千二百億円。我が国の素粒子研究所のために計画された、直径四百メートル、四百億電子ボルトという加速器の建設費は約三百億円とのことだが、ソ連ではすでに直径約七キロメートル、一兆電子ボルトという正に超巨人大型加速器の建設計画を発表しているという。一体どのくらいの金がかかるのか想像もつかない。

しかし、このように我々から遠い問題の研究にそのような大金がかかるということの原理といったものならば、我々素人にもよく分かるような気がする。我々の旅費がそうで、東京までよりはロンドンまでのほうが当然かさむし、紙きれを小さくするのでも、初めのうちは指で千切れるが、あるところから先はナイフや虫眼鏡を買ってきて切らねばならず、見たい相手が小さくなれば、小さければ小さいほど倍率の高い、したがって値段も高い顕微鏡を買わねばならない道理だからである。つまり大金がかかる理由は至極簡単、その問題が単に我々から遠いからというのに尽きていると思われ、問題の意義の大きさ、言い換えれば、我々にギヴするものの大きさと本質的なつながりがあるとは考えられない。

こういう、我々から遠い、それ故にいやおうなく大金のかかる問題が、自然科学の花形になっていて、もっと我々に近く、したがってもっと金もかからない、しかも我々にとってもっと重要と思われる問題が、あまり花形にならないように見えるのはどういうわけであろう。いろいろの理由、例えばジャーナリズムの性格その他が考えられるが、最も大きいものの一つは、多くの科学者が認めてよしとしてきた自然科学の性格、未知の世界に対する限りなき探求心と称するものであるようだ。要するに知的好奇心といってよさそうなものだが、我々素人にとってしばしば気になるのは、その知的好奇心なるものを肯定する際の自然科学者の姿勢である。例えばソ連のロケットによって初めて撮影された月の裏側の写真が発表された時に、東大教授、天文学者のF氏は言っている。「私どもに、これほど親しまれている月の、しかも地球に最も近い天体の裏側がわからないということは、天文学者にとってばかりでなく、すべてのひとびとに限りないわびしさをあたえていたことである。……今度の成功は天文学者といわず、人類全体の喜びとして心からの祝福を送りたい」（『朝日新聞』昭和三十四年十月二十七日夕刊）

己れの専門分野に関する好奇心が強く刺激された興奮のせいもあろうが、月の裏側が分からないことが「すべてのひとびとに限りないわびしさをあたえていた」というのは頂き兼ねる。月の裏側のことなどは考えたこともない、いわんやそれがどうなっているか分からないなどということに「限りないわびしさ」などというものを感じたことはただの一度もない、というのが大多数の我々であろう。この人に人類全体にとって（この人などが人類全体という言葉を使うときは、恐らくいわゆる先進国のそれも一部の人しか勘定に入れていないのではないか）何が喜びであるかが分かっているはずはなく、「人類全体の喜びとして」と言い、「すべてのひとびとにとって」と言うのも、実はといえば己れ一個の喜びと己れ一個の好奇心、ひいては己れの専門職業の我々に対する売りつけ押しつけなのである。人間はもっと人間の世界に近いことについてそれこそ「限りないわびしさ」を感じているものなのだ。

次の例はこの種の売りつけ押しつけがもっとひどい。『朝日』の去年十月四日号「宇宙開発――私はこう考える」という特集記事の執筆者として四人の人が登場しているその中で、ただ一人のこの分野の専門家、東大名誉教授天文学者のH氏は言っている。「地上からする天体や空間に関する観測は、天体や空間からくる光でも電波でも、はたX線でも宇宙線でも、この厚い地球大気に吸収散乱された残りの部分に限られている。あたかも泥沼の底から見た青空であって、まったく歪み変形されたものである。その汚れのない真の姿に接するには大気のはるか外に出なくてはならない。それをソ連が十年前に成し遂げて、最初の人工衛星を打ち上げたのである。人知の成果といおうか、科学のたまものと呼ぼうか」

氏はさらに、今までの宇宙観は「井戸の蛙の宇宙観であった」が今や「泥沼の底の蛙のたわごとから脱して、曇りのない宇宙観に達する第一歩を踏み出した」と言い、宇宙開発による学問上の成果なるもの二、三を簡単に列挙、その最近の成果の映画を見たときの驚きと感激とを記した後、「月はまだ序の口である。金星、火星、はては木星、土星、冥王星に行くには数年はかかるであろう。他の恒星系の生物が住むと想像される惑星までは数百年はかかるであろう。その間、出生、死亡を重ねるのを避けるために冷凍仮死状態が必要かもしれない。ともあれ他の世界の生物と交歓することになれば、彼らの文化に接することになれば——彼らの社会組織、道徳、芸術、文学、科学はいかに異ったものであろう。美醜、善悪は我々とは逆かもしれない。それを学ぶことによって、我々は美醜善悪を超越した宇宙的境地に達することができるかもしれない。そこにはじめて宇宙文化があり、宇宙時代がくるのである。しかしこれら成功の陰には、地上で行う天体観測が先行しなければならない。……いま、世界の天文学の急速の進歩には目を見張るものがある。町の灯火や無電の雑音のため、天体観測を阻害されている日本こそ、世界にさきがけて月に天文台を作るべきである」と結んでいる。

いやはや何ともすさまじい好奇心である。ご立派な学問精神である。いやお見事なわがままぶりである。我々の空気が自動車や工場の排気ガスで「泥沼」のようになっているから困るというのではない。空気は初手から邪魔なのだ。「汚れ」がなくならなければならないのは我々の空気の向こうなのだ。大気も邪魔だ、灯火も邪魔だ、無電も邪魔だ、日本のは特に邪魔だ、だから月に天文台を作れという。一体どれくらいの金がかかると思っているのだ。兆じゃきくまい。十兆じゃきくまい。己れの専門分野しか念頭にないそれこそ「井戸の蛙のたわごと」を、子供だましの漫画にしんにゅうをかけたたわいもないこと、宇宙文化とやらを並べ立てて、さてそれを実現するにはまず地上での天体観測が必要だという。何と図々しい己れの専門分野の、つまりは己れの生存権の押し売りであろうか。冷凍仮死状態で行きに数百年、帰りに数百年。竜宮から帰った浦島太郎の寂しさは昔話の中だけのものとでも思っているのか。それとも何年かたったら人の情がまるきり変わるとでも考えているのか。こんな冷凍仮死状態などは、たとえ奴隷がこの世にいたとしても、とうてい押しつけることのできないものなのだ。この人などは誰よりも先に自ら冷凍仮死状態になって、その行ってみたくてたまらない宇宙とやらに行き、数百年はおろか永久に我らが地上には帰って来ないがいいのだ。ただし、冷凍仮死状態になるのにも飛ぶのにも、我々の税金はびた一文でも使ってもらいたくなく、よろしく例の漫画の忍術をもってしてもらいたい。

もう一人、今度は微視的世界の専門家の例を挙げると、東大原子核研究所のK氏は、「世界の加速器建設はすすむ」という一文の中で、「このように多額の費用を使って得られた結果をどのように評価するか、……例えば、ある粒子の存在が素粒子の理論の成否をきめるものとし、その粒子を発見するために数十万枚の写真を解析しなければならなかったとしよう。そのためには加速器や泡箱などを一年以上にわたって運転し、その解

析にも多くの人と費用とを使うことになり、直接間接の費用は恐らく数十億円に達するであろう。重さにしてわずか一兆分の一グラムのさらに一兆分の一程度の粒子一つに数十億円の費用とは、恐らくこの世のなかでもっとも高価な買物であろう。それにもかかわらず、科学者はこれを貴重な成果とし、それに対する投資は十分に生かされたと考えるであろう。……これらは極端な例であるにしても、一つの実験のための経費が直接費だけで数千万円から数億円に上るのは普通のことであって、それらの成果は常にそれ自身の意義の大きさで評価され、かかった費用との割合によっては評価されない。このような例を挙げたのは基礎科学における価値判断の基準を強調するためであって、その過程においてまたは結果として得られる成果が、広い意味で、また長い目で見て人類の役に立つことはいうまでもない」と言い、同じ文中の他の箇所でも、「しかし、基礎科学への投資はその国の文化に、また広く人類の進歩に、大きな寄与をするものであることは歴史の示すところであり、国の経済力に応じて基礎科学を進めることは、それぞれの国の義務であるとも言えよう」と言っている。(『自然』一九六七年九月号、九十、八十八|八十九ページ)

K氏はたしかに、基礎科学研究、特に巨大化した基礎科学研究を学問のための学問であるとするのも、その実社会への直接の有効性を強調しすぎるのも、共に当を得ないと言っている（八十四ページ）。これはなかなか賢明な予防線で、学問のための学問といえば、そんな大金をといわれ、直接の有効性を強調しすぎれば、ではその粒子の発見は何の役に立つのかと問われるのを、一応は防ぐことができる。しかし、それにもかかわらず、我々素人は次のような疑いの気持ちを消すことができないのである。発見したいという粒子がそのように小さいのは何でもない、自然科学者の好奇心が未知へ未知へと向かっていった当然の帰結なのだ。莫大な金がかかるのも、扱うものが人間の尺度からひどく離れたものであるからに過ぎないのだ。それは本当は大部分の我々とは関係ないことなのだ。「広い意味で」とか「長い目で見て」とか「歴史の示すところ」とかすべて漠然とした言い方をして、己れの専門分野の意義つまりは己れの生存権を主張せざるを得ないのも、元はといえばそのためなのだ。「それにもかかわらず、科学者はこれを貴重な成果とし、それに対する投資は十分に生かされたと考えるであろう」と言っているその「科学者」というのも、どうも多くの他の部門の科学者におんぶした言い方で、現に我々に近いしたがってその重要性もよく分かる問題を研究している多くの科学者がいるではないか。「科学者」などとせず「素粒子研究者」と書いてあるのなら、なるほど正直だ、さもありなんと思うが、例えば「医学者」いわんや「農耕者」「漁業者」さらには「一般納税者」としたら答えはずいぶん違ったものになるはずだ。そういえば、何度か出てくる「基礎科学」、例えば「国の経済力に応じて基礎科学を進めることは、それぞれの国の義務であるともいえよう」などと言っているときの「基礎科学」の場合もそうで、やはり、我々素人にもその重要性が分かる分野、つまり我々に近い分野のものを含んだ基礎科学一般におんぶしているのではないか。

また「成果は常にそれ自身の意義の大きさで評価され、かかった費用との割合によっては評価されない」というのはどうだろう。K氏は他の箇所でも「研究費の不足は、成果の少ないことに対する言い訳や、研究費にくらべて立派な成果であるとの気休めにはなっても、成果そのものの評価には無関係である。したがって、実験装置としては常に最高のレベルのものが追求され、」(八十九ページ)と同じことを言っているが、こういう態度は、金メダルを追い過ぎる近頃の堕落したオリンピックに似ていて、結局世界一の成果を挙げるのでなければ意義はないとするもの、行きつくところは大国の巨大設備の成果に頭を下げる、ひいては大国自体に、さらには金に頭を下げるということになるものなのだ。それとも、わが国に世界一の設備を作れというのか。しかも「一つの加速器の寿命は、大きな改良を行なわないかぎり、十年か、たかだか十五年といわれており」（八十九ページ）、「素粒子を観測するための泡箱一つ改良しても百億円ぐらいは、かかってしまう」（『朝日』昭和四十二年十二月二十日）というのだ。どう言われようが、我々素人は、こういう科学オリンピックの勝利者を出すために我々の税金を、それもごっそりテイクされることなどは、まっぴらごめんお断わりと申し上げる他なく、勝利者になりたい方はどうぞご遠慮なく大国へ、世界一というところへご流出願いたい、そういう人などは、たとえどんなに頭などが良くても、ちっとも惜しくはないのです、と申し上げる外ないのである。

頭脳力も財力と同じく、パンを得るための有力な武器であることは明らかであり、例えば実験室内の研究行為が直接には経済活動の要素を含まないからといって、その行使が経済活動であるということをごまかすことはできないが、財力の無制限な行使、自由経済というものが、人間の横の関係、つまりギヴ・アンド・テイクの関係において、種々の弊害を生むようになり、制限を受けざるを得なくなっているのと似たことが、頭脳力の無制限な行使、これを学問の自由と言ってよいと思うが、例えばどんな対象を研究してもよいといったことに、やはり、出てきているように思われるのである。科学研究のため、人類の夢実現のため、平和利用のためなどと称する宇宙開発も、あまりに大金がかかること、人間衛星というものに乗るのがほとんど皆軍人であることなどから、軍事に関係があるということは素人もとっくに勘づいており、基礎研究、例えばキュリー夫妻のラジウムの発見とかアインシュタインの導き出した$E = mc^2$という式とかが、原爆や水爆ができる基礎の理論を提供したということは、科学者自身が認めていることなのである。原爆以来、我々素人は、鈍いがしかし重い疑いを、自然科学というものに対して持つようになっているのだ。

愚の主張の必要

自然科学が真理としているのは、人間の感覚が捉えたものとは無関係に成り立っている対象の値、いわば対象の絶対値といってよいものである。地球は人間の感覚にとっては地の球ではなく、地震でもなければ絶対に動かないものであるが、それは誤りで、地球は赤道上の点でいって毎秒約四百六十メートルの速さで自転し、地球の中心でいって毎秒約三十キロメートルの速さで公転している半径約六千三百七十一キロメートルの球である、と自然科学は教える。それが地球についての真理なのだという。しかし、そういう地球の絶対値のみを真理とすることは果たして正しいか。

人間の目が地球を見ているのは、目の高さに構えた映写機が地球を撮影しているのとほとんどまったく同じであって、地球が動かないように映るのは一つの正確な科学現象なのである。それはつまり、目と地球との反応値ないしは関係値なのであって、C＋O_2→CO_2というときのCを地球、O_2を人間とすれば、反応の結果、地球は動かないという値CO_2が得られたということになる。地球の絶対値のみを一方的に真とし、地球と人間の関係値を偽とするのは、明らかに誤りである。それはどっかに、地球に対する我々の小ささをとがめるもの、我々がこの地上に生の場を持っていることを軽く見るもの、無人の地球が虚空を回るようになったとしても意に介さないといったもの、何かそういったものを含んでいるようにも思われる。地球の絶対値とその人間との関係値は性質の違う数値であり、どちらも真なのであって、関係値の方を「常識的な偏見」（A・アーミティジ、奥住喜重訳『太陽よ、汝は動かず』百六十一ページ）などと言っても、また将来どんなに科学教育を盛んにしても、人間に地球が動かないように見えることをやめさせることはできない。そして大事なことは、地球の絶対値を説明している物理学者も、その説明を聞いている我々と同じく、説明の最中でさえ、一方では地球は動かないと信じているに違いない、いわんや彼の日常の生活においてはもちろんそうである、つまり地球の絶対値を納得するのは恐らく脳髄の一部分に過ぎないのだ、ということである。事柄は、地球が動くということが成り立てば、動かないということは同時には成り立ち得ないといった簡単な論理命題ではなく、繰り返して言えば、二つの値の認識作用を司る脳髄内の箇所は必ず違うはずであって、絶対値のみを是とし関係値を非とするのは、やがては、絶対値を認識する脳髄の部分がより発達した人をのみ尊重するという歪んだ人間観の形成ともなってくる。

ここで非常に大切なことは、我々の感覚をあまり信用しない当の自然科学者が、実は感覚をこそ頼りにして彼らの研究を進めているという事実である。なぜ顕微鏡を使うのか。なぜ望遠鏡を使うのか。なぜ目に見えない微粒子の存在を知るのにガイガー計数管とかウィルソンの霧箱とか重水素の泡箱とかを使うのか。なぜ原子核やＤＮＡなどの模型を使うのか。なぜ地球や太陽系の図を描いたりその模型を使ったりするのか。なぜ微生物はある程度増殖した集団としてでなければ観察の対象になり得ないのか。すべて、物的対象ないしは現象が分かるということに、人間の感覚がいかに不可欠なものかを示しているというのに尽きている。感覚で確かめないと分かったという気がしないのが人間なのだ。しかも、小さいもの、例えばＤＮＡは拡大すればするほど、大きいもの、例えば地球は縮小すればするほど、その模型がいっそう我々に有用になるかといえば、そうではない。我々の体とほぼ釣り合いのとれた大きさのところで、程よいところ、中位の大きさのところ、つまり、人間の尺度のところで、拡大と縮小は止まなければならない。小さいほうの拡大も人間の尺度のところまで、大きいほうの縮小も人間の尺度のところまでということは、人間に物的対象や現象が分かるというとき、対象が人間の尺度に近いものならそのままの大きさで分かるという働きがなされるが、それが人間の尺度から遠い場合は、いったん人間の尺度の大きさに対象の大きさを換算し、その換算された大きさのものをあたかも本物のごとく見なして、それに対して分かるという行為がなされる、そういうのが実際に進行した過程なのだ、ということを示す。だから、極端に大きいものや小さいものを、その本当の大きさで分かるという脳髄の働きは実際はほとんどまったく行なわれておらず、模型や図解の大きさから元の大きさに返したとたんに、そのものの本当の大きさは分からなくなってしまうのであって、原子核の直径は一兆分の一センチメートル以下であるとか、地球は半径六千三百七十一キロメートルの球であるとか言っても、数字を発音しているだけというのに甚だ近く、その実際の大きさを頭に思い描く能力は人間にはほとんどまったくないのである。

同じことは時間や距離や速さや温度についても言えることで、例えば人間が知っている最も短い時間は10^{-23}秒である、つまり一に〇を二十三付けたもの分の一秒であるなどと言っても、その実際の時間の長さはとうてい思い描くことができず、それはもはや時間などというものではない。一光年というのも、一秒間に地球を七回り半する光が一年間に進む距離であるなどと口では言えても、一体どれだけの向こうなのかはまったく分からず、地球は毎秒三十キロメートルの速さで公転しているなどというのも、それは人間の言葉でいう飛ぶとか回るとかいうことではなく、その実際の動きを本気で頭に描こうとすると気が狂いそうになるものだ。原水爆の出す何百万度の熱というのも、どれくらい熱いのかどうしても想像することはできない。

そういえば、ミクロン、ミリミクロン、オングストローム、メガトン、光年といった単位をなぜ設定しているのか、さらになぜ10^{-23}とかオングストロームはÅと書くとかいう表記法を用いているのかということも興味深い。誰でも気付くように、一つは表記および計算の便のためであって、もし10^{-23}秒とする代わりに一〇〇〇〇〇〇〇〇〇〇〇〇〇〇〇〇〇〇〇〇〇〇分の一秒などと書いていたのでは、能率が著しく落ちる。しかし実は他に重要な理由があるのではないか。それは実は、人間の脳髄がもはや実際の量を思い描き得ないほど小さいまたは大きい域に事柄が達したとき、その量を分かったと錯覚するためになされた換算なのではないか。一億分の一センチを一オングストローム、さらには1Åと書けば、一センチというもの、さらにいえば一という数が分かる場合とほとんど同じ脳髄の働きによって、その分からないところを乗り越えることができる、分かったことにしてしまうことができる、というのではないか。10^{-23}というのも、10や23なら分かっているということをもって、何やら10^{-23}秒が分かったように思い込むことができる、二億光年などというのも、それは百億光年の五十分の一だとか、一億光年の二倍だとかという計算、つまり$2 \times 50 = 100$とか$2 \div 1 = 2$という計算が分かるということによって、分からなくて困るところを何とか無事通過できるというのではないか。

　自然科学が人間の尺度から遠いものの絶対値として我々に教えている値が、このように、いくつかの心理的換算ないしは一種のごまかしを経た末のものであるならば、真理としてはかえって、何の換算もごまかしもない我々の目と地球の関係値、地球は動かないという値などの方が、より信用の置けるものだとも言えなくはない。いやそんな控え目な言い方をする必要は実はなかった。我々は、それこそ人間の尺度でいって地球が動くということである地震でもなければ、地球は絶対に動かないと信じ切って、すべての行為、食べることも、恋も、生むことも、働くこと、眠ること、憎むことも、泣くことも、要するに生きるということをしているのだ。地球の絶対値、その大きさや自転公転の速さなどを計算に入れなければならないのは、大陸間弾道弾などというものを使う大国間のけんかの場合で、これも自然科学の進歩の一つのおかげであるわけだ。

ここで先の $C + O_2 \rightarrow CO_2$ というのをさらに一般化して、絶対値（対象）＋人間→関係値、という式を作ってみると、それは実は、人間のあらゆることに当てはまる式であることに気付く。そこでも、人間にとって大切なのは絶対値そのものではなく、それと人間との関係値であり、反応を起こさせるのに中核的な役目を果たすのは感覚である、そして絶対値が人間の尺度からあまり隔たっている場合は、人間とその絶対値とがうまくかみ合わず、反応はきわめて不完全なものになる、つまりその絶対値はあまり人間に分からないものになる、ということがやはり成り立つのである。

ところが、絶対値のみが問題にされ、結果としては人間軽視ということになっている場合がしばしばある。最近の例では、去年十二月二十四日に中国の核実験が行なわれたときの報道ぶりがそうであった。(以下の引用は翌日の『朝日』と『中日』の朝・夕刊による)「低爆発力のものであった」とか「爆発力は小規模で」とか「爆発威力が非常に小さいことから」とかいう言葉が見られ、注として「爆発規模の小規模とはTNT火薬にして二万トン相当(広島原爆と同規模)までの爆発力を意味する」とあった。これは、現在広島と長崎に落とされたものの少なくとも二千五百倍の威力の水爆ができているというから、一見何もおかしくない言い方のようにも見える。しかしこの言い方も上記の一種の定義も、絶対値間の比較によるものに過ぎず、そうなら地球全部を一度に吹き飛ばす爆弾を作っても、太陽の核爆発と比べれば「小規模」で、と言っていればよい。爆発威力の大小は、ただ一つの物差し、それが人間にとってはどうなのかということによって決められるべきものなのだ。広島と長崎の人たちにとってあの爆弾が「低爆発力のものであった」とでもいうのか。報道はアメリカのものにそのまま従ったものらしく、「米原子力委員会によると、今回の実験規模は小さく、広島、長崎に投下された原爆程度の……」ともあり、先の定義も多分アメリカのものであろう。しかし、この記事を読む広島と長崎の人たちの気持ちを少しでも考えたなら、また原爆を身に受けたほとんど唯一の国である我が国の新聞なら、もっと違った報道の仕方があってしかるべきであった。

そして非常に困ることは、原爆の体験から時間的距離的に遠い人であればあるほど、この種の記事をしばしば読むと、広島と長崎に落とされた程度の原爆が本当に「威力が非常小さい」ものででもあるかのごとく思い込む危険があるということである。

また、それが我々にとって非常に重大な問題であっても、その数値が人間の尺度からあまり遠いために、我々との反応が不完全なものとなり、意味のある関係値が出て来ず、したがってその問題に対する適切な行為を促すに至らないといった場合がある。やはり核兵器のことであるが、例えば、米ソ合わせた核兵器を全部爆発させるには、第二次大戦で使われた火薬の総量に当たる分を一日で爆発させ、それを三百六十五日間続ける、それをさらに毎年続けていって四十二年間かかる、つまり第二次大戦を一万五千三百回以上もしなければならないとか、広島原爆一個の破壊力をTNT火薬五トン分の爆弾を積んだB29に発揮させるには、B29が四千機要る、広島のものの二千五百倍の力を持つという五十メガトンの水爆一個の場合だと、同様のB29が一千万機、さらにアメリカの核兵器保有量は三万メガトンと見積もられるから、それは同じB29の六十億機分に当たる、などという。これではまるで数学の計算問題であって、数の大きさにびっくりはするけれども、人々にどうしても軍備はやめなければならない、戦争はやめなければならない、と思わせる力は案外弱い。人間は、交通事故にあって足を切断し、血を流して呻きながら死んでいったたった一人の人を見たときに、食事ができなくなり、死のことを考えるものであって、例えばむごたらしい死であったと伝えられる六百万人のユダヤ人の虐殺の話を聞いても、読んでも、たいていは次の食事ができるように作られているものなのだ。六百万人の死ということが実感できるということには、六百万という数字を書いたり言ったりするときに消耗されるエネルギーに、かなり比例するという部分さえ恐らくあるのである。例えば丸を六百万個描けば手が疲れる、丸ではなくて人間の形をした図形を六百万個描けばもっと手が疲れる、そして後の場合ほど六百万人の死という事件の大きさが少しは分かってくるという、そういうやはり感覚で分かるということを最後までもっているのが人間なのだ。アメリカから返された広島と長崎の原爆被害の実写映画を、もちろん丸々、もしも世界中の人に見せることができたら、義務として、定期的に、見せることができたら、ということを近頃よく考えるのである。

最後に、もう一つ考えなければならないことが残っていた。人間そのものの絶対値はどれだけかということである。絶対値＋人間→関係値なる反応式のその反応は、相手の絶対値が分かっただけでは考えることができない。しかし人間の絶対値というのは実は多少形容矛盾を含んだ言い方なのである。人間はきっかりした数値で示されるようなものではないからだ。あまり正確すぎるものは人間には合わないものだと言い換えてもよい。人間の尺度などという漠然とした言い方をしてきたゆえんである。それは人間の実力といってよいものだが、その人間の実力とは一体どれだけのものなのか。漠然としたものなりに、これが人間だ、という動かない答えを出しているものが実はある。文学である。

文学は、人間を書くのに、あるとおりのものに書くものだ。どれくらいあるとおりに人間を書いているかということは、文学作品を評価する最も重要な物差しであって、人物が例えば善玉悪玉になっているような作品は、決して上の部には入れられない。ホメーロスの勇士たちが、傷つくと顔面蒼白となりぶるぶる震えるというのは、それだけでもああやはり大文学だなということを思わせるものだ。すぐれた文学ほど人間を人間以上にも以下にも書かず、だから現実あるとおりの人間がかなり愚かであっても、それをとがめたりはしない。しかしここで、かなり愚かであってもと言ったのは、実は人間をもっと賢明であるべきだと暗々裡（あんあんり）に思っていたからだとも言える。我々は、歴史的に人間についで形成されてきたそういう当為の身長に、人間の理想像と称するものの高さに、なにほどかは必ず影響を受けているものなので、だから、人間の実際の身長を示すのに、人間はもっと愚かなものだと言った方があるいは分かりやすいかもしれない。しかし人間はやっぱり本当に愚かなものなのだ。恋などというもの、男女の情などというものは、どう考えてみても賢明などというものではない。それは実はいのちの力なのだが、いのちの力とは愚かなものではないか。何か盲目のものだ。そしてそれは進歩しないものでもある。こういういのちの力に人間はいかにつきあげられて生きているものであるか。そのことを飽きずに書いてきたのが文学であって、だから文学は総じて人間の愚を語っているものであり、文学を読むことは人間の愚を知る行為であるともいえる。文学は偉人というものをなくする力を持ち、その愚なる人間が何を最も欲するかということ、人間の愚の願いというものを語っているものだ。

そして、文学が最もよく人間を示すものであるのは、それがほとんど専ら人間のみをそのいわば研究対象としているものだからであり、人間を書くのに客観的である、つまり人間の実際の身長を示すというのは、恋でも叙事文学の民族的な大悲劇でも、文学に書かれるのが、事の渦中にあるときではなくて、それをある距離を置いてかなり冷静に見得るときだからであり、しかも人間を見るのに肉眼をしか使わず、したがって人間描写の方法が登場人物に近接してのものにならざるを得ないからである、ということになり、そしてまた、文学に今も読まれるおびただしい古典があるということ、万葉を読んで今も感激するという一事は、人間の、人間の尺度の時間内での非進歩性というものを、何よりも雄弁に物語る、ということになる。

「科学時代」になったのだ、人間よ変われという人が多い。しかし我々は今こそ、その「科学時代」になったからこそ、人間の愚というものを胸を張って主張すべきではないか。どう言われようが、我々はそんなに変われないのだ、絶対値＋人間→関係値の関係値に、我々のしあわせという答えが出てくるものでない限り、科学の成果と称する次々の新しい絶対値を肯定するわけにはいかないのだ、この愚かな人間のためにこそ科学はあるので、科学のために人間があるのでは断じてないのだ、と。

（一九六八・四・三）

私の研究テーマ――人間主張の論理的根拠

産業革命の進行と時を同じくして生きていたブレイクは、異常なほどに強く自然科学に対して批判的であった。我々は今第二の産業革命と言われる時代に生きているわけだが、私は、ロマンティシズムの詩人たちが自然科学に対して一般にどういう態度をとったかというごとき見方、そういう過去の歴史の性格づけよりも、我々が生きている今の時代に、このようなブレイクの批判を生かしたいと考える。この気持ちは人々のいう研究心というものではない。しかし、ブレイクの考えを今に生かすといっても、よく考えてみなければならない問題がないのではない。ブレイクは例えば「平らな大地が一つの球になる」（"...the flat Earth becomes a Ball"）ということを言っているが、これは「心の旅人」という詩に出てくる嘆きの言葉である。"flat Earth"に付されている定冠詞は"Ball"に付されている不定冠詞と対比さるべきで、「平らな大地」のほうが、本来の、強いていえば正しい状態の大地であるというのである。オールダス・ハックスリによると、Ｄ・Ｈ・ロレンスも平らな大地の方が正しいと言い張ったらしいが、ブレイクやロレンスのごとき天才が、いわゆる人知の進歩の所産なるものと逆のことを主張したのはなぜであろう。

それは多分こういうことではなかったか。自然科学は人間とは無関係に成り立つ対象の値、地球は半径六千三百七十一キロメートルの球であるという、いわば対象の絶対値のみを扱い、それのみを真理だとする。ところが人間が地球を見ているのは、目の高さに構えた映写機が地球を撮影しているのとほとんどまったく同じであって、地球が球として映らないのはひとつの正確な科学現象なのである。それはつまり、地球の絶対値に対して、人間の目と地球との反応値または関係値なのであって、まったく正しい値なのであるが、ブレイクやロレンスは真理の中からこの人間と対象との関係値を締め出した誤りに対して烈しく怒っていたのではなかったか。それは例えば、三年ほど前に中国が広島原爆と同規模の核兵器の実験をしたとき、新聞がそれを「爆発威力が非常に小さい」と報道したのに対する怒りと同種のものではなかったか。広島原爆の二千五百倍の威力を持つという水爆と比較すれば、すなわち兵器自体の絶対値間のみの比較をすれば、それは確かに「威力が非常に小さい」であろう。しかし広島原爆は人間に対して「威力が非常に小さ」かったか。それとも今は「小さ」くなってしまったとでもいうのか。彼らの怒りは、このことを、人間と物との関係値を、少しも考えない思考法、この言語に絶する人間無視、人間侮辱の思想に対する怒りではなかったか。光自体の性質を透明無色であるとしたニュートンに、ゲーテをして執拗に食い下がらせ、二十年にわたる実験を続けさせ、人間の目に映る対象の色こそが真なるものであると説いて倦ましめなかったのも、同様の人間無視、人間侮辱の思想に対する怒りではなかったか。

これら天才たちの言葉に耳を傾けず、人間と地球との関係値をただ「常識的な偏見」（A・アーミティジ、奥住喜重訳『太陽よ、汝は動かず』百六十一ページ）などと教え続けてきた人間は、人間と自動車、人間と工場、人間と原爆などなどの、人間と物との関係の甚だしい不調和に苦しむことになった。地球の絶対値のみを真として「常識的偏見」を笑ってきた人間は、ひょっとすると、無人の地球が虚空を回ることになっても、その時の地球が、その大きさ、自転公転の速さなど、いうところの地球の絶対値を相も変わらず成り立たせているのを知って、あの世で随喜の涙を流すのかもしれない。こういうことをもっと考え、学生に話し、折りがあれば世人にも訴えたい。それが私の今のテーマである。

（一九七〇・八・三）

人間無視に対して怒れ

浅草海苔についてこんなことを『暮しの手帖』が書いていたことがあった。海苔は栄養価が高いとされているが、それは食品成分表の各種食品百グラム中に含まれる栄養一覧表の数値によった場合の話である。ところが、百グラムの海苔を一度に食べようとすると五十枚も食べなければならないが、そんな食べ方はだれもしていない。たいていは一度に一枚ぐらいしか食べないから、実際に我々に意味のある海苔の栄養価は成分表に載っている値の五十分の一程度にすぎないのである云々。

海苔の栄養価を高いとするのは、人間の海苔の食べ方とは無関係に成り立っている海苔の値打ち、いわば海苔の絶対値に着目する立場と言い得るのに対し、いや高いとは言えないとするほうは、人間が海苔をどう食べているかということ、人間と海苔とのいわば関係値を重視する立場と言い得る。

中国の昔の里程の示し方がこの後者の立場、人が実際その道を行くのに要する時間を基準にしていたというのは、実に人間的であった。物差しで測った絶対値では等距離にある所でも、登り坂とか悪路の場合はここから三里、下り坂やいい道の場合は二里というふうに、人と道との関係値が使われたというのだが、こう教えられた旅人は行く先までの時間と労力を簡単に知り得たはずで、この里程は人間にとって生きた数値であった。

ところが世の中には、絶対値のみが重視され、関係値が無視に近い扱いを受けている場合が随分多い。海苔の栄養価でも、他と同じ百グラムについての値の方が、公平で科学的ですっきりしているなどと考えている人が案外多いのではないか。

郷里山形の月山の里程も、かつては人と山道との関係値によっていた。

実測による絶対値ではなくて、登る難易に応じた里数が、杭に墨で書いてあったものだが、何年か前に実測がなされ、人間が登ろうが登るまいが、それとは無関係に成り立つ距離を刻んだ石の里程標が、人と道との生きた温かい関係値を古い不正確なものとして嘲笑うがごとく、冷え冷えと立ったのであった。

昭和三十四年十月二十七日、ソ連のロケットが初めて撮った月の裏側の写真が新聞に発表されたとき、一人の天文学者はこう書いた。

「私どもに、これほど親しまれている月の、しかも地球に最も近い天体の裏側がわからないということは、天文学者にとってばかりでなく、すべてのひとびとに限りないわびしさをあたえていたことである。……今度の成功は天文学者といわず、人類全体の喜びとして心からの祝福を送りたい」

また、今から四年前の十二月、中国が広島原爆と同規模の核実験をしたときの報道には次のごとき言葉が使われていた。

「低爆発力のものであった」「爆発力は小規模で」「爆発威力が非常に小さい」「実験規模は小さく」と。

月の裏側の絶対値は、なるほど天文学者となら関係値を生じるだろう。だが、一体この学者先生は、失恋に病気に公害に戦争に飢餓に、それこそ「限りないわびしさ」を感じている我が地上何億の人々のことをどう考えているのだ。月の裏側など「人類全体」の九九・九九九パーセントにとってはどうでもいいのだ。無視していい少数の者としか関係値を生じない絶対値の、何たる図々しい押し売りであろう。何たる傲慢な絶対値信仰であろう。

広島原爆と同規模のものを、その二千五百倍の破壊力を持つ水爆ができているからといって、「低爆発力のもの」などと称するこの神経。きっと両者の絶対値だけを比較したに相違ないのだ。広島原爆は人間にとって「低爆発力のものであった」か。「低爆発力のもの」になってしまったとでも言うのか。何たる人間無視であろう。何たる人間侮辱であろう。

一体、何がかくのごとき絶対値の横暴を許したのだ。人間の生の場が地球上にあろうがあるまいが、いや、そもそも人間そのものが存在しようがしまいが冷然として成り立つ地球の絶対値、半径六千余キロの動いている球であるということ、これのみを真とし、人間と地球との関係値を誤りとする立場に我々が屈服したこと、正にそこにこそ、この横暴を許した最大の根があったのだ。

地球に人間がいて地球を見ているのは、映写機を目の高さに構えて地球を撮影しているのとほとんどまったく同じことで、動くようにも球にも見えないのは、実は、人間の目と地球との関係値なのだ。地球の絶対値とその人間の目との関係値は性質の違う共に正しい値なのであって、一方のみが正しいという値ではないのである。

人間と対象との関係値の無視は、人間の無視であった。我々は怒りをもって関係値の正しさとその復権のために叫ばなければならない。そして我々と関係値を生じない傲慢な絶対値には、手の届かないぶどうに、あれはすっぱいとけちをつけた狐のように、けちをつけるのだ。しかも負け惜しみとしてではなく、胸を張って断固と、怒りをもって。

（一九七一・一二・一）

愚の主張の必要

我々は、小さい相手というものを、どうも、あまり重んじないらしい。『ガリヴァー旅行記』で大人国に行ったガリヴァーは、例によって宮廷に近づくのだが、女官たちはガリヴァーを男と見なしてくれない。彼の前で平気で丸裸になるし排泄もする。何しろこの国の人間の巨人ぶりは、女の乳房でいうと、その突出の高さ二メートルに近く、周囲は五メートルに達するというのである。

先ごろ、月旅行などよりは、金の心配をせずにゆっくり奈良旅行でもしたいものだ、と学生に話してから十数年たってやっと、三泊のその旅行を、やっぱり金の心配をしながらした折りのこと、人々も私ども夫婦も、小さい仏像をかなり馬鹿にしていることに気づいて、興味深かった。そんなことはとっくの昔に承知しているのだけれども、何十何百という仏像を、次から次へと見て行く人波の、ほとんど誰もが、小さい仏像にはあまり目を向けず、大きなものの前に立ち止まるという、そういう圧倒的人間模様のただ中にいると、生まれて初めてそのことに気づいたような感動を覚えたのであった。そうして、巨大な大仏様がなければならない理由も、あらためて生臭いまでにわかり、おかしく、人々にまじっての旅は楽しかった。

「お前の財布が許すかぎり上等の衣服をな、しかし風変わりなのはいかん――高価なのだ、けばけばしいのはいかん。というのも着物はよく人を示すものだからな」というのは、『ハムレット』の中でポローニアスがフランスに遊学する息子レアーティーズに言う処生訓の一部だが、たしかに我々は着物によって人の値打ちを測るということをする。

何かの折り、カーライルが『衣服哲学』の中でしたように、王公貴顕が集まっている場で、突然魔法の杖か何かの力により、あらゆる人の衣服が皆脱げて飛んで行ってしまったら、などという想像をすることがないわけではない。しかし、さっきまでよれよれのズボンに収まっていた脚と、今ぴいんとアイロンのかかったズボンの中のものとを、同じと見積もることができる人は、結局のところ、三十何億の人間中、ただの一人もいないのではないか。たかが布切れ一枚の話なのだが、思えば人間の眼力というのも、たいしたものじゃない。

銭湯はつかの間、この布切れから人間同士を解放してくれるわけで、総理大臣も銭湯に行けば、少しは政治もよくなるかもしれない。その銭湯に通っていた十数年前に、時々おやと思ったことがある。その日によって他人の裸が美しく見えたり醜く見えたりするのであった。どうしてだろうと、何度かの体験を振り返ってみると、それは大体、自分が疲れていると他人の裸が醜く見える、というのであるらしかった。

老人が今の若い者はという理由の一つがわかったような気がし、やがて五十を過ぎたころ、若者たちよ許せ、若さへの老人の嫉妬を、などという下手な詩を書いたこともあった。嫉妬は正しい判断を狂わせるなどと言われるけれども、青春に何ほどかの嫉妬を覚えない老人がいるだろうか。己が青春に幾ばくかの悔いなき人が、この世に一人でもいるだろうか。いただろうか。

人間の判断といってもこの程度のものなのだ。公平無私などということは期しても達し難きものだ。そして我々は、こういう人間の実力を恥じることはない。それを恥じることは人間であること自体を恥じることになるからだ。

一月ほど前、伊良湖の海で七百九十一トンのタンカーが追突されて六、七十メートルの海底に沈み、それから絶え間なしに漏れてくる一分間約一リットルの油のために、わかめ、海苔、その他の海草、きす漁、その他の漁業に何億かの被害を及ぼすということがあった。その油の拡散を防ごうとして中和剤を使うと、それは漁獲に害がある、風があるとまた雨が降ると作業能率がすぐに落ちる、といった具合で、防除はなかなかうまく進行しないのであった。

つまり、この種の事故に対して持っている人間の対応能力が甚だ弱いというのであったが、特に注目されたのは、人間の潜水作業能力であった。まず六、七十メートルまで潜れる潜水夫がなかなかいない。それだけの水深だとそこでの作業はせいぜい十分間しかできないし、潜水夫の知能は作業中、幼稚園の子供以下になる。浮上後しばらくは疲労のあまり物が言えない。そういうことが次々に報道されたのであった。

こういう凄惨なまでの、水に潜る人の若死にを予想させるまでのことをしても、油漏れを止めることはできないのであった。しかも我々はこのタンカーを小型タンカーと呼び、この、二百倍三百倍いや六百倍もの大型タンカーなるものを、多数走らせているのである。

今、人類は、明らかに、身のほど知らずのことを多くしている。人間の実力の程度を、人間の愚というものを、恥じずに、断じて恥じずに主張しないと、人類は危ないのではないか。

（一九七三・五・三〇）

人間の物差し

かげろうは昔から儚いものの例えに使われてきた。成虫は卵を産み終えると数時間で死ぬそうで、この短いいのちが右の例えの理由なわけだが、かげろうみずからが自分のいのちを短いと思っているかどうかを聞いてみたら、案外な答えが返ってくるのではないか。まして君のいのちの儚さに同情するよなどと言おうものなら、余計な心配はよしてくれと怒られるかもしれない。

つまりこのかげろうの例えは、人生五十年だか七十年だかとにかく、人間のいのちの長さを物差しにして人間が勝手に言っているにすぎないものだ。かげろうが人間の時間の物差しを使っておのがいのちの儚さを嘆いているなどと考えるには、自然界の他のもろもろの生物の生があまりに潔いように見える。かげろうにはかげろうの時間の物差しがあるのだ。そうでなかったらかげろうはかげろうでなくなってしまうに相違ないのだ。

人間もほぼ同様で、かげろうのいのちを儚いなどと言っているのが何よりの証拠だが、自分自身の一生の長さを物差しにして、「明治は遠くなりにけり」などと言っているところに、我々の人間くささ、温かさがある。明治よりもっと遠い徳川でも、徳川時代に生まれた人がいなくなれば、遠くなりにけりの感慨ももうなくて、明治に生まれた人が生きていてこその明治なわけだ。時として百万年などというのが比較に持ち出されることはあるが、それも五十年または七十年のこの世の生を勇気づけたり慰めたりする、要するに仕合わせにするのでなければ、意味がない。ばかりか、それはしばしば害になる。

源信が『往生要集』で、最も責苦の軽い等活地獄での期間を、「人間の五十年を以て四天王天の一日一夜と為し其寿五百歳なり。四天王天の寿を以て此地獄の一日一夜と為して其寿五百歳なり」と書いているのは、何段も飛んで人間の物差しを無視し見おろし侮辱していて、頭のいいしかし憎むべきこの奇妙な数学の答え、一兆六千六百五十三億一千二百五十万年などという数におびえる人は、さすがに少なくなったと思われる。

今売り出しのある哲学者が「たった百年心すれば、すべての人は例外なく、あの世ゆきである」と、百年をいかにも短いように書いていたことがあったが、これでは源信の亜流ではないか。庶民の方はちゃんと人間の物差しを使って、百はおろか八十まで生きたら、「年に不足なかったでなんし」と昔から言っていたのだ。人間離れした途方もない物差しに降参し、百年を「たった」などと見るのを許したら、なにしろ相手は一兆六千億年、百まで生きようが二十で壮烈とかいう死を遂げようが、等しく束の間の生になってしまう。二十では死にたくないということの背後には、百まで生きたら「年に不足はない」という庶民の物差しがあり、この物差しの肯定主張が戦争はいやだということでもあるわけだ。

こういう人間の物差しに自信をなくさせたものの一つに自然科学がある。万物の霊長とか犬畜生とか中華とか東夷西戎南蛮北狄とか、人間の過度な自己中心も困るが、自信喪失というのは自己喪失になる危険がある。例えば地球が動くか動かないかを人間の物差しで測れば、動かないというのが答えで、動くとすれば、それは地震なわけだ。ところがこの場合の自然科学の物差しが実に大きい。地球は赤道上の点でいって毎秒四百六十メートルの速さで自転し、地球の中心でいって毎秒三十キロメートルの速さで公転しているのだ、それのみが真理なのだという。こういう巨大な物差しに簡単に屈服することは人間の自己喪失にならないか。

去年の秋ふと思いついて、同僚の物理の教授に、関東大震災のエネルギーは地球の自転のエネルギーの何分の一ぐらいでしょうかと尋ねたことがあった。約五兆分の一、少し詳しく言うと約四兆六千五百億分の一とのことである（公転のエネルギーとの比較はあまりに大きな数字になることが予想されたので尋ねなかった）。

つまり人間の物差しは、地球の自転のエネルギーに対して五兆分の一という、そんなにも小さい力を「大」地震と呼ぶ程度のものなのだ。それほど小さいもの、地球の自転のエネルギーの五兆分の一という力からさえ逃げるしかないもの、それが人間だから だ。しかも逃げるとき完全には火事の発生を防ぐことができない人間。風速が十二メートルならば現在の東京の江東、墨田二区で五十万人弱の死者が出る、石油ストーブの一・三二パーセントから出火しその六割を消した場合でも、都内二十三区の九割以上が三時間で焼け野原になる、というのだ。

日本のあちこちに今大きな地震が迫っていると言われる。地球の自転公転をいう大きな物差しよりも、地震のこと、地震の予知の画期的推進をいう小さな物差しを前面に出すことが、その小さな物差しによる地動説、すなわち地震こそが地動説の内容の本命なのだと叫ぶことが、今特に、そして将来も、最も必要なのではないか。

人間は、雷を電気の現象として理路整然と説明できるようになったからといって、台風の自然科学的原因について百点答案を書けるようになったからといって、落雷の接近や台風の怒号に対する恐れや、何者かに向かって怒りを静めたまえと祈りたくなる弱さを脱しているわけではない。

千年前の『宇津保物語』や『源氏物語』で、雷が「かみ」と呼ばれているその汎神論には、今も、そして将来も、正しい部分があるのだ。それが人間なのだ。

そういう人間であることを正直に言うことが、人間の小ささ弱さを恥じずに言うことが、人間のこういう実力は水の分子式が H_2O であるのと同質のことなのだと言うことが、それが、人間を主張する我々の立場の中心的な部分をなすものなのだ。人間の寿命と体に合った物差しこそが一番大事な我々の物差しなのだと言い張って譲らないことが。

（一九七四・四・五）

人間の実力の自覚を

去る八月十一日の『中日新聞』夕刊に次のような記事が載っていた。

「アスピン米下院議員（民主党）は十日、声明を発表し核兵器の取り扱いに従事している米軍将兵のうち、アル中、麻薬中毒、勤務状態不良などで核兵器取り扱い許可証を没収された者が今年三月末までの一年間で三五パーセントも増え、二千四百二十七人（前年は千七百九十八人）に達したことを明らかにした。これは同許可証保有将兵二万四千六百七十三人の約一〇パーセントに当たる。

同議員が声明の中で公表した陸軍次官補の書簡によると、このうち麻薬常習者であることがわかって許可証を没収された者は、前年の七百六十九人から千百二十四人へ五〇パーセントも増えた」

この核兵器の取り扱いに従事している人たちの、アルコール中毒、麻薬中毒にかかっている割合は、他の職業に従事している人たちの場合の割合よりも高いのか低いのか。

核兵器の取り扱いが並々ならぬ注意を必要とするものであるなら、その仕事から解放された後で人々はアルコールとか麻薬に走りやすい、したがってその割合はより高いであろうと考えてもよいのか。アルコール中毒や麻薬中毒にかかっているかどうかの検査はどのくらいの頻度で行なわれているのか。一年に一回だとすると、来年の検査まで新たに中毒患者になる者はいないのか。一月に一回のいや毎日の検査であれば、こういう中毒患者の核兵器取り扱い者を完全に一人もなくすることができるのかどうか。核兵器取り扱い者の中に突然の発狂者を出さない方法はあるのかどうか。

さらに、アメリカの原子力発電所で働いている者と、例えば原子力発電によって出てくる問題のプルトニウムその他の核物質を運搬するトラックの運転手（最近読んだジョン・マックフィー、小隅黎訳『原爆は誰でも作れる—テッド・テイラーの恐るべき警告』文化放送開発センター出版部、七百六十円、によると、こういう核物質が普通のトラックで運ばれていることも多いという）はどのくらいの者がアルコール中毒とか麻薬中毒とかになるのか、その検査はどのような頻度でなされているのか、といった問題もある。

我々の周囲には自然科学の力を信仰していて、その自然科学の成果なるものを扱う人間の至らなさに着目せず、至らない人間が扱い誤りその他によって事故を起こしたようなとき、人間がもっと注意すれば、もっと誠実になれば、責任を果たせば、金に誘惑されなかったら、などなど、要するに人間がもっと立派であったら、事故は起こさずに済んだのだ、と考えている人が多すぎるのではあるまいか。教育や懲罰などによって、または社会の仕組みを変えることによって、もう少し人間をましにすることは確かにできるであろう。しかし自然科学は人間が百点をとるほど立派でないと大災害を起こしてしまうようなもの、人間にとっては精密すぎるもの、速すぎるもの、複雑すぎるもの、微量すぎてしかも恐ろしいもの、そういうものを生み出してしまったのである。

いくら努力しても、いくら教育しても、いくら懲罰によって脅しても、いくら社会の仕組みを変えても、九十九点つく人間は一億人に一人しかつくれない、平均は七十点がせいぜいであるというのが人間というものであるなら、九十五点つかないと駄目な仕事がどんどん増えているとしたら、九十五点つかないと駄目な仕事に三十点しかつかない人を紛れ込ませない方策がついにはないとしたら、しかも、初めに引用した新聞記事のように、危険きわまりないものを扱う不適格者が増えている、またこの間新聞に出ていたように、拷問が世界的に増えている、つまり人類は退歩しつつあるのではないかを思わせる事実さえあるのなら、それなら一体、我々はどうしたらいいのであろう。

いい知恵はなかなか浮かばない。しかしあがかずにいることがどうしてできよう。そしてまさにあがくべきことに多くの人があがくようになったら、そのあがきの結集によって何とか少し道が開けるということはないであろうか。そのあがきの一つを自然科学の進歩の阻止ということに、何よりもまず己れの中の進歩思想の打破ということに向けるというのは、迂遠すぎる策なのであろうか。

（一九七五・一一・九）

絶対値と関係値

昭和四十八年五月三日の深夜、伊良湖の海で七百九十一トンのタンカーが追突されるという事故があり、六、七十メートルの海底に沈んだ船から一分間約一リットルの割合で漏れてくる油のため、海苔、わかめ、きす漁などに二、三日でたちまち何億円かの被害が出るということがあった。そのわずかな油の拡散を防ぐために油の中和剤を使うと、漁獲に害がある、オイルフェンスとかいうもので囲もうとすると、その能率が雨や風のために簡単に落ちる、というのであった。第一この愛知県という大きな県に六、七十メートルまで潜れる潜水夫がいない。やっとそれだけ潜れる潜水夫がどこからかやって来て作業を始めたので、さあこんどは何とかなると思っていると、油漏れの可能性がある所が四十一箇所だかあるというのに、これだけの深さだと一回にせいぜい十分間しか潜っておれない、おまけに、水底での潜水夫の知能は、幼稚園の子供のもの以下になってしまうという有様。とうていそれらの箇所をふさぐことはできず、しかも浮上後しばらくは疲労のあまりものも言えないという。こういうことが日を追って次々に報道され、油漏れは続き、結局船は五十何日か目にやっとのことで海底から引き上げられたのであった。

つまりこのタンカー事故に対して、人間はほとんどまったく無力であったのであるが、興味深いのは、新聞がこのタンカーを小型タンカーと呼んで事故の報道をしていたことである。

実際は小型どころか、大型も大型、実に手強い相手で、正に巨大な怪物とも称すべきものであったわけだが、なぜ小型と呼んでいたかの理由は至極明瞭であろう。大型タンカーなるもの、このタンカーの三百倍、四百倍、いや六百倍を越えるものさえが多数海上を走っているからである。つまりタンカーの大小はもっぱらタンカー同士の大きさの比較によって決められていて、それが人間にとってはどうなのか、大きいのか小さいのか、ということが考えられていないからである。

こういうこともあった。昭和四十二年十二月四日に中国が広島原爆と同規模の核実験をした時、新聞は「低爆発力のものであった」とか「爆発力は小規模で」とか「爆発威力が非常に小さいことから」などという表現を使ってそれを報道した。そしてご丁寧にも注として、「爆発規模の小規模とはTNT火薬にして二万トン相当(広島原爆と同規模)までの爆発力を意味する」などということまで付記していたのである。

この場合も、人間と原爆との関係で事柄が考えられているところはまったくなく、例えば広島原爆の二千五百倍の威力を持つ水爆ができているというから、それと比較すれば、この核実験などは「爆発威力が非常に小さい」ということにならざるを得ない。こういう、人間を除外した大小の決め方がもしも正しいなら、地球全部を一度に吹き飛ばす爆弾を作ったとしても、「なに、太陽の核爆発と比べればそんなものは小規模さ」と言っていればいい。広島や長崎の人たちが「爆発規模の小規模とは……(広島原爆と同規模)までの爆発力を意味する」などという、何とも馬鹿げたまた何とも無礼な一種の定義とか、同じ紙面にあった「米原子力委員会の云々」などという箇所を読んだとき、どんな思いを抱くであろうかを、瞬間的にしろ記者たちは考えたであろうか。広島原爆は人間にとって「低爆発力のもの」でもあったというのか。それとも「低爆発力のもの」になってしまったとでもいうのか。何たる人間無視であろう。何たる人間侮辱であろう。

しかし、こういう、物同士の比較によって事柄の大小を言い、人間と事柄との関係を省いてしまう思考法は、しかもやはり原爆について、二十世紀最大の哲学者の一人と言われるバートランド・ラッセルによってもなされているのである。ラッセルは『常識と核戦争―原水爆戦争はいかにして防ぐか―』(飯島宗享訳、理想社)という本の中で言っている。「実際、私たちは今でこそ水爆を非常におそろしいものと考えていますが、つい十三年前には、原爆に怖気を震ったこともあったのです。……遠からず私たちは、水爆のころは幸福で愉快だったと回顧し、なんでひとはあんなとるにたらぬ兵器をこわがったのだろうと怪しむような破目におちいるでしょう」原爆に怖気を震わなくなる日が、水爆が取るに足らぬ兵器になる日が、一体人間にくるとでも、つまり人間を次第に強くなっていくもの、進歩する存在だとでも考えているのであろうか。広島原爆はその何億倍の威力を持つ兵器ができたとしても、人間にとっては、依然として超巨大兵器なのである。

一体何がこのような考えをはびこらせたのであろう。それは、$C + O_2 \rightarrow CO_2$ という炭素と酸素が化合して炭酸ガスができることを示す式において、O_2 と化合する前のCの値だけに着目し、化合後の CO_2 の値を無視するというのとまったく同種の誤りなのであるが、この誤りの遠い源は、この式のCのところに地球を、O_2 のところに人間を置いたときに、人間と反応する前の地球の値だけを正しいとし、人間と反応した後のCO_2の部分に当たる値を誤りとしたところにあったと考えられる。

$C + O_2 \rightarrow CO_2$において、CにはCのO_2にはO_2の性質があって反応が行なわれるごとく、地球には地球の人間には人間の性質があって、地球と人間の反応も成り立つ。まず地球の性質を挙げてみると、その大きさと形は半径六千余キロメートルの球、動きはといえば、自転の方は赤道上の点でいって毎秒四百六十メートル、公転のほうは地球の中心でいって毎秒三十キロメートルの速さで動いている、位置は太陽系の中、さらに拡大すれば銀河系さらに宇宙の中ということになる。人間の性質は、同様にして、二メートル弱で二本足でご承知のとおりの姿というのがその大きさと形、動きは、生身の人間でいうと、毎秒零メートルからせいぜい速くても十メートルまでというもの、位置は地球上ということになる。こういう性質を持った地球と人間がこういう条件で反応するとどんな化合物ができるか。実はというと、それは誰でも知っているもので、それこそが、我々人間が昔から見てきたまたは触れてきたまたは歩いてきた地球というものに他ならなかったのである。

それはまず丸くなどない。でこぼこである。上り坂であったり、下り坂であったり、エヴェレスト山に女性だけで登ると大評判になるということであったりする。地球からすると、ごく一部分の空気に渦巻きができたこととそのせいで流す涙程度のものが、人間にとっては伊勢湾台風であり、室戸台風であり、地球は丸いなんていうものでなぞ全然なくて、近くの土地のでこぼこの、そのでこの部分の高さがたったの五センチ低かったために、一生かかって建てた家が流されたり、一つしかない命が奪われてしまうことであったりもするのである。

次にそれは動かない。不動の大地、と我々は地球を呼んできた。その不動であることに絶大な信用を置いて、すべての行為、食べることも、恋も、お産も、死に水を取ることも、働くこと、眠ること、憎むことも、嫉妬することも、泣くことも、要するに生きるということをしてきたのである。人間にとって地球が動くとは、地震のことで、よしんば地球に心があっても、地球は地震を怖がりはしまい。地震、雷、水、火事、おやじと、怖いものの筆頭に数えられてきた地震。有名な関東大地震のエネルギーは、地球の自転のエネルギーの約四兆六千五百億分の一であるという。地球にとってはそんなに取るに足りない小さな動きが、われわれ人間にとっては「大」地震であったのであり、今後もそうなのであって、それからは効果的に逃げるしかないのが人間なのである。

地球は丸くなぞない、地球は動きなぞしない、動くとしたら地震がそれで、地震は怖い、だからそれに乗っていると丸い動く地球が見えるとかいう物を飛ばすのに使う莫大な金は、即刻地震の予知とか地震の被害を少なくする対策とかの研究に回せ、という言い分、それらが正しいのは、何でもない、地球の大きさと地球上にいる人間の大きさの差が、比が、違いが、そのまま正確無比に作用した結果出てきた値で、正直なうそのない値で、それらがあったからである。それらは、地球をC、人間をO_2として$C + O_2 \rightarrow CO_2$という式を作ったときの、正にCO_2に当たる部分であった。正しい値であったのである。

ところが、人間とは無関係に、いやそもそも人間が存在しようがしまいが成り立っている地球単独の性質、地球の客観的数値と称するもの（私はこれを地球の絶対値と呼んでいるのであるが）のみが正しくて、地球と人間とが関係または反応した結果出てきた値（私はこれを地球と人間の関係値と呼んでいるのであるが）は正しくないという。これは$C + O_2 \rightarrow CO_2$においてCのみが正しくCO_2は正しくないというのとまったく同じで、誤りであり、地球の絶対値と、地球と人間の関係値は、性質の違う値であって、相互に矛盾する値ではまったくなく、共に正しい値なのである。

次に$C + O_2 \rightarrow CO_2$のCにマッチを、O_2に人間を置いた場合の反応について考えてみたい。O_2が三歳の子供であると、予想されるCO_2の内容は、子供のやけど、火事などであるから、普通親たちは子供の手の届かない所にマッチを置いて、マッチと子供が反応しないようにしておく。子供は大きくなるにつれて、やけどもせず火事も起こさずにマッチを使えるようになり、マッチと子供の反応は許されるようになる。CO_2の部分にめったに不都合なことが起こらなくなるのであるが、試験をなしにするために学校に放火する生徒を一人も出なくするほど、親や教師が賢くなることは今後もなさそうであり、恨みのためや保険金のために放火する大人を根絶するほど、世の中がよくなる日もきそうにはない。とすれば、マッチという人間の知恵の所産でさえ、丸々肯定できるものでは必ずしもなかったということになる。

それではタンカーはどうなのか。小型タンカーなどと手強い相手を呼んでいるところには、三歳の子供の手の届く所にはマッチを置かないという、当たり前至極な常識さえも感じられず、己が身の実力を忘れて対象の絶対値だけを云々している人間、絶対値信仰とも称すべき状態に陥っている危ない人間の姿がある。以下の話もこういう絶対値信仰が生んだ少し哀れな人間行為の一例であろう。

私の郷里は月山の麓なのであるが、十合目まである小屋小屋には次の小屋までの里程を書いた杭が立っていたものである。里程は人間と緩急さまざまな山道との関係値、恐らくは登っていくにつれての疲労をさえ含んでいる値が用いられていたのであるが、戦後実測がなされ、人間が登ろうが登るまいが、それとは無関係に成り立つ距離を刻んだ石の里程標が、人間と山道との生きた温かい関係値を非科学的としてあざ笑うがごとく、冷え冷えと立ったのであった。

こういう絶対値信仰をいやがうえにも煽り立てたものにノーベル賞がある。もちろん物理化学など、自然科学の研究成果なるものに与えられるノーベル賞のことであるが、それは何よりも、物自体の値、つまり対象の絶対値、の探求の結果が画期的であれば、前人未踏のもの、すなわち記録破りのものでありさえすれば、簡単に与えられる。そして、その記録破り性を求められる点が、探求される絶対値の世界を次第に、そして近頃は急速に、人間から離れたものにしている（もちろん例外はあるに決まっているが）。というのがこの賞に対する私の印象である。三歳の子供がマッチをいじれば危ないというのは、三歳の子供とマッチとの間が離れすぎているからだと言っていいだろう。人間からますます離れていくように見えるノーベル賞受賞の研究成果、何らかの意味で新味がなければならない、つまり記録破り性を持たなければならないとされる、したがってやはり次第に人間から離れていくように見える文化勲章受賞の研究成果、果ては助教授から教授に昇進するために物される研究成果に至るまで、それらは多く人間には危ないものになりつつあるのではないか。

最近の例でいうと、型どおり画期的な成果と称され、同時に大きな危険を孕むと言われているものに、遺伝子の組み換え、次いでその人工合成の成功ということがあった。後者はつい最近のことで、危険の指摘はまだ少ししか聞かれないが、前者ではすでに二年前にアメリカ科学アカデミーのその分野の学者十余名が、自分たちはこれこれの研究をこれ以上進めることを止める、それは一歩誤ると人類の滅亡にもつながる危険を孕んでいるからだと宣言、さらに今年の六月二十三日、アメリカ国立衛生研究所は、その所管内に関する限り、こういう危険のある四つの遺伝子組み換え実験を即日禁止するという挙に出たのであった。人知の成果の前人未踏性のみをたたえていることができなくなり、それと人間との反応を考えると（反応は必ず起こるので、例えば去る九月十六日の新聞は、国際的テロリストのカルロスなる男が小型核爆弾を所持しているらしいことを報じていた）、その分野そのものの進歩を止める、ないしはすでにできているものを安全に廃棄するしか人類が生き残る方策はない、そういう域に達した人知の所産が幾つも出てきているのである。原爆がそれである。右に述べた遺伝子のことが直接関与すると考えられる細菌兵器が、プルトニウムが、それである。

今や我々は、絶対値信仰に終始してきたといっていいスウェーデンの科学アカデミーなどに、人知の所産の価値評価を任せておくわけにはいかない。そしてこの一つのアカデミーなどに、人間の知能労働のどの分野を奨励すべきかについて、全人類を指導するに足る見識と見通しを持った者がぞっくり集まっていたなどということは、取り立てて調べてみるまでもなくそのはずがなかったのである。

（一九七六・九・二七）

小人閑居して不善を為す

暮れから正月にかけて、内容が対照的な二種類の本を読んだ。一方はローラ・インガルス・ワイルダー作、恩地三保子訳の『大きな森の小さな家』『大草原の小さな家』（福音館書店）、他方はG・R・テイラー著、渡辺格、大川節夫訳の『人間に未来はあるか』（みすず書房）であった。

ワイルダーの本は、巻末の解説が「この物語は、いまから百年まえ、北アメリカがまだ開けていなかったころ、大森林や大草原のきびしい開拓生活の中で成長していった、一人の少女ローラと、その家族の物語です。大吹雪、イナゴの大群、日照り、熱病などの、思わぬ自然の脅威にいつもおびやかされながら、とうさんとかあさんとローラたち一家は、大自然のまっただなかで、助け合い、自分たちの手で、丸太を組みあげ家を建て、パンやバターやチーズをつくり、生活のどんなことでも一つひとつ自分たちの手でつくり、家庭を、生活を築きあげてゆきます。人間の生活のこんな基本的なことが、深い喜びとなって、いきいきとこの物語から伝わってきます。それは、この作者、ローラ・インガルス・ワイルダーが、一八八〇年代に、実際に、生きる喜びにあふれた少女時代を送り、その経験を、そっくりそのまま、私たちの目の前に再現してみせてくれるからなのでしょう」と言っているとおりの内容で、読む者の心を、しょっちゅう感動でいっぱいにするものであった。そしてその感動は、これこそが家庭というものなのだ、これこそが働くということなのだ、これこそが生きるということなのだ、と心に叫ばずにはいられないようなものであった。

例えば「夏の夜には、とうさんは、話もしてくれませんし、ヴァイオリンも弾きませせん。夏の日は長く、とうさんは、一日じゅう畑で働いてつかれているのです。かあさんも、いそがしいのです」とあって、話とヴァイオリン、つまりローラたちの生活の中の文学と音楽も、衣食住を直接得るという人間本来の営みの中で、決して出しゃばってはいず、その節度あるひかえめな位置を守っていた。

他方テイラーの本は、元々の題名が生物学的時限爆弾というもので、生物学、特にその現在の花形である分子生物学が、このままの勢いで進歩すれば、やがて大爆発を起こし、人類に壊滅的な打撃を与えるであろう、という趣旨のものであった。一九六八年に出されたこの本の第一章には「もし人間が新しい遺伝学の知識を誤用したときどんな危険なことになるのかと考えると、……非常に恐ろしいという気持にかられる」とか「私はいまから一生をやり直すとしても、生物学はやりたくない。二十年もすれば、有刺鉄線の中で働いているのが生物学者である」とかいった何人かの学者の声が引用してあり、著者の考えとしても「監督や規制がないまま、このような研究がすすめられるべきかどうかは現実的で緊急の問題である。とめるならいまだ。やがてそうしようと思っても、できなくなるときがくるだろう」とか「生物学革新の速度が非常に早いと西洋文明あるいは世界文化を破壊してしまうだろうし、思慮深く規制をしないと、そこから混乱した、不幸な、そして非生産的な社会がつくり出されてしまうことにもなろう」といったことが他にも多く書かれてあり、どういう危険な研究が現在行なわれているかが詳しく述べられた後、今後達成されるであろうことが「進歩の表」として以下のごとく列挙されていた。

第一期　一九七五年まで。

四肢や臓器の移植の範囲拡大

人間の卵子の試験管内受精
受精卵の子宮への移植
卵子と精子の長期保存
生れる子どもの性の選択
臨床死を延期させる広範な手段
精神変換薬　欲望の制御
記憶の抹殺
不完全な人工胎盤
人工ウイルス
第二期　二〇〇〇年まで。
大規模な精神変換と人格の改造
人間と動物の知能の増強
記憶注入と記憶の編集
完全な人工胎盤と真のベビー生産工場
生命の複製　再構成された生物

冬眠と長期の昏睡状態
若々しい活力の長期維持
最初のクローン化動物（同じ動物をさし木で植物をふやすような方法でふやすこと）
単細胞生物の合成
臓器再生
人間と動物のキメラ（頭がサルで胴体が人間といった怪物）

第三期　二〇〇〇年以後。

老化のコントロール　寿命の延長
複雑な生物の合成
身体から分離された脳
脳とコンピューターの結合
遺伝子の挿入と削除
クローン化人間
脳と脳の結合
人間と機械のキメラ

死の無限の延期

これは、正に、小人閑居して不善を為す、ではないかと思った。

英、独、仏などヨーロッパ諸語では、学者という語の語源は「ひま」というのであり、したがって学者に十分なひまを与えなければいい研究はできないのだ、とは、何度も聞かされたり読んだりした覚えのあることなのだが、右の表に列挙されているようなことは、ごくごく少数の者にとって以外、達成されると甚だ迷惑なことでは、すなわち不善ではないのか。学者もいや人間は誰でも、しょせんは小人なので、ローラ一家のごとく、直接衣食住を得ることに汗を流すという部分を欠くと、不善をなす生きものなのではなかったか。ウィリアム・モリスの『ユートピア便り』に、あらゆる職業の人が秋を待ちかね、嬉々として麦刈りに出かける場面があったことが思い出されるのであるが、今アメリカでは、遺伝子の組み換えという分子生物学の花形部門の研究が、結局は社会的倫理的な「不善」ではないかとして、各地の自治体によって、ついには国によって、規制を受けそうになっているのである。

（一九七七・四・一〇）

体外受精児の報道に接して
科学の進歩と人間の問題を考える

今度の体外授精児誕生の報道には注目すべき特徴があった。例のごとく「世界で初めての」「世紀の」「奇跡の」といった、今までも新しい科学の成果が報道されるときに使われてきたことばが使われていたのであるが、また欲しくてもわが子を得られない親には「大きな福音である」とか「またとない朗報であろう」とかと書かれていたのであるが、そのあとに、ほとんど例外なく「しかし」「だが」などとあって、「手放しで喜ぶのは早計にすぎる」「科学と倫理の議論はにわかに現実味をおびてきた」「何らかの規制措置が必要だ」「今後に大きな社会問題を投げかけそうだ」「悪用防止は人類の務め」といった懸念と批判のことばが続いていたことがそれである。

この同じ体外授精児誕生ということがもしも二十年前に起っていたとしたら、果たしてこれほどまでのただし書きが加えられたであろうか。きっともっと無条件な科学賛美のことばが連ねられていたに相違ない。

なぜであろう。科学はどんどん進歩するが、その成果を扱う肝心の人間の方は一向に進歩しない、いや退歩さえしているのではないか、ということが次第にはっきりしてきたからである。

今度の報道に見られた、「一人の将軍が、何万人のすばらしい軍人を製造せよという命令を出し、貸し腹女性を募集したり、借り腹を命令したりしたらどうなるだろう」とか、「確かに、野放しにすれば、夫婦間から他へ広がり、極言すればナチの純粋種族の人工的生産といった事態も予想されないでもない」とか、「問題は、この技術が『悪用』されて、お金で母体を借りるとか、優秀な人の子供を受精卵の段階で買うといったSF的な事態が現実に起き得るということだ」といった各種の意見自体も、人間をそういう事態を招くような愚かさからすでに脱している存在と見ているのならば、出てくるはずのないものであった。そして現に、アメリカで、「求む母親代理、試験管ベビーを胎内で育ててくれる女性。ただし白人に限る」との広告が三つの大学新聞に出されたところ、たちまち女子学生ら二百人が応募、一人二百ドルから千ドルに及ぶ報酬を要求したというのである。そしてこの話はまた、人種的偏見なるものを脱し切れないでいる我々を語ってもいるわけだ。

人間がなかなか変わらないものであることは、ダーウィンも『種の起源』の中で言っている。この本には挿し絵が一枚しかなく、それも多くの横の平行線が等間隔に引いてあり、その最下端のものから上方にのびて分岐していく点線によって、種の進化が示してあるだけのきわめて無味乾燥なものであるが、ダーウィンは平行線間の一つの間隔を一千世代、いっそうふさわしくは一万世代を表わすものとしてよいと言っている。ヒトの場合、一世代は約三十年とされるから、ヒトという種の進化には三万年から三十万年かかることになり、したがって、機械文明に画期的進歩をもたらした産業革命以後の二百年などは、ヒトの進化にとっては、物の数にもは入らない時間、ということにならざるを得ない。

人間の進歩という問題はどうであろうか。医学の進歩は自然淘汰ということに対して幾分かの勝利をおさめたわけであるが、その医学の進歩が招いた虚弱者の生存と、薬、農薬、食品添加物、合成物質などに関する知識の増大が明らかに一役も二役も買っている病人や奇形児の増加はヒトの退化を、歴史の進行とともに戦争の度数とそれで死ぬ人が増えたこと、非戦闘員の死者が全体の死者中に占める割合が、第一次、第二次の大戦、朝鮮戦争、ヴェトナム戦争で一三パーセント、七〇パーセント、八四パーセント、九〇パーセントと急増したこと。国際人権機構の調査が、世界的規模での拷問の増加と、悪化の一途をたどっている人権侵害の全体的状況を報じていること。去年の犯罪白書が伝えている文明大国における殺人、強盗婦女暴行、窃盗などの犯罪の激増などなどは、いずれも人間の退歩を、否定し難く示しているということができる。

さらに、進歩とはそもそも何であったのか、という問いを発せしめずにはおかないような事実の指摘がなされている。エネルギーの収支計算というのがそれで、イギリスの物理学者ピーター・チャップマンをその創始者とするとのこと。例えばイギリスで一エーカーの土地に、最も進歩した近代農法によって、じゃがいもを栽培し、それを消費地まで三十四マイル運んだ場合の所要エネルギーは、五百四十四万キロカロリー、新じゃがで皮ごと食べるときと皮をむく旧じゃがのときの栄養分はそれぞれ六百四十四万および五百四十九万キロカロリーであり、輸送距離がこれの三倍になれば、皮ごと食べても、エネルギー収支は赤字になってしまうというのである。

先日ある日本の新聞にもとうとう「エネルギーくう食品づくり」という記事が現われ、今の日本の穀類、いも類、野菜類、果物類、肉類、魚介類、油脂類などについて、そのエネルギー収支一覧表が載っていたが、魚介類などは摂取し得る栄養分の十二倍から十六倍近いエネルギーが投入されているという数字になっていた。じゃがいもの場合も載っていて、この場合は輸送に要するエネルギーが考慮に入れられていないにもかかわらず、栄養分一に対して一・八のエネルギーが投入されているとあり、イギリスの場合よりも近代化、つまり動力、機械、化学肥料、農薬、光熱などの使用程度が高いことが示されていたが、例えば温室栽培のトマトは露地栽培の場合の約三・六倍のエネルギーを食っているという。

近代科学の最高の成果を結集したものなどと称される原子力発電も、低稼動率に加えて、故障修理、放射性毒物の処理と保管、耐用年数（多くて三十年とのこと）が過ぎた原子炉その他の五十万年にもわたる安全管理などに必要なエネルギーを考慮に入れれば、そのエネルギー収支は決定的に赤字であるという。

科学の進歩と人間という問題を考えるとき、どうして原爆のことを逸することができようか。我々がそもそも科学の進歩に対して疑問を持つようになったのも、原爆がきっかけでこそあったのだ。時も八月である。

それは最初、ナチを討つため、偽名を使った二人を含む多くのノーベル賞受賞者の直接参加のもとに作られたのであったが、より抽象的一般的に言えば、科学の成果と集団でけんかをする性質を持った人間種族との反応の一所産、ということになろうか。ナチが崩壊して、原爆の製造はその動機を失ったはずであったが製造は打ち切られずに原爆は完成され、完成された原爆は、その原理や設計を提供した学者たちの手を離れて、広島と長崎に落とされたのであった。

そしてこの原爆の場合も、人間種族との反応がその後続いたのはもちろんであるが、その反応の二、三の所産を挙げてみると、まず、多数のノーベル賞受賞者を必要としたほど難しかったその製造は『原爆は誰でも作れる』という本の名のとおり容易になり、何人かの大学生いや一人の高校生さえが爆発可能な原爆の設計をしたと伝えられ、一般市民には入手できない唯一の資材である核燃料は、アメリカですでに大量紛失しているといい、とうとう二年前には、「全米の原発が厳戒、過激派の襲撃説も」とか「小型核爆弾を所持？　テロリストのカルロス」などという新聞記事が現われるようになったのである。そして最後に、最も巨大な反応の所産と思われるものを紹介すると、それはアメリカ海軍のトライデント計画というもので、一隻の潜水艦に、総合破壊力として、広島型原爆の二千倍の威力を持つ熱核弾頭を四百八発ずつ装備し、その一隻目は来年の十月に就航の予定といい、すでに十三隻までの計画が発表されているが、多分は三十隻まで作られることになろう、というのである。

科学の成果の悪用が正にその極に達していると断ぜざるを得ないが、公平無私と称する科学精神も、已れの専門分野の成果の悪用または誤用の予想に際しては、決して公平無私たり得ないということが、世間にも分かるようになり、例えば、今論議を呼んでいる分子生物学最先端の分野、遺伝子組み換え実験の規制に関するスタンフォード大学の委員会は、遺伝子研究者三名、物理化学など遺伝子に関係ない部門の科学者三名、法律家か宗教家四名、大学周辺の市民二名、つまり、非専門家と非科学者の合計が圧倒的に過半数を占める構成になっているという。

『源氏物語』「明石」の巻、兄朱雀院の妻朧月夜との密通が露見して都落ちした源氏は、今明石の仮寓にいる。そとに落雷があるのだが、その箇所に、「雷(かみ)の鳴り閃くさま、さらに言はむ方なくて、『落ちかゝりぬ』と覚ゆるに、ある限りさかしき人なし」という部分がある。今も我々は、落ちかかりそうな雷には度を失い恐れ慄くのであるが、つまり、我々は千年前よりもちっとも強くなぞなっていないのであるが、ピンポン玉より少し大きい直径約四・二センチメートルの固体状ウラニウムが、分裂して全部エネルギーになると、広島原爆だけの破壊力となり、三グラムのプルトニウム239が拡散すると一億人の人を二万四千三百六十年間肺がんにする力を持ち続ける、プルトニウム239の比重は一九・八であるから、三グラムのこの物質のかさは黒豆一個程度である、ということを知るとき、我々はどれだけ度を失い恐れ慄けば足りるのであろう。雷は天然現象、原爆とプルトニウムは科学の所産。我々の科学に対する懸念と批判は、今後ますます強くなるはずであり、科学の成果は、賛美されるものよりもむしろ恐れられてしかるべきものに、急速になってゆくはずである。

（一九七八・八・四）

第二章

学生と共に、ほか

真実と修辞

ジョン・スタインベックの小説に『真珠』というのがある。

主人公キノは南カリフォルニアの海岸に住む極貧の漁夫。漁夫といっても真珠採りの漁夫であるが、海に出掛ける小舟は、この世におけるキノの唯一の財産である。財産であるばかりではない。命の綱である。キノたち真珠採りの漁夫にとって、舟を持っているということは、男が相手の女に対しておまんまだけは保証できるということである。小舟は飢餓に対する砦なのだ。

この小舟が、ある事件のために何者かによって無惨にも叩き壊される。キノの身内には焼くような憤怒が湧いてくる。キノにとっては、人間を殺すことだって、舟を殺すほど罪深くはない。キノは心に叫ぶ。舟は人間と違って子を生めないじゃないか、自分を自分で守れないじゃないか、傷を受けても自分の力で治っていけないじゃないかと。キノの舟に対するこのような愛はいじらしい。生きることにしがみついているキノがいじらしい。キノは舟を殺すと言っているのである。舟がいのちを持っているのである。

キノは人間を殺すよりも舟を殺す方が悪いと考えているが、これはおかしなことで、ほんとうは人間を殺す方が悪いに決まっている。しかし読者は、小舟に対する彼の愛が、そっくりそのまま彼のいのちに対する愛であることを、舟を壊した者に対する怒りが、彼のいのちを壊すものに対する怒りであることを読みとるが故に、決してキノの矛盾をとがめはしない。キノの矛盾にはより大きい真実が含まれていることを知っているのである。

一見これと似たような場合がある。例えば、英詩人ウィリアム・ブレイクに関するある日本人の学位論文の中に、「彼には貧乏に屈しまいといふ自覚さへなかったかもしれない。貧乏は苦しいことながら、貧乏は問題にはならなかったのに違ひない。ただ彼には詩作し絵を描くことだけが問題となってゐたのに違ひない」という一節がある。ブレイクにとっては、衣食のことよりも、詩や絵のことが大切であったという意味である。また「彼は本を読むことが飯より好きだった」とか「彼はその一生を音楽のために捧げた」といった言い方がある。いずれも生きることより、読書や音楽の方がその人にとっては上位にあったという意味である。しかしこれも矛盾であって、キノの小舟と同じく、ほんとうは、読書も音楽も、我々が生きるためのものである。キノの場合とこれらの場合の違う点は、キノが舟を人より大切に思うことは、感心なことでも何でもない、むしろいじらしいことであるのに対し、これらの場合、ブレイクでも誰でも、衣食のことより読書や芸術を上位においたことは、偉いこと、感心なこととして述べられている点である。このように矛盾を使ってブレイクやある人を褒める言い方は、白髪三千丈(はくはつさんぜんじょう)というのと似ていて、修辞学上の一種の誇張法と言えそうである。誇張法の場合は矛盾というより、事実の誇張、事実と言い方との間の距離を利用するものらしく、誇張や距離が程よくないと、しばしば滑稽に堕するものであって、よほど注意して用いないと、人の物笑いになる危険がある。比べられている二つのことが明瞭にあまりにかけ離れているか、全然関係ないと感じられるときがこれである。ところが比べられるべき事柄に対する認識は、事柄によっては、歴史と共に変わり深まるものであるから、昔は関係があると考えられたことでも、現在は関係がないと多くの人々によって認識されているために、かつては普通に用いられていた誇張法でも、現在は用いられなくなったり、用いられると滑稽なものが出てくるのである。ある人が偉いことと、その人が衣食のことを超越していたということとは関係があるであろうか。日本の多くの人々の衣食のことに対する認識はどうであろうか。ブレイクをあのように褒めたあの日本人の学者の、貧乏に対する認識はどのようなものであろうか。偉いことと、衣食のことを超越することとが関係ありとされ、先のような一種の誇張法がしばしば行なわれているのが日本の現状だとすれば、それはとりも直さず、日本人の衣食のことに対する認識を判断する尺度となるのである。世界の市場に出したとき、両者を関係ありとする事実認識は、昔のものであろうか、今のものであろうか。

（一九五三・一二・三）

読書について

本読みを商売にしている者の、有無をいわされない場合のことは、今、考えないことにする。誰でもが、特に青年が人間とはどういうものであろうか、どう生きるのがよいか、世の中とはどういうものか、というようなことに対する答えを、たとえ漠然とであれ求めて、あれこれ読む場合のことを考えてみる。

あまり本に頼らない。自分を頼りにする。というところから始めるのはどうであろうか。例えば君が街を歩いているとする。向こうから丸顔の若い女性が、赤い服を着てやって来るのとすれ違った。振り返って見たい。何となく後ろ髪を引かれるような気がする。しかし君は振り返らなかった。また歩いて行くうち、今度は長顔の、やはり若い女性が青色の服を着てやって来る。と同じような気持ちになる。そして今度は振り返った。そのようなとき、君はちょっと、今体験した自分の気持ちや動作などについて思い返してみることだ。若い異性にはあまり誰彼選ばずに確かに自分はひかれたことが分かるであろう。前に振り返らなかったのはどうしたのだろう。隣の家のおじいさんがやっぱり向こうから歩いて来たのだった。君は隣の家のおじいさんに振り返るところを見られたくなかったらしい自分を発見するだろう。君は、たったこれだけ自分を材料にしただけで、恋愛なら恋愛についての基本的な何かが相当分かったことになるのではないか。若い異性にひかれるところと、そのことに対して君より年上の世間というのが持っている考え方に対して遠慮をするところと、この二つを君が持っていることが分かるであろう。そのとき君は、自分は不良なのだ、また勇気がないのだ、あのような心の動きはどちらも悪いことなのだと考えて、あのような自分はなかったのだと思い込もうとしたりする。しかしそうはしないで、とにかくこういう体験をつかんでおく。何も自分は人間の中の偽物ではない。確かに、紛れもない人間の一人だ。だからあのような自分の心の動きは、人間の心の動きの少なくとも一部分ではあるはずだ。人間には確かにああいうところがあるのだ、というふうに考えてみることとだ。

同級生の誰かが、一人の若い美しい女性と親しげに話しながら歩いて来る。君はちょっと妬ましく感ずる。あいつうまくやってやがるなと思う。そういうとき、君は今覚えた自分の感情を振り返ってみることとだ。人は嫉妬という感情を持っているものだ、それは自分が欲しいと思っているものを他人が持っていることを知ったときに感じるものだ、また恋愛には嫉妬というものが、どうも必ずといっていいくらいつきまとうものらしい、そういうことを君は知るだろう。

次に、もし君が、あいつは学校の出来が自分よりよくない、あいつはたいした奴ではない、とか、あの時一緒に歩いていた女性は色が少し黒かった、とか、そういうことを思ったとする。

すると君は、君の妬ましい気持ちが少し薄らいだことを知るであろう。そのとき君は、妬ましいと思っていたものを貶すこと、欲しいと思っていたものの値打ちを下げて考えることなどは、嫉妬の心を少なくするのに役立つものだということに気付くであろう。

次に、もし君にもやがて、時々一緒に歩いて親しく話し合える女性の相手ができたとすると、友人と若い女性の二人連れに出会っても、君はたいして嫉妬を感じないことを発見するであろう。君はそのとき、嫉妬というものは概していわゆる持たざる者が感じるものだということも分かるかもしれない。ここまでくれば、持てる者が嫉妬を道徳的に悪いという場合、何だか妙だぞ、と君は感じ、持たざる者自らが嫉妬を悪いものだとすることに至っては、それは何やらみじめなことだ、というようなことをじきに考えるようになるだろう。

同様にして、君は明日から二時間だけ早起きをしようという決心や、元日から日記をつけ続けようという決心などは、なかなかそのとおりやれないものだということも、自分の経験を振り返ることによって簡単に知ることができるはずである。そして君は、生活はずるずる続いていて、断層を描いて飛躍することはほとんどないものだということ、しかし同時に、早起きや日記をつけることについての決心に類することを、失敗してはまた繰り返しながら、人は少しずつ前進するものだということに気付くであろう。そしてこのときも、世の中の他のすべての人は決然として生活を変えることができるのに、自分だけが特例でこんなにぐずぐずしているのだ、自分は駄目な人間だ、というふうには考えないことだ。人もまたぐずぐずしながらも少しずつ前進するだけのものに違いないだろう、少なくとも自分は紛れもない生きた人間の一人である、正真正銘の一人の人間である自分がこんな具合だということは、人間にはそういうところが確かにある証拠なのだ、というふうに考えることだ。

このように自分を素材にし、自分を頼りにして、とにかく自分はこうだということが分かれば、君は君の周囲の人々に接して、あ、この人も自分と同じようなことを感じたり、したりしているのだな、あ、この人もやっぱりそうだ、ということを知るのにあまり長い時間を必要としないだろう。そして君は、人間や人生を知るのに、最も手近にあり最も具体的な素材は、まず第一に自分、次に自分の周囲にいる日本人であることを、あらためて強く感じることであろう。この自分、この日本人たちを除いて、自分にとって紛れもない生きた人間は、アメリカにも、ヨーロッパにも、ソ連にも中共にも、どこにもいないのだと思うようになるであろう。

こういうこと、まず自分から広げていくやり方、それを強く常に自分にいい聞かせながら本を読んでいく。そうすると、同じ本を読んでもよく分かるだろう。またある場合、例えば恋の物語を読んでいるとき、世間を全然気にしないような、または、世間ばかり気にしているような登場人物が出てきたら、これは少しおかしい。この作者は人間がよく分かっていないのではないだろうか、と考えることができる。またどうもこの本は分からない。自分は大体普通程度の人間なのだが、その自分が読んでもよく分からない。これは著者が悪いのではなかろうか。三歳の子が抽象的などという言葉を使ったって、もちろん意味は分かっていないし、うまくぴったり使えるはずもない。それと同じように、この著者は、自分でもあまりよく分からない言葉を使っているのではないだろうか。

そういえばどうもそうらしい。第一外国語などをやたらに使っている。この著者、だいぶきざなのだな、背伸びしているのだ、というふうに考えることもできる。批判することができる。本読みを商売にしている僕も、実は、このようなことをいつも考えながら本を読んでいるのである。

（一九五五・一〇・二二）

似たもの同士、人間

人は、各々違ったところよりも似たところのほうが多いものだ。君とまったく同じ目つきをした人間は世界中に他に一人もおらない、それだけでも、君のこの世の中での特殊性は分かるだろう、いいかね、君はその君の特殊性を生かさねばならないのだよ、というごとき教えは、確かにそのとおりかもしれない。しかし、人には皆、目があって物を見るという機能を果たしているということのほうが大きいことだ。

何といったって、この自分という人間は世界中にったた一人しかおらない。あいつらとおれとは違うのだ、という。そういう考えが強かったころがあった。十五年ほど前であったろうか、ある時、確か電車に乗っていた時であった。ふと、次のような文句が、不思議なことに、英語で頭に浮んできたのであった。

"My existence is not so important as I used to think. I am one of them."

「私の存在は今まで考えてきたほどそんなに重要ではない。私は人々の一人なのだ」

私は、この文句を、持っていた本の表紙裏に急いで書きつけたことを覚えている。そしてそのころから、私は文学が私なりに少し分かるような気持ちがしたのであった。人との付き合いが楽になったようであった。

近頃思うのであるが、文学は、どうも、人間が似たものであることを昔から我々に教えてきたようだ。これは昔の文学ではないが、例えば、ウィリアム・サンソムという、今年四十四歳の現代イギリス作家の短篇集を教室で読んでいると、こんな話が出てくる。

話は多分第二次大戦中のロンドンでのことである。大きな倉庫が火事になる。そこには、まだ粉にしていないコーヒーの豆が袋に入れて積んであるのだが、熱のために豆が膨脹して袋を破り、そこら一面に広がって、ぶすぶす燃えている。一人の消防夫が、六メートルあまりの高さの崩れ残った壁の上に跨って、この燃えているコーヒー豆の海にホースを向けている。前方にほとばしり出る水の力の反動で、ホースは常に後方に引っ張られるので、消防夫は、強く壁をはさんでいる両脚の緊張を一瞬もゆるめるわけにはいかない。壁が高いので簡単に交代はできない。疲労はひどくなり、やがて消防夫は幻覚を見るようになる。高い壁の上にいる自分を、朝晩のラッシュアワーの混雑を尻目に、高級自家用車にふんぞり返っていく金持ちだと思う。かと思うと、じきにその金持ちたちは自分ではなくなり、ああ、あの金持ち連中にも、あの地下鉄の乗り争いをやらせてみたら、雨降り時のバスを待つ行列に並ばせてみたら、少しは人間というものが分かるようになるだろうに、と考える。

ここで、我々は、第二次大戦中のロンドンの地下鉄では、乗り争いがあったんだなということを知る。日本人だけが交通道徳を知らないみたいなお叱りをよく受けている我々は、イギリス人は決して先を争って乗り物などに乗らない、イギリス人は日本人とは違うんだと思い込まされている我々は、ここのところまで読んでくると、何やらほっとする。イギリス人とも、そんなに怖気を震わないで話し合えそうだという気持ちになる。

思いつくままであるが、兼好法師の『徒然草』第百四十二段の後半には、次のような言葉が見られる。

「世を捨てたる人の、よろづにするすみなるが、なべてほだし多かる人の、よろづにへつらひ、望深きを見て、むげに思ひくたすは僻事なり。その人の心になりて思へば、まことに悲しからん親のため妻子のためには、恥をも忘れ盗みもしつべき事なり。されば盗人を縛め、僻事をのみ罪せんよりは、世の人の飢ゑず寒からぬやうに、世をば行なはまほしきなり。人、恒の産なきときは恒の心なし。人窮まりてぬすみす。世治まらずして、凍餒の苦しみあらば、科の者絶ゆべからず。人を苦しめ法を犯さしめて、それを罪なはん事、不便のわざなり」

ここで、我々は、貧しい人、係累多き生活の苦しい人に対する作者の温い同情に心打たれるのであるけれども、このような同情の言葉を書いている兼好の人間の見方には、人はある境遇におかれれば、たいてい同じような行動をとるようになるものだ、人は似たものだ、というところがある。強く言えば、自分だって貧に迫られれば、盗みをするかもしれないのだという、盗みをする人々と同列に並んでいるところがある。

馬琴の『八犬伝』。これは、私の祖母がこの物語の筋を諳んじていて、子供のころ、幾晩も幾晩も続けて話をせがんだことなどもあってか、後に原作を読んだのであるが、読んで、馬琴の博学ぶりや物語の構成力などには驚かされても、馬琴に人間というものを教わったという感じは受けなかった。八犬士は何れも、あまりに善玉であり、蟇六、その他の悪人はあまりに悪玉であった。八犬士が窮地を脱するときは、世にあり得ないあまりに都合のよい偶然が起こり過ぎた。

一般に、文学の価値評価の一つの方法は、読んでみて、そこに自分が出てくる、ないしは知っている誰それとそっくりの人が書かれている、というごとき感想を読者が持ったとき、その作品は優れていると見てよい、と私は考えている。例えば、伊藤整の『女性に関する十二章』を読んだ世の主婦たちは、ほとんどの場合、これは私のことを書いたのだ、私の主人のことを書いたのだ。伊藤整という人は、どうしてこんなによく私や私の主人のことを知っているのだろう、気味が悪い、というふうに感じたらしい。このこと一つだけで、伊藤整の作家としての力量が相当高いものであることが分かるのである、と私は考えている。私は、文学として、『徒然草』を『八犬伝』の上に位するものと思うものだ。

兼好には、また、次のような箇所もある。第百三十九段、「家にありたき木は」と書きだして、いろいろの木のことを述べた後の結びの言葉。

「此の外の、世に稀なる物、唐めきたる名の聞きにくく、花も見なれぬなど、いと懐かしからず。大方、なにも、珍しくありがたき物は、よからぬ人のもて興ずるものなり。さやうのものなくてありなん」

どうも、兼好という人は、世の人々と共に、世の人々の一人として人々と並んで生きていた人のようである。

兼好が『徒然草』を書いた約二十年後にはるかかなたイタリアでは、ボッカチオが『デカメロン』を書いていた。十四世紀の中頃のことである。その『デカメロン』、すなわち『十日物語』の第三日目第一話の書きだしを、森田草平訳によって引用してみよう。

「皆さん、世の中には、男女に拘らず、愚かにも、女にヴェールを被せ、黒い僧服をまとわせれば、もう女でなくなるように信じ切っている人がたくさんあります。そういう人は、尼になった瞬間に、人間が石にでもなると思っているのでしょう」

この書きだしの後、作者は、ある尼僧院に起こったという話をしている。尼僧院には院長を入れて九人の若い尼たちがいたが、ある時、一人の若い男が、一計を案じ、唖の真似をしてこの尼僧院の庭男に入り込む。まず、尼たちの中で、特に元気のよいのが二人、庭男の唖であって、誰にも物を話せないのを利用して、男と肉体の関係を結ぶ。やがて他の六人の尼たち、しまいには尼僧院長自身まで、次々と同じ関係をこの男ともつようになるのである。尼たちは、ヴェールを被っていようが、黒い僧服をまとっていようが、紛(まご)う方(かた)なき女であった。

『デカメロン』は、世の中で、淫猥な本の代表みたいに考えられているらしいけれども、私はそうは見ない。キリスト教会が絶対の権力を持ち、僧衣をまとえる者とまとわざるものとの間に大きな懸隔(けんかく)があった当時中世に、僧衣をまとえる者たちも、やはり同じ人間であることを言うのに、これほど効果的な題材は他にあったろうか。実にずばりとした効果をおさめているではないか。見事な文学の手腕であるというべきであろう。そして私は、この見事な手腕に驚くよりも、面白おかしく物語られている『デカメロン』の話の背後に、作者ボッカチオの人間主張の心が熱くたぎっているのを感じて、心打たれるのである。それは激しい精神であったに違いない。

こんなことがあった。郷里山形の学校の生徒だったころ、冬、スキー部の連中が赤湯のスキー場で合宿をした。帰って来て、部員たちは、先年亡くなられた、当時スポーツの宮様として人気があった秩父の宮が、雪に立小便をして黄色な穴をあけているのを、この目で見たという。まるで鬼の首でも取ったような話しぶりであった。

秩父の宮といえば、その亡くなられたときのことでも、思い出すことがある。ある新聞に載ったのであったが、記者が宮家を訪ねた折りのこと、妃殿下が涙を流しておられたのを見て、ああ、高貴の方でも夫を亡くしたときは、我々と同じように悲しまれるのであると、感慨一入であった、云々。

この二つの話は象徴的だ。スキー部の部員たちに、宮様は小便をするかしないかという試験問題を出せば、しないと答える者は一人もおらなかったであろう。しかし、そういう論理の奥の奥の方に、宮様はしないかもしれないという不思議な意識があった。新聞記者は無冠の帝王などと自称しているようだが、その心の底のどこかに、やはり、宮様は、配偶者を亡くしても悲しまれないかもしれない、というごときもやもやした期待があった。だから両方の場合とも、ある種の驚きが、小便をし、悲しんでいる宮様を見たとき、感じられたわけである。二つの話の間には、約二十年の歳月があるが、日本人はあまり変わっていないのかもしれない。しかし、人間は二十年ぐらいでそう大きく変わるものではないから、変わることを期待する方が無理というものであろう。

　ところが、また、次のような話もあった。奈良かどこかの有名な寺の管長をしていた、元華族出の女の人が寺を逃げ出したというのは、つい一、二年前のことである。だいぶ新聞や雑誌が騒ぎ立てたので、読者の中にご存じの方もあろう。ああいう話は、いわゆる報道価値があるのであろうが、世の人たちが面白がって記事を読んだり、話題にしたりしている心の中には、ああ、華族様出の、名刹の管長様でも、やっぱり我々と同じ人間だったのか。そうか、たいしたことはなかったんだな、という一種の安心感があった。管長様だ、元華族出のお姫様だ、たいしたものだ、などと言っていた人々に対する、それみたことか、という鬱憤の晴れた気持ちがあった。お姫様大いに恋を語りなさい、というような人々の声援があった。そしてその声援の中には、自分たち自身に対する声援も隠されていた。

どうも、高貴の方の例が多く出るけれども、わかりやすいので、もう一つそういう話をしよう。それは現イギリス女王エリザベス二世のことである。読者の中には、女王戴冠式の美しい色彩映画をご覧になった方もいるであろうが、私は、あの映画を見て、実に重そうな、金銀をちりばめた着物を着せられる女王、最も比重の大きい数々の宝石をちりばめた王冠を被せられる女王、剣や王笏（おうしゃく）を持たせられる女王を見て、さぞ重いであろう、あれをこらえているのはさぞ大変なことであろう、と想像した。そうしたら、それから二、三日後の新聞に、戴冠式のことについて書かれた文章が載り、十八歳で即位したヴィクトリア女王が、式後、あの王冠がもう少し軽かったらよかったのだが、と言われたという話が書いてあった。私は、ははあと思ったのであった。これも興味ある話であるが、エリザベス二世について話そうと言ったのは、実はこのことではない。戴冠式前の女王の話である。

父王ジョージ六世が亡くなられても、すぐに戴冠式が行なわれたわけではなかった。父王の喪があけるまで、しばらく間があった。さて、その間、エリザベス女王は、一所懸命やせることをなされた。彼女はそれまで相当太っていたのである。豚肉のごとき脂肪の多いものは絶対に食べられなかった。馬鈴薯も食べることを止められた。食事の量を減らされた。相当苦しいことであったに違いないが、とにかく、厳格にこのことを実行されて、戴冠式までにには見事にすらりとした姿になられたのであった。英王の戴冠式といえば、何しろ世界的な見世物である。世界中の人々のただ中で彼女はあの式を行なわねばならない。痩せようとして懸命になった一個の女性の姿は、まことにいじらしいばかりであったと言い得るであろう。この私の文章を誰か女の方が読まれるとしたら、右のようなエリザベス女王の中に、己れと同じな一個の女性を見て己れに安心するとともに、遠い国の女王に対して、一緒に世間話ができそうな一種の親しみをさえ覚えることであろう。

文学は、昔から、こういうお互いに似通った人間というものを書いて飽きることがなかった。殊に第一級の文学はそうであった。シェイクスピアの歴史劇に出てくるいろいろな王たちは、よく一個の市井の人と同じ願いや苦悩をもらす王たちであった。

サッカリというヴィクトリア朝の小説家は、『ヘンリ・エズモンド』という作の初めのほうで、王者の典型のごときルイ十四世も、そのお妾メインテノン夫人にとっては、彼の顔を剃る床屋にとっては、侍医のファゴン氏にとっては、一個の男以上のものであったろうか、と言っている。漱石がその『文学論』の中で、深い傾倒を示している十八世紀末から十九世紀初めのイギリス女流作家ジェイン・オースティンは、『高慢と偏見』の中で、年頃の娘を五人抱えている、そして早くいいところにいわゆる片付けようと、やっきになっているベネット夫人という一人の母親、今の日本のそこいらにざらにいる母親たちも、似たような事情にあれば、きっと同じようにあせり、同じような行動をとるであろうと考えられる、そういう一人の母親を書いてみせてくれている。トマス・ハーディの短編『アリシアの日記』を読むと、二人の姉妹が出てきて、妹のほうが先に結婚が決まる。すると姉は、我日本の姉たちが同様な場合にあせるであろうようにちゃんとあせってくれる。文学は実に、我々人間を職業や地位や、国籍や、時代さえ、それらを越えて人間が人間であることを、つまり似たものであることを主張して止まない。文学は人と人とを仲よくさせる力をもっているようだ。

しかし、また、同じ文学は、人間がなかなか他人を自分と似たものだと見得ない非力なものであることをも語っている。有名な『ガリヴァー旅行記』で、小人国に行ったガリヴァーには、その国の男女が皆、美男子と美人に見える。次に、巨人国に行くと、その国第一の美人ぞろいと言われる女官たちが、ガリヴァーにはこの上なく悪臭を放つ醜い女と映るのである。つまり人には、遠く離れているものは美しく見えるが、近よってよく見ればいろいろな欠点が見える。人間はその程度のものであるという、作者スウィフトの例えなのであろう。神の前には人間すべて平等であるというが、我々人間は神にはなれない。やはり、区別が見えて仕方がない。しかし、スウィフトが書いた、人が皆美男美女に見えるという、人と人とが遠い距離を隔てていた時代はどんどん去りつつある。交通機関の発達は、地球上の人間をえらくお互いに近いものにしてしまった。もっと世界中の人々が近くに見えてきても不思議はない時代に我々は、今、生きているわけだ。

我々日本人には、己れと人とを同じ似たものと見る考え方が少ないと思う。私がアメリカに行っていたときの経験から言っても、それは確かにそうだと思う。しかし我々も昔から、ボッカチオを持たずとも、「墨染めの衣のその下に熱き血が沸々とたぎっていた」というごとき言い方を知っていた。人間大部分は似たものだという考えに根ざしている民主主義を、我々日本人もまた立派に育てていける力をもっているのだ。それには、文学を読んで人間の似た者同士であることを知ることも大切であろうが、その前に、己れ自らを正直に振り返ってみて、まず己れを知っておくことが必要であろう。知り得た己れが、いかに世間の人々と、文学に出てくる人々と似ているかを知るのは、それはすぐである。

兼好法師も言っているではないか。（『徒然草』第百三十四段）

「賢げなる人も、人の上をのみはかりて、己れをば知らざるなり。我れを知らずして、外を知るという理あるべからず。されば、己れを知るを物知れる人といふべし」と。

（一九五六・九・九）

地獄寸感

ホメーロスの『オデュッセイア』第十一巻には、オデュッセウスが冥府下りをする話が出てくる。魔女キルケーのもとを去る時、オデュッセウスは彼女に、冥府に行って占者テイレシアースに会い、己が未来の運命を聞くようにとすすめられる。魔女が教えたのは、冥府に入る前、多くの細かい呪術的供物に加え、牡羊と色黒き牝羊の犠牲を捧げること、さらに、故郷イタケーに帰った暁に、まだ子を産まぬすぐれた牝牛一頭、全身黒き牡羊の最上なるもの一頭、その他の燔蔡を捧げる誓いを立てること、というのであった。教えられたとおりにしてオデュッセウスはやっと冥府に行くことができる。

同じような冥府行の話は、ホメーロスより七、八百年後の作、ヴェルギリウスの『アエネーイス』第六巻にも現われる。主人公アエネーアースは巫女デーイポベーの案内により、今は亡き彼の父アンキーセースに会いに行くのであるが、ここでも、冥府に入る前、似たような犠牲を捧げなければならないことが書かれている。ところが、その捧げるべき犠牲の数がホメーロスの場合に比べてだいぶ殖えている。巫女はまず、一度も軛に触れたことのない七頭の牡牛と同数の牝牛を捧げることをアエネーアースに指示する。さらに主人公は、背黒牡牛四頭、黒毛の牝の子羊一頭、いまだ子産まぬ牝牛一頭の犠牲を捧げねばならない。その他に巫女は、冥府の女王プロセルピナへの土産として、黄金の木の枝、いわゆる金枝を探してくるようにとすすめるのである。オデュッセウスが犠牲を捧げ、また将来さらに捧げることを誓って、やっと冥府に行くことができた、と書いたそのやっとは、アエネーアースの場合に比べれば、簡単に、と書くべきであった。

さて、二人の英雄が入っていく冥府であるが、ヴェルギリウスの書いている冥府は、ホメーロスのそれに比し、はるかに複雑なかつ恐ろしいものになっている。そして、ヴェルギリウスには、次のような興味深い箇所がある。巫女に導かれて、地獄中の地獄、底無しの奈落であるタルタロスに達した時、亡者たちの呻き声と、彼らを笞打つ音と、彼らの引き摺る鎖の音を聞いて驚いたアエネーアースは、彼らは何の罪で、いかなる罰を受けているのか、と尋ねる。そこで女司祭は（と田中英央、木村満三氏は訳している、もちろん巫女デーイポベーを指している）、自分はすでにヘカテー（プルートン、プロセルピナに次いで冥府の第三の支配者たる権威を持った女神、ことに亡霊の女王としてあらゆる魑魅魍魎を操る恐ろしい形相をした女神と考えられたが、本来は大地の豊穰性を象徴する女神であったらしい）によって、地獄をくまなく案内してもらっており、神罰についての教えを受けている、と言って、アエネーアースの問いに答えるのである。女司祭たる巫女は、地獄のことについてすでに実に詳しく知っていた。

このところを読んだとき、私は、かつてアメリカで、アメリカ文化史の講義に出ていた時の話を思い出した。イギリス人が初めてアメリカに渡ったころ、文化的に重きをなしていたのは牧師たちであったが、その牧師中最も有能なものとされたのは、地獄の恐ろしさを聴衆の感覚に訴えるほどまざまざと語り得る説教者としての牧師であった、というのである。もちろん、そのような話術もさることながら、彼ら祭司たちは、巫女デーイポベーと同じく、地獄に関する豊富な知識をその前に持っていなければならなかった。そして、そのような知識と話術とは、どうも、アメリカ建国時代の牧師たちにのみ必要なものではなかったようである。

日本の寺にはたいてい地獄絵図というものがある。ある場合はそれを彫刻したものさえある。二年ほど前だったか、奈良の何とかいう名刹が建て直しをやり、築地の本願寺みたいに近代的な鉄筋コンクリートのものを建てた。その時、何とかいう画家が、その寺の壁に壁画を描くことを依頼されたことが写真入りで新聞に載っていた。絵は地獄絵図であった。現在でも地獄絵図は寺に必要なのだ。

大学を出て秋田県の中学にいたころのある冬の初めころの日、ふと、下宿の障子の桟に一匹のとんぼが止まっているのを見つけた。おや、今頃とんぼがいる、と思って、そおっと近づいて手を触れたら、ぱさりと落ちた。とんぼは、ぴいんと羽を広げたまま、障子の桟に止まったまま、死んでいたのであった。

私はとんぼの見事な死に方に打たれた。いや見事というのではない。素直なのだ。寒さが彼の細い体の周囲からしみ込んでいって、それが体の中心線に達したとき、その時、彼は静かに息を引き取ったのだ。羽をぴいんと広げたまま、障子の桟に止まっている六本の足を少しも動かさずに。

人間も、案外、ある年齢以上に達したら、いや、死ぬべき季節がきたら、つまり、天寿を全うしたら、ほんとうは、このように死ねるのではなかろうか。お寺参りをするのが老人たちであるという風景がもっと減るのではなかろうか。もしも地獄というような怖いところの話を聞いていなかったならば。

どうも、地獄というのは、一つには、祭司階級を養う役目を果たしてきた、そして果たしている、というところをもっているように思われる。ダンテの『神曲』「地獄篇」が、『アエネーイス』第六巻の九百行に比し、四千七百余行を費やして書かれたのには、ダンテの想像力の大きさといったものばかりではないものが働いていたのではなかろうか。ダンテはヴェルギリウスを下ること約千三百年、十四世紀の初頭に生きていた人である。

『ヨブ記』の少なくとも一つの主題は、現世において、善人必ずしも善果を得ているとは限らないということが目の前にあって、しかも、すべての存在、すべての現象の根本因としての神というものが考えられるとき、神はなぜに善人に善果を与え給わないのであろうか、という疑問が湧いてくる、その疑問ではないであろうか。そこで、神自らが「ヨブのようにまったく、かつ正しく、神を恐れ、悪遠ざかる者の世にないことを気づいたか」と評する善人中の善人ヨブを登場させ、サタンをしてヨブを撃たしめるという場を設定し、さてヨブとテマンびとエリパズ、シュヒびとビルダデ、ナアマびとゾパル、さらにブズびとパラケルの子エリフとの間に前述の疑問について論を戦わせる。『ヨブ記』はいわば劇であって、五人の間に交される詩の部分は台詞であり、詩以外の散文の部分はト書であると見ることができる。

『ヨブ記』で注目に値するのは、その中にただ一箇所、来世の思想が語られていることであろう。第十九章二十五節から二十六節までにおいてヨブは言う。

わたしは知る、
わたしをあがなう者は生きておられる、
後の日に彼は必ず地の上に立たれる。
わたしの皮がこのように滅ぼされたのち、
わたしは肉を離れて神を見るであろう。

しかし、『ヨブ記』においての主題は、あくまで、現世をどう解釈するか、現世を今見るごとくあらしめている神をどう解釈するかであって、来世思想は、わずかにこの一箇所に、このように弱い形でしか現われておらない。この神と人間の幸福との関係を現世の範囲内だけで説明しようという困難が、少なくとも『ヨブ記』をなかなか理解し難いものに、しかしすぐれた文学にしている一つの原因であるように思われる。
人間の存在を現世に限らず、悪人にして現に幸福なる者も、来世においてはその悪に対してひどい裁きを受けるのである、善人にして不幸なる者も、来世においては至福あふるる生活が与えられるのである、と考えるとき、人は現世の不合理に対して、ある程度の納得をすることができる。このような来世をあらしめる神ならば、考えられないことはない、いやそういう神は正にあってしかるべきであるとさえ思うであろう。このような来世思想に、さらに前世を加えたらどうであろうか。

インドでは、このようにしてサンサーラ（輪廻）の思想とカルマ（業）の思想が結びつき、現世の不合理が、前世および来世というほとんど無限に拡大された人間存在を考えることによって説明されることになったものらしい。かくてインドの人々は、目の前の最も不愉快な不合理をやっと納得することができたものらしい。そして、このような思想が固まるのには、目の前の不合理に苦しんでいた多くの人々の願望と、そのような不合理があることによってむしろ有利な生活を続けることができた人々の都合、つまり現世における改革の意欲を人々から奪う必要とが力となって働いたのであったろう。

地獄や極楽は、一方の側には、現在の不合理や不公平が来世において過不足のない形で帳消しにされるために、公平と正義の終局において行なわれんために、一方の側には、現在の幸福を守りまたはさらにそれを増加させるために、必要であったらしい。

神は、人の心の中にある正義、ないしは合理の精神、人の心の納得するもの、何かそういったものであるらしい。また一方では道具で。

『オデュッセイア』に書かれている地獄タルタロスは、前に述べたように、『アエネーイス』に書かれているものよりも簡単なものである。しかし、それは、地獄というものを正に象徴的に描いている。そこで責苦にあっている者は三人あり、一人は、アポローン、アルテミス両神の母であるレートー女神を犯そうとしたテイテュオスである。彼は二羽の禿鷹によって、その肝臓を喰われるのであるが、彼の手はそれを追い払うことができない。第二は地獄の名によく似たタンタロスで、彼は湖水の中に顎まで浸かっているのであるが、身をかがめて水を飲もうとすると、水は地中に吸われて、脚下に黒い土が現れるばかり。また彼の頭上には、枝もたわわに実をつけた梨、柘榴、林檎、無花果、橄欖(かんらん)などの木が繁っているのであるが手を伸ばして実を取ろうとすると、風が来てその枝を高く吹き上げてしまう。第三はシーシュポスというので、坂路に巨大な岩を押し上げる仕事を課されているのであるが、両手と両足をふんばり、やっと頂上に達しようとすると、岩は何者かの力によって押し戻され、転々と転がり落ちる。彼は永遠にこの仕事を繰り返す。

テイテュオスの苦しみは、肉体に傷を受ける痛みの最大なるものであろう。タンタロスのは水とパンの欠如を意味し、シーシュポスの場合は、過重な労働の極限を表している。いずれも、肉体の極度の苦しみであるという点で共通であって、それらは決して形而上のものではない。最も現世的具体的な苦しみである。無間地獄タルタロスにおけるこれら現世的具体的肉体の苦しみは、恐らく現世における苦しみの投射であったろう。

現世の投射といえば、極楽もまたそうであったらしい。ギリシャ神話の黄金の時代というのは次のごときものであった。その時代には、法律の強制なく、官吏の威嚇、懲罰なく、剣槍、兜なくつまり戦争なく、地は播かず、耕さずして十分の食物を生じ、いつも永久の春が支配し、河は乳と酒をたたえて流れ、蜜は樫の木から滴り落ちていた。つまり、現世において最も得られない、しかし最も欲しいものを並べているという意味で、古代の人々が描いた極楽もまた現世の投射であった。そしてここでも、その得たいものは、決して形而上のものではなく、正に現世的具体的なものであるという点で、地獄の場合と通じている。

これら地獄極楽の様相は、人々の関心が結局は現世にあったことを如実に示すものであろう。子供の童話の本に、家も道も木草もすべてお菓子でできているという話が出てくることがある。しかし子供がほんとうに欲しいのは、そういう童話の本ではなくて、本物のお菓子なのだ。

人は、現世のことを矛盾あらしめない神を、現世において不合理不公平をなくする神を、現世において納得できるものを、ほんとうは欲しいのだ。現世にあまりにひどい不合理、不公平、矛盾があるとき、そしてそれらが頑強に根を張って、それらをなくする力が今の己れにはとうていないと知るとき、人は、それら不合理、不公平、矛盾の与える苦しみに堪え得ず、仕方なく、無理に、来世を、さらには前世までもあらしめて、わずかに納得しようとするのだ。そしてある人々は、そういう多くの人の、納得せんがためのいじらしいあがきをば、実に巧みに利用するのだ。

来世も前世も、またそこにあるという極楽地獄も、ほんとうにそこに行って見た人は誰もいなかった。しかし地獄は、肉体の病いと、パンと水の欠乏と、過重な労働は、それは現世にあったのである。文学に現われた地獄の描写や構造が、ある時代まで複雑化の方向をたどったのも一つには、このような現世の地獄が複雑化の方向をたどったことと関係がなかったわけではあるまい。天国や極楽の方はあまり変化がなかったようである。

（一九五八・三・一）

我が青春の読書遍歴

「我が青春の」と書いてみると、僕には少しひっかかるものがある。そこには、何か、いわゆる謳歌すべき、楽しかりし青春、といったものがまずなければならないような感じがするのだ。我が青春は、戦争の時代にすべて過ぎ去ったのである。それから「遍歴」という言葉だ。それは気ままにあちこち経巡(へめぐ)るというような意味で、そこには、すでに予定された時間の余裕というものが含まれているように思われる。こんなことがあった。

大学二年の秋、栃木県の農村に、暗渠排水の勤労奉仕に行った。毎日田圃の土を自分の身長近くの深さに掘っていく仕事であったが、仕事を終わって、泊っている農家に帰るある日、沈みかけた夕日を頼りに、歩きながら、『アンナ・カレーニナ』の、恋に破れたレーヴィンが農奴と一緒に大鎌で草刈りをする有名な箇所を声を出して読んだ。その時の一種のいい気持ちは、今も感覚的に残っていて、そこには一種の青春があったようだ。しかしこの大作の大部分を読んだのは、農家の床の中、暗い電灯、あるいは停電のときのランプの下であった。

　我が青春には、遍歴をする時間の余裕などなかった。「我が青春の読書遍歴」というごとき、よき、美しき題名を考えついて、この新聞を編集している今の学生諸君に、僕は、少し、妬ましさを感じるのだ。

　しかし、懐かしい本は僕にもある。正宗白鳥（まさむねはくちょう）の『生まざりしならば』。十歳あまりの男の子が出てくる。骨膜炎か何かで、患部に膿でいっぱいになった穴が幾つもあいている。そして、ほとんど寝ているだけの生活をしているこの子は、親の過去の不行跡（ふぎょうせき）故に、そういう病身に生まれついたのである。ほとんどすべてのことに、生きることにさえ興味を失ってしまっているこの男の子が、なかなか煮え切らない恋人を持っているその看護婦の代償行動の対象になって、彼女の愛撫を受ける。十歳の男の子は、わずかに、ほんのわずかに、その愛撫を喜ぶ。僕はこの短篇を読んで、人がこの世に生まれるということの宿命的意味、生の悲しさ、そしてその強さ、そういったものを知ったと思った。その時僕は十九歳位であったろうか。『生まざりしならば』といえば、一つ思い出すことがある。昭和十三年、軍隊に五カ月間いた時のことである。消灯時間間際であった。当番将校が班内に入ってきて、ある者がこの『生まざりしならば』を読んでいるのを見つけた。将校は、岩波文庫のその本で、その者の横面を十数回なぐった。非国民といって罵倒した。我が青春はそういう時代であったのだ。

モーパッサンの『生の誘惑』。この作の原名になっている少女イヴェットは、処女の潔癖さから、夫を亡くした母が数々の男を相手に乱れた生活をしていることに悩み、ついに自殺しようとする。何か薬を嗅ぐのであったが、意識が消えようとする瞬間、生の誘惑が突然彼女をとらえ、薬を嗅ぐのをやめる、というのであった。人間の自己意志などというものを遙かに越えた生の意志の力を僕に知らせてくれた作品であった。

それから『回想のセザンヌ』。死の二年ほど前のセザンヌを、その故郷エクスの町に訪ねた著者エミイル・ベルナールは、エクス行きの電車の中でまた当のエクスの町に着いてから、セザンヌの肖像さえ示してあらゆる人にこの老大家の住所を聞いてみる。が誰一人知っている者がない。とうとう町役場に行って選挙名簿か何かでやっと分かる。この本では、このように個に閉じこもっていたセザンヌが、結果において非常に多くの人に愛される絵を描いたということ、個の掘り下げが深ければ深いほど、それは万人に通じる地下水を掘り当てることになるだけなのだ、ということを知ったと思った。そのような読み方は間違っていたかもしれないが、個の底の人間の共通性ということを考えるたびに、僕はこの星一つの岩波文庫を思いだすのである。

アンリ・バルブュスの『地獄』。その中には、死んだ人間の肉体を最初には何という菌が何百万やってきてその成分を食べるか、次には何という虫が何百万、というふうにして、死体が瞬く間に菌に食われてしまうことが書いてあった。人間の唯物論、妙な言葉だが、そんなことをこの本のこの箇所は僕に教えたと思った。

最後に福沢諭吉。戦争の初めころ、僕はしきりに彼のものを読んでいた。そして、強く影響を受けた。ある日、研究室で、幼年学校だったかを見学させられた一先輩が、その国史の時間に教師が「福沢諭吉は国賊なり」と板書して講義していたことを話していた。その時僕は、日本は危ない、と思った。そして何ともいえず重苦しい気持ちになった。

繰り返すようだが、こういう時代が、我が青春であったのだ。「我が青春の……」というごときことを戦争と結びつかない形では語り得ない僕のごとき青春でも、それはやはり青春であった。二度と返ってはこないのである。名大新聞十周年のこの折りに、今日の、明日の、いやさらにその先々の若き人々にとって、その青春が、僕のごとき、悔いある青春になることなからんことを、切に祈る。

（一九五八・一一・一七）

文化サークルよ栄えよ

期末試験の採点をしている。実につらい仕事だ。重労働だ。といっても、別に体を動かすわけではない。赤鉛筆を握っているその手首がひどくだるくなるくらいのものだ。こうやって、腹を折り曲げ、机に座って、いやに煙草の吸い殻を増やしている。ああ、また今日の夕食もまずいだろう、また今夜も眠れないかもしれない。僕のようないわゆる頭脳労働者は、きっと何かの胃病で死ぬのだそうだ。

テニスでもやりたいなと思う。春先の日光が、こうも明るく射し込んでくるではないか。青空に、白いボールの、ぽーんぽーんと響くのが聞こえてくる。しかし採点というものには締め切りがある。テニスのことなどを考えてはいられない。さあ、もう五十二枚残っている。僕などは「文化サークルよ栄えよ」ではなくて「運動サークルへの憧れ」とでも題して書くべきなのだ。体を動かすことのほうが僕には必要なのだ。いやそのほうが愉快なのだ。もっと体を動かすことが加わった生活の方が人間らしい生活なのだ。

E・S・S・という文化サークルがある。英会話をやっている集まりらしい。ある時、そこの学生がやって来て、僕にその会の顧問になってくれという。僕が英語教師で、アメリカに行ったことがあるというので、頼みに来たのであろう。僕は断わった。英語をしゃべることが不得意で、したがって嫌いだというのが主な理由であったが、端的にいって、自分のいわば商売である英語というものに直接関係しているその会には、あまり引かれなかったのである。それは多分に僕のわがままであったかもしれない。

文化サークルの中でも、例えば自然科学史研究会などには入りたいと思うことがある。男性合唱団とか、混声合唱団ならばおおいに入りたい。もちろん顧問などというのではなく、一団員としてである。それも、同じ合唱団なら、混声の方を選びたいものだ。第一その方が男の僕には楽しいだろう。この楽しいということが、僕には、大切なように思われる。それは、何かしら、人間が総合的に生きるということ、調和のとれた生活をするということと関係があるようだ。生活が総合的に調和の方向に動くとき、我々は喜びを味わうようだ。ビフテキがおいしいのは同時に添えてある野菜を食べるからであろう。

ところが、毎日毎食、野菜なしのビフテキを食べているような、そういう偏りすぎた生活。それは残念ながら、事実、現代の我々の生活なのである。大学生生活というのも、例えば僕のように、すでに職業人である者と比べれば、ずっと総合的で自由なものである。しかし、それは、職業人となる、しかもかなり高度に分業化された職業人となる一歩手前の修業期間なのであって、やはり偏ったものである。そのことは、二十歳前後の元気盛りの青年たちが、あの狭い机に一日五、六時間もだまって座って講義なるものを聴いている図を、一度素朴な視点から眺め直してみれば、すぐ分かることである。思いがけなく休講札が出ているのを見て歓声を発しない学生を、僕は信用しない。

こういう大学生活の場で、調和のとれた、素朴な意味での楽しさ、幸福というものへの道をしかも学生自らの自由な選択によって見出し得るのは、それはサークル活動においてではないであろうか。僕らの大学のサークル活動が盛んであるというならば、それは僕らの学生が、かなり充実したいい生活をしているということの、少なくとも一つの大きな証拠にはなると思う。そして今まで僕が書いたことは、恐らくサークル活動の一つの意義に過ぎない。それが与えてくれるであろう多くの他のもの、生涯の友、趣味、自由なそして自発的な研究心と研究方法などなど、それらを得るか否かは、それは一にかかって、学生諸君の、この、今の生活に対する意欲のいかんによるのである。

（一九五九・一一・二八）

助教授の弁

大学の教師などというものは、案外学生に対して無力なものだ。第一、あまりよく彼らを知らない。下宿のおばさんとかマージャン屋の人の方が、ずっとよく学生のことを知っているに違いない。学問などが学生の、いや、青年の最大関心事であるはずはないのだ。

青春――どうも、この言葉は、青年時代を戦争で送ってしまった僕などには、強く妬ましき響きを持っているのだが――は燃えるべきものだ。それ自体、生命の花の、咲いて最も美しかるべきときなのだ。少し待てば、じきに咲く時が来るではないか、という。そんな過渡的な生ではないのだ。なかったのだ。

何かの拍子で、わりあいに親しくなった学生と話していて、あるところまでゆくと、その先がどうにもならない。言葉がむなしくなるだけだ、といった経験をすることがある。文学を、学生運動を語っても、恋を論じても、それから先は、しょせん話では、論では、駄目なのだ。

すずめも、せみも、とんぼも、はえだって、さくら、つばき、ふきのとうだって、その時が来れば、ちゃんと青春を咲かせるではありませんか。それが、僕らは、咲けないのです、今こそ咲くべき絶好の、しかも二度と返らないその時なのです、僕らは、僕らは、一体……。

彼の中の深くよどんでいる慰め難きものがこう叫んでいるそのとき、一人の力弱き教師は、答えるべきものをほとんど何も持たず、ただ、悲しく憤るばかりである。

（一九六〇・一・一五）

他山の石ということ

大人国に行ったガリヴァーは、ある日ふとしたことから、赤ん坊に乳を飲ませている乳母の乳房をごく近くから見る機会を持つ。それは乳母の胸から六フィートも突き出ており、まわりは十六フィートもある。全体は、あざ、そばかす、吹き出物など、要するに斑点だらけ、こんなむかつくようなものは見たことがない、そういえば小人国の小人たちの肌はこよなく美しかった、とその頃のことを思い出す。彼はまた大人国の宮中に仕えている美しい女官たちの肌から発散する猛烈な悪臭、肌のひどくざらざらしていること、凸凹だらけで、大きなお盆ぐらい黒子(ほくろ)があり、細引きのごとき太い毛が生えている肌にまったくうんざりしてしまう。

これは『ガリヴァー旅行記』の作者スウィフトが狙った人間性への一つの風刺である。人間は近くからよくよく見れば、いろいろ欠点が見えて嫌気がさすものであるが、遠くから見ていれば、結構美しく見えるものだというのである。なにしろ小人国の人間は身の丈六インチ足らず大人国の人間は六十フィートに達するというのであるから、一方は人間を望遠鏡を逆にして見たときの大きさ、他方は虫眼鏡で人間を拡大して見たときの大きさといったものだ。事実スウィフトは大人国での右の話の箇所に、虫眼鏡の話を出している。英国美人の肌でも、一度虫眼鏡でのぞいて見たまえ、羽二重の雪の肌も、とんだ汚い凸凹だらけの鳥肌だからと言っている。

他山の石、という言葉があるが、どうも、我々日本人には特にいわゆるインテリには、その他山の石がすでにしてあまりに光り輝く美しい石であり過ぎる場合が多いようだ。それでは、その光に目がくらんで、第一よく見ることができないばかりでなく『詩経』とやらいう物の本に出ているこの言葉の原意にも反するのではないか。もちろんかなりな不美人でも、百メートル離れて見れば、時と場合によっては、男の子の胸をときめかせることがあるという、何もスウィフトをまたずとも、我々のよく経験する人情というものはある。だから、結婚後の幻滅ということは、誰にも逃れ得ないことに昔から定まっているわけだ。

だが、しかしである。十月号だかの『世界』の随筆欄に、野上弥生子女史が、日本もそろそろ大臣などという大時代な名称は止めにする時期にきているのではないか、イギリスなどでは、と書いていた。そら、きなすった、と思って読んでいくと、案の定である。ミニスターというのがイギリスの大臣をいう言葉だが、これは元々下僕という意味の字である。国務大臣の名称に、すでにして国民の下僕という意味の語を用いているのは、さすがイギリスである云々。

少し大人気ないが、野上女史のごとき偉いお方の言を否定するには権威というものが必要である。世界第一の英語辞書NEDによると、ミニスターが国務大臣の意味に用いられた例の最初のものは、一六二五年、今から三百余年前であるが、意味は、国王の下僕、というのである。一八六八年の例でも、やはり国王の下僕という意味に使われている。

もし、かりに、現在のイギリスで、ミニスターというのが、野上さんのおっしゃるとおり、国民の下僕、という実感をもって使われているとしたら、過去の長い間、イギリスでも、大臣は国王の下僕であったという事実こそ、他山の石ではないのか。国民の、ではなしに、誰か一部のものの下僕であるわが国の大臣を、近い将来、国民の下僕にな し得る自信を我々に与えるところの他山の石で。

イギリス人が『小人国』の小人にしか依然として見えないというのなら、なんのために地球が狭くなったのか分かったものではない。

（一九六〇・一一・一）

中位ということ

君の話には矛盾があるよ、とか、この前の話と今日の話はまるで逆ではないか、人生には宿命というものが厳としてあることをしきりに説いた君は、今日は現状の打破ということを言うのに馬鹿に熱心だ、一体君は宿命論者なのか改革論者なのかどっちなんだ、などと言われる。そして少したじたじとなる。しかしいつもあまり矛盾しない話ばかりする人は案外うそつきかもしれないのだ。信用できない人かもしれない。そういう人は矛盾ということが怖いのだ。矛盾がない、という一つの命題、一つの美しい抽象名詞みたいなものがありがたくて、それにひたすら奉仕しているという場合だってあるのだ。人間は矛盾に満ちたものだ。断乎として妥協を排するときがあるかと思うと、同じ人がへなへなと妥協するときもある。ただ前進あるのみと心に決することもあれば、休むこともあるではないか。我々の言動に矛盾があるということ自体、それは我々が紛れもなく生きている証拠なのだ。生きているならいつも同じことをお題目みたいに言っていられるものではない。しかしどうも一つの政党とか一つの国のなすこととかに、首尾一貫して賛成する、または反対するということが多過ぎるようだ。君の言動には矛盾があると言われることが、何より怖い人が確かにかなりいる。

　中庸の美徳などというと少し立派に聞こえるけれども、それは中位ということで、中位ということは、自分はたいして利巧ではないが、しかしたいして馬鹿でもない、つまり中位だということに過ぎないので、これならたいていの人がそう感じた覚えがあるはずだ。だから、自分を中位の人間と見積もるのは極めて素直な態度なのだ。小学校以来一度も遅刻欠席をしたことがない人とか、いつも遅刻ばかりしている人とかは何だか怖いものだ。遅刻欠席もしたことがある、二、三回ぐらいはずる休みをしたこともある、などというのが我々で、同時に、今度は遅れまいと思い、ずる休みはやっぱりいけなかったと感じる。そのあたりが人間らしいのだ。つまり中位なので、自分を中位とおくのが素直で楽なことだ。

　私は至らぬ者でして、などとよく言う人がいるものだが、そういう人の中には本物の謙遜な人もいるかもしれない。しかし、無遅刻無欠席の域に達しないうちは至らぬ者だと考えている人もいるので、そうだと少しやり切れない感じさえする。場合によっては、僕が至らぬ者だと言っていることを君は聞いただろうね、しかし僕が至らぬ者なら、君はその三倍も至らぬ者なのだ、そのことに君は気付かないのかね、なぜ君はもっと頭を下げて世の中を歩かないんだ、ということをほのめかすことにもなるのだ。こうなるともうそれは傲慢というもの、世にいんぎん無礼と称するものだ。君がたいして至っていないことはそう断らなくても分かっているよ。僕もそうなんだ。お互いに中位のところでいこうじゃないか。

善玉、悪玉ということがある。さしづめ、馬琴の『八犬伝』の登場人物などはその標本みたいなもので、八犬士は徹頭徹尾善玉、例えば蟇六などというのは徹底した悪玉である。善玉で同時に悪玉でもある中位の人間が出てこない。我々がいないのである。私は『八犬伝』を読んだとき、文学は人間というものを教えてくれるものだ、というそのことがあまりぴんとこなかったことを覚えている。そこには人間がいなかった。私はかつて、女流作家の長老野上弥生子の『大石良雄』という作品を読んで感激した。それは、大石良雄がくるわ遊びをしたのは仇討ちの計画を隠すためであった、彼は、その遊びの最中でも寸時といえども仇討ちのこと、その計画の推進のことを忘れることがなかったのだ、という世にある善玉的大石良雄像を壊したものであった。彼女の書くところは、彼はくるわ遊びによって一時にしろ苦しい仇討ちのことを忘れようとしたのだ、それは彼の息抜きで、その時彼はほんとうに楽しかったのだ、というのであった。これは文学であった。大石良雄を超人の座から下ろしたそのところに、紛れもない文学があったのだ。この野上弥生子が、たしか第二次池田内閣成立直後、ある雑誌に次のごときことを書いていたのである。

そろそろ日本でも大臣という威張った名称は止めにしたらどうか、英語で大臣というのはミニスターというのだが、これは下僕というのが原義である。つまり大臣は国民の下僕というので、さすがは民主主義国の先達イギリス、少し見習ったらいかが云々。

さあ来なすったな、またか、と思った。日本のインテリにはこういう人が多いのだ。いわゆる先進国の話となると、とたんに、そこの人が皆善玉に見えてくるのだ。大石良雄に人間を見ることを主張して止まなかった野上弥生子の文学精神も、こと「先進国」の人間に対しては働きを停止したのだ。英語のミニスターはそのとおり国務大臣を呼ぶ語だが、下僕は下僕でも、それは歴史的に国王の下僕という職能故にそう呼ばれたのである。それは十九世紀の半ばを過ぎてもその意味で使われていた。善玉ばかりいる国などはどこにもないのだ。悪玉ばかりの国もどこにもない。みんな中位の人々がいたのだ。

矛盾を持ちながらここまできたのだ。ここまできた。そしてもし現在イギリスでミニスターなる語が国民の下僕という意味で口にされているのなら、同じ中位の人間である我々日本人も、やがては大臣を我々の下僕とすることができるというものではないか。さあ、我ら中位の人々よ、自信を持とうではないか。胸を張って歩こう。

（一九六一・一二・六）

素人の立場（一）

将棋でいうならへぼ将棋というのが我々素人のするものだ。升田、大山という人の将棋はなるほど見事かもしれないが、肝心なことは、いわゆる将棋人口なるものの間で圧倒的多数の人が素人であるという事実である。だとするとそういう素人の将棋、へぼ将棋というものが将棋の本流であるということになる、と少なくとも僕は考えている。

事は僕の仕事である外国語教育の場合も同様で、まず義務教育の場で、他の全学科は全生徒が力が付けば付くほど喜ぶべきものであろうが、そうなったら妙なものが外国語である。だから外国語は選択科目になっているはずだが、ほとんど全員がそれを学習している現在において、驚いたことに、その話す力を最重視すべしと力説する人（例えばライシャウアー氏）がいる。全人類中自国語ないしは自民族語以外の言葉を話す人は今も将来も常に圧倒的に少数なのだ。話すことが文句なしに必要な言葉はもちろんあらゆる人にとって自国語ないしは自民族語であって、それが話せないと生きていく万般(ばんぱん)のことにおいて甚だしく不便であり、だから唖の人は気の毒なので、外国語に唖であっても気の毒でなぞない。ある民族が自分の言葉を使うのを禁じられるような場合、つまり圧倒的植民地支配の下におかれるような場合以外、圧倒的多数の人が外国語を話すなどということは金輪際起こらないのだ。外国語を話す必要がないことが分かり切っている人、つまり圧倒的多数を占める外国語の素人の立場があまり考えられていない外国語教育は、誰が何と言おうと、少なくとも僕は反対だ。

今度のオリンピックでは参加国が九十四あったそうだが、メダルを取った国は四十一カ国であった。引き算をすると五十三カ国がメダルを取らなかったことになる。この引き算や五十三の方が四十一より多いという計算は、小学校一年の児童で十分にできる。史上最大のオリンピックだったというその何千人の選手の内、メダルを取った者と取らなかった者との数の差は、さらに金メダルを取った者と取らなかった者との差は、遥かに大きいもので、取らなかった者の方が圧倒的に多かったことは、これは計算なぞしなくてもすぐに分かる。そして今の制度を変えない限り、今後のどのオリンピックでも、メダルを、ましてや金メダルを取らない者のほうが常に圧倒的に多いことは、これも誰でも予言できることだ。とすると、そしてメダルをまたは金メダルを取らない者は取った者の十分の一人前だとか二十分の一人前だとかということが成り立たない限り、オリンピックはメダルを取らない者にとって最も意義あるものにならなければならないという結論は、反論の余地なきものである、と少なくとも僕は考える。しかもこの行事はえらく金がかかると聞いているから、その莫大な金が、メダルを取った、いや金メダルを取ったきわめて小数の者の栄誉とやらをたたえるために使われている気配が濃厚であるとしたら、こんなべらぼうな浪費はないということになる、と少なくとも僕は考えている。

『文藝春秋』の十月号か十一月号に、体操の小野選手夫妻の対談が載っていたが、夫妻は練習のため我が子を見てやれないことを言い、子供たちにすまないと何度も語っていた。またやはり小野選手の言葉として「何がおしどり選手だ」というのがある新聞に引用されていた。これは僕の目に触れた、実に数少ない、オリンピックに対するオリンピック選手の抵抗の言葉、怒りの言葉であった。オリンピック選手は、選手であることによっては金銭を得ないというその一点だけでアマチュアであるに過ぎないプロ以上のプロなのだ。仕事を家庭を青春を、生活というものを、犠牲にせざるを得ないところに追い込まれている見世物なのだ。

諸君、大学のスポーツ選手諸君、学業に励みつつやっている諸君のあまり上手でないスポーツ、へぼ将棋的スポーツこそスポーツの本流なのだ。最も誇り得るものなのだ。
われら素人よ、胸を張ろうではないか。

（一九六四・一一・一二）

素人の立場（二）

先頃読んだもので、『新潮』十月号に載った小林秀雄、岡潔、両氏の対談は面白かった。その中でも、岡氏が、自分はピカソをあまり買わないのだと言っているところが、私には特に印象深かった。絵というものは人間の心を安らかにし、人間を慰めてくれるものと思っているが、ピカソの絵などはそういうものとは感じられない。自分にはピカソの絵を求めて部屋に飾る人の気持ちが分からないのです。そういう意味のことを岡氏は言っていた。そこを読んだとき、私は胸がすーっとした。ああこの人は素人の立場を持っている人らしい、素人であることに腰をすえて物を言っているようだ、と思った。

これはもっと最近のことだが、風邪の床で会津八一の全集を読んでいたときである。「東洋文芸雑考」という講演筆記の終わりの方で、「わたしのすべての芸術上の主義は、誰にもわかることを誰にもわかるやうに表現して、その上に詩でも、あるひは歌でもあらねばならぬと思ってをる」という言葉に出会った。私は嬉しくなって、すぐに次の「書道の諸問題」というところを読んでいくと、今度は矢継ぎ早に、「私は実用といふものが一番高尚であると思ふ。実用ばかりでいかん場合に、少し実用になんとか工夫を加えてこれを美的に導く。それくらゐのところで総てのものはやめてゐたいと思ふ」「実用だけで美術にならないならば、判りよさを捨てない程度にその中に芸術味を好むやうにする」「明瞭を基礎にして文字を芸術にすることを考へる」といった言葉が目に飛び込んできた。やあ、君素人の立場というのを持っているね、握手だ握手だ、と私は心に叫んだ。そして、世に達人といわれたこの人の素人の立場もまた、小揺るぎもしないものだったに違いないと感じた。

こういう胸のすく同時に胸温まる言葉は、誰でもから聞けるわけではない。もっと普通の程度でよいから、素人が素人として自信を持つということがあってもよいのではないか。花は、無条件に誰にとっても美しいものなのだが、今のほとんどの職業絵描きたちは、これはもう絶対に花を描かないみたいだ。しかし人々は、狂っているのは絵描きたちの方だ、などとはあまり言わない。こちらの目の方が正常で健康で正しいとは思っていないようだ。何しろ専門家というのが偉いのだ。

美術評論家という専門家が、次々に現われるえたいの知れない絵に、なんとかかんとかもっともらしい説明を、意味というのを見つけてくれているようだが、何ともご苦労様なことだ、それで飯を食っているのだから無理もないね、とぐらいは言ってもよいのではないか。我々素人は一日に三度しか食事をしないから、ちょうど適当にお腹がすいて、普通にうまいものがうまいのだが、彼らは十分おきに食事をしているからいけない。唐がらしが普通の十倍も入っているとか、とにかく、えらく変わったもの、いかもの料理ででもなければ食欲を感じなくなっているのだな。美術評論家は絵や彫刻を、映画評論家は映画を、文芸評論家は本という奴を、音楽評論家は音楽を、見過ぎ、読み過ぎ、聴き過ぎているのだな。要するに彼らは不感症になっているのだ。ところがこちらは、金はなし暇はなしで、相当お腹がすないことには食べに行けやしない。だから、少々なんでもうまがるところはあるかしれないが、なんと言ったって、正常で健康なのはこちらの舌のほうさ、とそう言ってもよさそうに思うのだ。

この素人の立場の不足ということは、少し気を付けていれば、いたるところに見当たるようだ。例えば、この間の朝永氏ノーベル賞受賞決定の報道ぶりにも、やはりそれがあったと思われる。我々があの時、聞いてとっくりと納得したかったのは、「超多時間理論」とか「くりこみ理論」とかいうものの内容そのものでなぞもちろんなかった。そういう難しい理論などは、それこそ専門中の専門なのだろうから、よしんば説明されたとしても、我々素人にはしょせん馬の耳に念仏に決まっている。かといって、この間の場合のごとく、朝永氏の理論が、素粒子論という分野の学問に絶大なる寄与をしたなどという説明をしてもらっても、我々素人の気持ちはいっこうに落ち着かないのである。実はと言えば、我々は、特に原子兵器の出現以来、単に学問の進歩などと言われても、それだけでは安心できなくなっているのだ。学問のための学問の進歩ということなどを、単純には喜んでおれない、それはひょっとすると我々を不幸にするものを持っているかもしれないぞ、と我々素人は考えるようになっているのだ。

我々があの時聞きたかったのは、朝永氏がその発展に寄与した素粒子論といった学問が、我々にどういう関係があるのかということであった。それはめぐりめぐって我々の日常生活の例えばどういうことに関係してくるのかということ、どういう点でそれは我々の幸福に寄与するものを持っているのか、または持つ可能性のあるものなのか、ということであった。何重かに間接にでもよいから、とにかく、我々の生活とどういう結び付きがあるのかというそのことを、例えば新聞記者があの時朝永氏に尋ねるとか、新聞に解説を書いた同じ分野の専門学者たちが説明してくれるとか、そういうことがあってもよかったのではないか。いやあってしかるべきではなかったのか。そういう解説があってこそ初めて、あの時朝永氏が何度も強調していた科学研究費の増額ということにも、我々はもっと切実な関心を持つことができたはずであるという、そういうのが本筋ではなかったのか。しかし残念ながら、そういう解説は、私の知る限り、私の強い期待を裏切って、ついにどこにも現われなかったし、聞かれなかったのである。我々は、癌の研究とか地震の予報の研究などに対する研究費の増額といったことならば、別に説明を聞かなくとも納得がいくし、誰しもそれには賛成であろう。しかし、素粒子論というごとき、それがどういう学問であるのか、我々の常識の届かないところにある専門分野については、やはり、この間のノーベル賞受賞についての報道のごとき、我々と学問とが期せずして触れ合うという絶好の機会には、当該分野の専門家たる者は、己れの専門分野と人間とのつながりを、それがいかなる点で人間を幸福にする可能性を持つものであるかを、説明する義務があるのではないのか。そして我々素人もまたそのことを彼らに問うべきではないのか。学問といわず、芸術といわず、何といわず、人間のなすあらゆる行為の最高目的は、それは人間の仕合わせということとなはずだからである。

同じような素人の立場の不在ということは、ソ連の三人乗り衛星なるものが飛んだときにもあった。新聞、ラジオの座談会に出た学者や科学評論家も、ほとんど専らその意義として解説したのは学問上のことであった。初めて医者が乗った人間衛星であったせいか、その話題は主に次のようなことに集中した。曰く、無重力状態における人間生理の研究、曰く、前の衛星に乗った人の心臓が着陸後三十分間だか異常な働き方をした、また体内の酸素の消費にも異常が認められたが、そういう点の解明に大きな成果が期待される云々。

私はこのような解説を聞いていて、どうしても怒りを禁じることができなかった。あの衛星が飛んだときまでの、宇宙とやらに行った人の合計は、米ソ合わせても二十名に満たないとのことであったが、三十億という人類の内、たったの十数名の人間にしか起こりっこないことの、あそこに行かなければ金輪際起こりっこない現象の研究などというものに、そんなものに、きくごとき莫大な費用を掛けても、それが学問と名の付くものでありさえすれば肯定できるとでも考えている専門家先生たちに腹が立った。その学問上の成果なるものが、地上の我々の生活のどんな点に寄与するものであるかについては、ついにただの一言も口を開かなかった彼らが憎かった。

もしも彼らの解説したごときが事柄の真相であるのなら、それはそれこそ宇宙的愚挙と称すべきであろう。それとも、そんなささいなことの学問的研究などに、本気であんな大金を使っているのなら、地球はもう天下太平、我々は明日から世界の平和などということを考えなくてもよい。素人である私は、人間衛星などというものを、どれもこれも、それに乗るのが軍人であるという簡単至極な理由から、何でもないそれは兵器なのだと、とうの昔に断定していた。そして、兵器ならば、これはもう少しも不思議ではない、当然莫大な無駄金と思われるものを使うはずだと、これまたとうの昔に思っていた。

最後に、我が学生諸君の場合はどうか。彼らの素人の立場はどの程度のものであるか。

私はこのところ何年か、学年初めの時間に、何のために外国語を学ぶのかという質問を彼らにしてみているのだが、来る年も来る年も最も多く得られる答えというのが、「原文」で読まないと本当のことが分からないから、というものである。

このような学生の答えには、今日の我が国の教育が、ごく身近かな体験から、物事が分かってゆくということの核となるものをつかむ習慣を、あまり養っていないらしい、ということを思わせるものがあるが、また、こう答えれば語学の教師は多分我が意を得たりという顔つきをするはずであるという学生の一種の計算とお世辞、教師というものには本当のことを言わないほうが得策であるという彼らの習慣になっている心理、といったものも感じられるのであるが、さらにまた、バイブルを翻訳で読んでいる国の駐日大使ライシャウアーが、「原文」で読まないと本当のことが分からないというまったく同じことを、我が国の中学校と高等学校の英語教師の団体の全国大会で強調し、結局のところは日本人よもっと英語を勉強せよとのご説教を垂れている、つまり、ライシャウアーいや多くのアメリカ人にとっては、いや多くの日本人にとってさえ、世界中の言葉の「原文」が英語であったりするということ（去年オリンピックの時、英語さえしゃべれれば、世界中から集まった人たちに道を教えることができ、彼らから金を儲けることができると多くの日本人は考えた）とも関係がありそうであるが、それはともかく、こう答える学生たちにもまた、素人の立場というものがほとんどないように思われるのである。世界各国の文学や思想や知識などに、翻訳を通して、つまり日本語で接するということを、彼らは潔しとしていないらしい。少なくともそう教えられてきているらしい。「原文」で読まなければというごときお題目は少なくともとおりがよい、誰からも非難される恐れはないといった、一種安心感に似たものが彼らの表情に確かにある。

しかし、孫悟空もイソップの物語も、イワンの馬鹿もガリヴァーの話も、フランダースの犬、白雪姫、マッチ売りの少女、アラビアン・ナイトもクオレの話も、みんな日本語で読んできているということを、今彼らはどう考えているのであろう。仮りの不本意な読書であったとでもいうのだろうか。そして何よりもこれからはどうだというのだろう。こういううその答えを日本の学生が言わなくなるのに、もう何年くらいかかるのであろうか。

なるほど、「原文」で読めるということは、そしてその内容がよく分かるならば、それはたしかによいことに違いない。しかし例えば、ホメーロスを「原文」で読める人は全国に二十人もおれば足りるのではないか。ホメーロスの専門家が日本に千人いるなどというのはむしろこっけいであろう。ほめたことでもなんでもないが、ホメーロスの文学を読む人が日本中に先の二十人の専門家しかおらないとなると、これはもう自慢になる話ではない。しかし、ホメーロスを読みたい人の全部に「原文」で読まないとなどということを言い出したら、それは、事実上、大部分の人にホメーロスを読むなと言うのと同じことになり、この人類的文化遺産をごく一部の専門家の専有物にしてしまうことになる。

そこで一つ簡単に出てくる結論といったものが考えられる。すなわち、ある任意の外国の文学なり思想なり知識なりについては、ごく少数のそれぞれの分野の専門家が、つまりその分野の分担者がおれば足りるのであって、他の大部分の人がそれに接する接し方は、素人としてである、素人としての接し方こそが、大部分の我々にとっては正常にして正しいものである、ということになろう。そしてそれは日本語によってということになる。そしてまたそれは我が国の現状でもあるわけだ。

だから、ホメーロスについてもう一度言うなら、我が国がホメーロスをギリシャ語で読み得る少数の専門家を持つに至り、それら専門家による日本語の翻訳を、岩波文庫とか筑摩書房の叢書本というごとき、我々素人大衆が入手可能な形で持つに至ったのは、つまりそういう能率的分業が成り立つに至ったのは、日本語訳がなくて、主として英訳などによってホメーロスを読んでいた明治、大正の時代に比べて、より良きより正常な文化的状態に我が国が到達したことを意味する、ということになる。そしてこのホメーロスでも、例えばイギリスの国史の事柄である産業革命でも、もしも日本語のホメーロス訳が英語のホメーロス訳よりも優れていて、日本人の国語の力がイギリス人の国語の力よりも勝っているならば、またもしも日本の中学で使われている歴史の教科書が、イギリスの同程度の学校で使われている歴史の教科書よりも優れており、教えている教師の歴史の力がイギリスの教師の力を上回っているならば、日本人のほうがよりよくホメーロスを読んでいる、また日本の中学生のほうがイギリスの同じころの子供よりも、産業革命についてよりよい理解を持っているという結果も出てき得るのである。そしてそれは、アキレウスというのをギリシャ文字で読めるとか、産業革命は英語ではインダストリアル・レヴォルーションと呼ぶのだとか、そんなこととは全然関係なく出てき得る結果なはずだ。そして一国の文化の程度というのは、こういう素人の実力の程度ということなのだ。その高い実力には、むろん優れた専門家がいるということが不可欠なのではあるけれども、何と言っても、圧倒的多数を占める素人のしっかりした心構え、素人であることの誇りといったことが大事なのである。

学生たちは、こういう素人としての立場、たくましく正しい素人の立場をとりたくないとでもいうのであろうか。彼らはなるほど、近い将来それぞれの分野において一応の専門家になるのであろうが、その他の膨大な分野については、しょせん素人である他ないのである。だから、そういうのではなくて、彼らはただとおりのよいお題目を言ったに過ぎなかったのだ、彼らのお題目が我が国の現状と著しく違っているということ、それは未完成な者たちのささやかな認識不足として、微笑をもって訂正しておけば足りるのだと、できるなら考えたいところである。しかしやはり、何よりも、それが専門家のことしか言っていないというところに、大きな問題があるのではないか。彼らはやはり、本当は専門家になるという姿勢しか持っていないのではないか。それは単なる認識不足などというものではなくて、実は彼らの根強い素人軽視の心情を示すものではないのか。そしてその心情は、もちろん大学に入ってから養われたものではない。彼らはこのお題目を、大学に入ってすぐに、毎年のごとく言うのである。その心情は、それ以前に、専門家養成ということをしか眼中においていない日本の外国語教育、いや、事柄はそんな狭い範囲のことではない、それは、そういう日本の教育全体によって、すでに営々として養われてきたものであったのだ。しかし、そういう言い方もまた十分には正しくないであろう。彼らをこのように教育したのは、素人の立場というものを、素人尊重の精神というものを、あまり持たない、日本の社会そのものなのだ。

素人というものをこのように馬鹿にしている日本の社会も、政治上の選挙権を、政治学者と政治家という、理論と実際における政治の専門家のみに与えるなどということは、さすがにしていない。素人尊重の精神とは、市民尊重の精神ということなので、すなわち、民主主義の精神に他ならなかったのである。

（一九六五・一一・一〇）

愛国心

元日の『朝日新聞』に三島由紀夫氏が「日本人の誇り」という一文を書いていた。それを読んでいて思い出したのだが、二年前の同じ元日号の『朝日』に確か人づくりについての座談会の記事があって、その中でやはり国の誇りということが話題に上っていた。

それは愛国心の問題に関連していたように思う。教科書研究で有名な唐沢富太郎氏がおよそ次のようなことを語っていた。ヨーロッパの国々では、愛国心の養成を、彼の地の教科書によって見る限り、大別して三つの方法、すなわち、自分の国はいかに誇り得る歴史を持っているか、いかに誇り得る人物を生んでいるか、いかに誇り得る美しい山河を持っているか、以上のことを教えることによっていると。

私はこれを読んで、ヨーロッパ人も日本人並みだなと思った。そして、それはおかしいと思った。誇り得る歴史も、誇り得る人物も、誇り得る美しい山河も、あまり持たない国が、世界中にはずいぶんあるのではないか。そういう国の人たちの愛国心はどうなるのだ、と思った。誇り得る何ものも持たない国はなるほどないかもしれない。どこの観光バスに乗っても、案内嬢が絶え間なしにしゃべれるくらいの土地の自慢話はあるのだ。しかし、その誇り得る程度が決して同じではないということがある。国の誇りと称するノーベル賞の受賞者でも、我が国には二人しかいないのに、アメリカなどは七十数人も出しているとのことだ。愛国心とその国の誇りとが、それほど関連を持つというならば、ノーベル賞受賞者を出した誇りによって形成される愛国心は、日本人のものがアメリカ人のものの三十何分の一だなどという、なんとも馬鹿げた話になりかねない。愛国心を持てと説くよりも愛するに足る国にすることの方が先だ、などというのもやはりおかしい。愛国心というものが、誇り得るとか、愛するに足るとか、一国のそういう価値の高下に関係があるとする考え方に問題があるのだ。

人のある国に生まれるということには、その人に選択権がない。つまり国籍は偶然なのだが、全能の神は実にまったくえこひいきのひどいお方で、人の生み落とされる土地の気候風土、広さ、天然資源、その他の条件に著しい差をおつけになった。ノーベル賞の受賞者などはどう努力しても半永久的に生み出し得ないほど暑い国、つまり何万年も夏休みばかりという国もあるのだ。ところで、そういう不利な条件の国に生み落とされた人たちでも、他の有利な条件の国にむやみに移住するわけにはいかない。人権宣言とか、憲法などには、居住や移転の自由ということが書いてはある。しかし、それは大部分の人たちにとっては実は空文句でしかないのだ。たいていの土地はすでに人が住んでいて、かつてのごとく、腕ずくでそこのけとはもう言えなくなっている。移民とか帰化などによって、生まれた国以外の土地で生涯を終えるようになる人もいるにはいるが、それは三十二億の人類からすれば、無視してよい小数に過ぎないのだ。

三島氏は、先の『朝日』の文章の中で、異国にいて日の丸の旗を見ると、ああ、おれもいざとなればあそこへ帰れるのだなという安心感を持つ、しかし、同時に、帰らない自由、帰る時期は各自の自由なのだということも大切なところだ、と書いている。それは確かにそうかもしれない。しかし、大部分の人類にとっては、帰らない自由などはないのだ。いや、第一異国に行く自由がない。そこに帰るどころか、初手からそこにいるしかないのだ。そこにいて、かけがえのない一度きりの己れの一生を送るしかないのだ。ヴェトナムの大部分の人たちは、ヴェトナムで生きるしかない。断じてない。己れの国がそういうかけがえのないものなのだ。かけがえのない己れのいのちと、そのいのちが、そこでしか生きられない己れの国、それはどうしても切り離すことができないものなのだ。そして、このかけがえのない一度きりの己れのいのちを、一体どこの誰がいとおしく思わないことがあろう。

己れの国を愛するのは、実は己れのいのちを愛するからなのだ。誇り得るもの、愛するに足るものが己れになかろうと、己れはいとおしいのだ。誇り得る愛するに足るのがある国だから愛するのではない。愛しないではいられないからこそ、誇り得る、愛するに足るものを探すのだ。いや、それを生み出そうとするのだ。順序は逆なのだ。

（一九六六・一・三）

学生よ驕るなかれ

愛知大学その他の私立大学の授業料値上げ問題が新聞紙上でやかましかったころ、受け持っている学生たちにそれについての感想を聞いてみた。君たちの授業料は現在の四倍に値上げしても愛知大学の今の授業料以下なのであるが、仮に君たちのを今の二倍にすると文部省が言いだしたら、君はどうするか、賛成するか反対するか、といった具合に。もちろん賛成するなどという学生はいなかった。ある学生はまことしやかに、自分などより遙かに成績のよかった高等学校時代の同級生で、家が貧乏なために大学受験を思いとどまらざるを得なかった者がいる、と言って反対した。

学校の成績がよい者、つまり大体知能労働に適すると考えられる者が皆大学に入れるようにするというのは一応よいことであろう。明治以来百年、我が国が短期間今日の域に達した一要因として、大学が国民の広い層から人材を吸収してきたことが挙げられている。オックスフォード、ケインブリッジなどという大学が、何百年もの間つい最近まで、一部特権階級の占有するところであったのに比べれば、我が国の大学はたしかにその門をもっと広い層に向かって開いてきたし、その傾向は戦後さらに強められてきている。私などの学生のころの国立大学の授業料は、今の大体四、五倍に当たっていたのではないか。それにあのころは奨学資金の貸与とか授業料の減免などということもあまりなかったようで、その話を聞いた覚えがない。今は、例えば我々の教養部二千九百人の学生でいえば、現在奨学資金を受けている者が九百二人で全体の三一パーセントに当たり、授業料の減免の恩典に浴している者は全体の約四・二パーセントに当たると聞いている。

しかし、大学に入るということが一部特権階級の独占ではなくなったということと、大学に入った者の昔からあった特権意識の減少ないし消滅ということとは、同じことではない。奨学金返済の甚だしい不良状態が毎年決まって新聞記事になるという事実が、何よりもその根強い残存を雄弁に物語っている。二、三年前のある雑誌によると、名古屋大学の場合、学生一人当たり年に約六十万円、つまり四年間では約二百四十万円かかっているとのことであったが、だとするとこれから四年間の授業料を差し引いた約二百三十五万円という教育費は、我々国民が負担していることになる。ところがそれでもなお足りず、同じく我々国民の血税から出た無利子の奨学資金を、なかなか返さないというのである。このように我々国民を馬鹿にし切った態度は、主権が天皇にあったころなら、それ一つだけでもすぐに総辞職をするきっかけになったようことが、三つも四つも起こっても、主権が国民のものであれば、傲然(ごうぜん)として居据わる今の内閣と、その根性において何ら選ぶところがない。我々国民などは彼ら学生の眼中にないのだ。一体いわゆるよき大学の入学試験に受かるということに、どれだけのことが関与しているのであろうか。

よく努力したということが学生たちのいいたい第一のことであるのを、私は知っている。たしかに努力もあろう。しかし初歩的生物学は教えている。よき花を咲かせよき実を結ばせるには、まずよき種子を選ばねばならず、次にはその種子をよき土地に播きよき手入れをしなければならないと。よき努力はよき手入れに当たるであろう。しかしその前によき種子がよき土地に播かれること、よき生まれつきの素質とよき環境ということがあったはずだ。己れの行為の結果をすべて生まれつきと環境のせいにするのはいかにも女々しいが、よき実を結ばなかったのは一にかかってよき手入れをしなかったことにある、それは努力をしなかった者の自業自得なのだとする立場には、憎むべき傲慢さがある。それは出生と生い立ちの有利を生後の努力一つにすりかえる、勝利者のみに都合のよい哲学なのだ。勝利者の驕りなのだ。

学生諸君よ、我々国民が諸君に莫大な学資を与え、無利子の奨学資金を貸し、場合によっては、ただで勉学させているのは、諸君をよい会社に就職させて出世させるためではないのだ。ちょっぴり頭がよく生み落とされたという有利な偶然に、わずかな努力を加えたというぐらいで、いつまでも我々国民が諸君の驕りを許しておくなどとは思わぬがよい。何よりも諸君は、もっともっと勉強する義務があるのだ。我々国民のために。

（一九六七・一・二三）

背のび

近頃よく一日は昔と変わらず二十四時間なのだということを考えさせられる。それはその同じ二十四時間内にしなければならないはずのことがどんどん増えてきているからなのだが、例えば昔の人はラジオを聞こうにもテレビジョンを見ようにも、そんなものはなかったのである。映画、展覧会、音楽会、山登り、海水浴、各種のスポーツ、旅行などについてもかなり似たことがいえる。子供たちの場合はそれに、彼らの体格をだめにするのではとさえ案じられる、あの重いカバンがある。その中の教科書はかつてのものの二倍ぐらいの厚さになっており、そこに書いてあることの七割がたを覚え理解したとしても、日本人の文化水準は断然世界一になること疑いなしと思われるのだが、たいていはそれよりもずっと詳しい指定参考書などというものを持っている。

十八年ほど前アメリカにいた時、これは大学生の話だが、使わされている教科書がべらぼうに厚いうえに、大量の宿題が課されるという現象を見た。しかし見ることができた七、八のどの大学の構内売店にも、同じ出版社の同じ著者による薄っぺらな各学科の虎の巻がずらりと並んでいたし、学生が宿題をいいかげんにごまかすのは、寮に住んでいたので、この目で見ることができた。

もちろん、交通機関のように、同じ時間内の仕事の能率が昔より著しく上がったものもあり、時間の利用に工夫と努力の余地もあるのだが、大部分の我々は、新幹線やジェット旅客機を利用して、毎日を暮らしているわけではなく、工夫と努力といっても、恐らく太古からほとんど能率が上昇していない、睡眠や食事や消化などの時間を差し引いた残りについてのものでしかない。三時間しか眠らなかったなどという人の話も、たいていはうそか短期間のことで、第一そんな神様みたいなものを目標に子供に接したら、教師や親と子供の関係を、うそのつきくらべをするものにするのが落ちであろう。理想が高過ぎるといけないのは、結婚の相手を探すときだけのことではない。

どうも自然科学の進歩ということと、人間の進歩ということを混同しているのではないか。子供の質が親よりも次々にましになっていくのなら、四千年前のものと同質の争いを、アラブとイスラエルで、今もやっているということを、我々は一体どう解したらいいのであろう。

（一九六七・六・一〇）

大学を語る

編集部　僕は今三年生ですが、進学あるいは就職を考えるとき、一体大学とは何であったのかということが、あらためて問題となってくるわけです。特に教養と専門のどちらも中途半端なままに終わってしまうのではないかという不安もあります。それで、大学とは一体何なのかということを、社会との、また一人の人間の形成との関わりにおいてお伺いしたいのです。

梅津　大学は知能労働者を養成する所であると僕は思っています。しかし、教師も学生も、職業に貴賤ありというときの貴の方に自分たちを所属させているという、その気持ちが強過ぎるのじゃないか。大学生や大学の教師が特に高い任務を世の中で持っているとは僕は考えない。人権というものが、肉体労働者と知能労働者で違うということは、もちろんあり得ないし、人間誰でも一生は一度きりなんだからね。こういうことがあります。俗にいう二流、三流大学の学生、彼らの方が一流大学の学生よりも、人間的に感じがいいのです。この点は我々大いに反省すべきで、いわゆる頭のいい人間が世の中で不当に甘やかされ、のさばらせられているということがある。

編集部　大学の大衆化現象についてはいかがですか。

梅津　例えばアメリカ流の甘い機会均等主義というもの、これは、人間の適性ということをあまり考えていないので甘い、と僕はアメリカに行った時に見てきたのですが、それと、学歴偏重とが結びついて大学がどんどん増えて行く。それが大学の大衆化の大きな原因の一つじゃないですか。百五十センチの身長の者が相撲取にならされるのは、拷問みたいなものだ。同じようなことが知能労働にもあるってことは、そして運動神経の場合と同じく、知能労働の適性というのも大きく生まれつきのものだってことは、皆知っているんです。学歴偏重ということが将来薄れてくれれば、大学に入る人は必ず減ると僕は思いますね。

編集部　知能労働者というものの意味についてもう少しお尋ねしたいんですが。例えばフランスの「五月革命」の指導者の一人コーンバンディが言っていますね。「知能労働と肉体労働とが人間的に、制度的に分離しているところに、問題があるんだ。だから我々は、誰でも学べる大学、必要に応じて働き、必要に応じて学べるような社会までを射程においているのだ」と。

梅津　一般に分業が度を越しているということではないですか。そのために知能労働でもいろいろな、しかも大きな問題を持つようになっていると思います。肉体労働でも手先しか動かさないといった仕事が増えていますね。労働を肉体労働と知能労働に分けても、人間はしょせん総合的なので、体と脳味噌が別々に働くわけではない。便宜的分類ですね。体を適当に動かさないと頭もよく働かないというのは誰でも体験している。それなのに、大学では最初の二年間だけしか体育がなくて、つまり、ずーっと続く心と体の問題が一時的な単位の問題になっている。総合大学というのは、単科大学に対していろいろな学部があるというだけの名称で、人間がそこで総合的に育てられているわけではもちろんない。僕は大学院の博士課程まで体育を課すべきだと考えているんです。分業の細分化ということはすなわち非人間化ということなので、大学も人間の非人間化の一翼を担っているわけだけれども、そのことに対するわずかな批判抵抗というものが教養部における体育である、ともいえる。

編集部　今の高等教育一般として考えてもいいと思いますが、大学を就職のための一段階と考える人もいます。しかし多くは何らかの期待を抱いて、つまりもっといろんな話が聞けるんじゃないか、人間的に成長できるんじゃないかと考えて大学に入って来るわけですね。これは教養部の問題でしょう。また一方では、大学は専門的な知識技能を身に付ける場でもあって、例えば建築技師になりたいという夢を持って入って来る。しかし教養部の現状は、これらに十分には応えていないのではないでしょうか。また、専門的な技術とか知識の修得とかいっても、後半の二年間の授業では十分ではない。科学技術の高度な発展はそれを非常に困難にしているのではないでしょうか。

梅津　大学で何か特別に人間的なものが得られるんじゃないか、講義の中でそれが聞けるんじゃないかという期待、それには僕はあまり賛成じゃないんです。高校または中学を出てすぐ実社会に出て行く人たちの人間形成はどういうものでしょう。そういう人たちに比べて、大学に入って来た諸君の方がよりよき人間形成ができるはずだとは、僕は考えない。むしろ実社会で働いている同年齢層の人たちのほうが人間形成の方では早いですね。能率的といってもよい。実社会の不合理の中で、じゃあどうするんだと身につまされている人たち、より多い不合理にじかに接している人たちのほうが、確実なものを握るという点では優れている、諸君の人間形成はそういう人たちに劣る点がある、と僕は思いますね。

編集部　教養科目を人間形成の一環として捉えることが強過ぎると、大学に来ない者は人間形成をしなくてもいいいんじゃないか、などということになりかねないですね。

梅津　そうです。そういうことを僕は言いたいんです。学校教育そのものが完結的なものではなく中途半端なもので、大学教育もちろんそうだけれども、ただ、総合的に見渡して、人間の基本は何か、学問は社会においてどうあるべきか、などということ、つまり物事の基本を考える人間が必要なので、それにはある程度の余裕、暇というものが必要なのですが、その暇が与えられているのが学生生活である、そう僕は考えています。しかし現実は、産学協同といわれる形で、大学を出るとすぐ使いものになる分業の分担者を養成するために、日もなお足りない忙しい日々を送らされている、それが大学です。そうあってはならないので、あるべき知能労働者の芽を育てるところが大学だと思うのです。

この人間観と学問観の形成は、専門の知識技術の修得においても、いやそれが高度に分化された知識技術であればあるほど、あくまでも基本にならなければならない。そうでなければ、大学は悪い意味での徒弟養成所と化してしまうばかりか、全体を見渡せる人、基本は何なのかを見通すことができる人が育っていかなければ、社会の、いや人類の行く手が危いかもしれないという問題がある。まとめて言うと、市民としても専門職業人としても、基本の分かる人間を作ることが大学の大きな任務じゃないか。教養部の教養というのは、こういう物事の基本を考え得る力である、と僕は考えています。それは専門以外のことも広く知っているというような、知識に傾いたことよりも、現状の歪みを感じ取る平衡感覚、批判して釣り合いのとれた状態にかえす調和の精神といったものです。

編集部　しかし今は教養と専門が機械的に分離されています。ところが先生のおっしゃる意味での教養の重要性を痛感するのは、専門課目を始めてからなのです。しかしその時には教養課目はもうありませんし、時間的にも縛られてくるというジレンマに陥るわけです。これは一つには教養と専門が横割りにされていることによるのですが、カリキュラムの問題としてではなく、内容の検討もされなければならないと思いますが。

梅津　それは今まで教養部内で繰り返し論じられたことで、縦割り方式というものを実施している大学もあります。しかし現状では、学問に対する姿勢がこれでよいかという危機感を多かれ少なかれ持ちながらも、教師は専門の研究に、学生は専門の知識技術の修得に、つまり目前の生存競争により多く心を傾けているということがある。このことのほかに、専門は教養より上だという考え方がまだ根強くあるのですね。これは一般教養というものが大学の中に置かれるようになった歴史が、世界的にまだ浅いということにもよると思います。学問の高度専門化が物事の全体と基本を急速に見失わせつつあるという危機意識が、一般教養という考えを生んだはずなのですが。

編集部　教養の問題は横割りを縦割りにすればよいという形式の問題では必ずしもなく、内容の問題として捉えなければならないと思います。教養とは知能労働者としての自分を現代社会の中で相対化して考えることができる能力であるということにもなると思うのですが、教養をそれ自体として捉えている限り駄目だろうと思われます。

梅津　そうですね、どう言ったらいいか、専門というのはそもそも何かということを考えてみると、それは金に換えることができる知識技能のことであるらしい。私はこれこれが専門です、これをいくらで買いますか、ということを世間に対して言い得るもの、それがいわば専門ですね。ところが、学問に対してどういう考えを持っているかとか、人間の基本は何かとか、そういう学問観とか人間観とかは、あまり売り物にならない。金にならないのですね。専門と教養の内容をこういうふうに考えてみた場合、専門の尊重というのは実は金の尊重ということと重なる部分を持っていることが分かってくる。

このあまり金にならないということが、一般教養の軽視の一つの原因である、そういう見方も可能でしょう。

しかしいつまでも軽視してはおれなくなってきたということがある。

例えば、自然科学者が実験室で研究に没頭しているときは、その専門分野のいわゆる真理のことしか考えないという。なるほどそうなんでしょうけれども、その研究成果はというと、先を争って世間に発表されて、結局は世間という場で利用されることにならざるを得ない。アインシュタインの導き出した$E=mc^2$という式が原爆や水爆ができる基礎の理論を提供したということは、自然科学者みずからが認めていることなんですが、その理論が世間という場で利用されて原爆ができてしまうと、彼はその使用を止めさせることができなかった。この歴史的事実は、いまさらのように、我々に教えたのですね。専門研究などというものは、その成果が成果自体としてはいかに画期的なものであっても、結局はそれがそこで利用されるに決まっている世間というもの、つまり世間を構成している人間というもの、それを勘定に入れないでは、本来肯定し得ないものであったということを。人間とはどういうものなのか、そのいわば実力はどの程度のものなのかということが、あらためて、切実な人類の問題となってきたのです。それを考えるのが教養部というところである、というのが僕の考えです。

ここで文学というものを登場させたい。文学は今言ったこの人間の実力というものを一番よく示していると思うからです。大学生活の中で文学を読むことが新しい重要な意味を持つようになったと僕が考えるのは、そのためなのです。文学は、特にすぐれた文学は、人間をありのまま表わすのです。人間に対して希望的観測というものをほとんどしない。人間はこうだということを文学は書きます。例えばロミオとジュリエットの悲恋の話。二人の生家は積年の敵同士という関係にあるのだが、両家の人々がもっと立派だったら、二人がもっと賢明であったら、という見方を、シェイクスピアはしない。あるとおりの人間というものの実力で、憎みまた恋する人々、その線を崩さないで人間を書くところにしか文学はないのです。文学ほど人間の実力をえこひいきなしにそのまま表わしているものは他にちょっとないと思うのですね。

こういう実力を持った人間世界のただ中に科学の成果が投じられると、そしてさっきも言ったように、成果は必ず人間世界に投じられるのですが、その成果の性質によっては、人類という赤子に剃刀を持たせたようになるかもしれない、そういう問題を学問は抱えるようになったのです。そしてもちろん、原爆ということは、こんなちゃちな比喩で置き換えてはならないことなのです。

編集部 大学の自治ないし学問の自由という問題に話は移りますが、今までの大学の自治は教授会の自治ではなかったかというのが一般的な見解になっていますけれども、一方では今のお話の学問内容という面からこの既成概念を掘り崩さなくてはならないし、他方制度的には参加という形で問題は始まっています。学生の地位、つまり参加というとき、学生とは一体何であるかが問題になってきますが、この点どうでしょうか。

梅津 今後どうしたらよいかという点では僕はよく分からないんです。ただ、今の学生運動を見ていて思うのですが、多くの大学で労働組合と似た運動形態をとっているように、現象的には見えるのですね。ところが学生は決して被搾取階級ではないし、教師も搾取階級ではない。

編集部 望ましい形といっても、結局学生は何であり、教官は何であるかということが、前提として問われなければならないし、教師と学生の関係が階級関係ではないとしても、なぜ労使関係のような運動形態をとっていくのかということが、問われなければならないと思います。搾取者、被搾取者の関係ではないと言われますが、実際はどうでしょうか。

梅津　講座制のてっぺんに立っている教授に、就職問題などで、学生が一種の支配を受ける場合があるということで、大学にも労使関係に似た要素が皆無であるとは言えないし、助手とか大学院の学生が教授の名前で出される本の実際の翻訳者であるという話も聞いたことがあります。そういう点で改善すべき問題はあると思いますけれども、労使関係とは質的に違うのが教師と学生の関係だと思うんです。学生の知能労働を教師が搾取するという関係ではない。労働者のストライキというのは、自分たち労働者は社会のある欠くことのできない重要な部署の分担者で、そこを手抜きすると全体が機能しなくなるのだが、そのことをいくら口で言っても納得してもらえない、それじゃ実際に手抜きをして、我々の分担の重要さを思い知ってもらうより方法がない、というので行使されるものだと思うのです。その点でも学生のストライキとか授業放棄とかとは異質のものですね。ですから簡単な説明としては、学生の主張を通すために、労働組合の場合と同じような戦術を用いるようになっている、というあたりではないですか。教師と学生の話し合いの仕組みをどうするか、その問題は、まず学部の講座制をどうするかということに直接的にはつながってくると思います。講座制は問題ですね。

編集部　大学は問題をいっぱい抱えたままで、四月にはまた新入生を迎えるのですが、新入生諸君に対して最後に一言お願いします。

梅津 現在の日本ではまだ、大学に入るということは、前に言った職業に貴賤ありというときの大体貴の方に属する人間に自分がなるということですね。ですからそれは社会の勝利者の卵として汽車の一等切符を買ったみたいなものです。それは嬉しいことに違いないし、喜んで悪いなどとことがめることも今は間違っているだろう。しかしその嬉しさと、大学生活そのものが快適であるべきはずだという予期とを対にして持って大学に入って来るというところに、新入生の大きな問題があると思います。

さっき体育のことが出ましたが、そもそも学校教育というものは、小学校この方、人間としてはきわめて不自然なものなのです。お日様の照っている日中の一番いい時間を、来る日も来る日もほとんど動かずに座ったままで過ごすという、そういう生活を大学に入るまでにすでに十二年間も続けてきているのですね。体育の時間というのがありますけれども、まあ焼け石に水ですよ。本来、人間は、日中には汗を流すようにつくられているのではないですか。この十二年間の人間的いや動物的さらに言えば生物的怒りの蓄積がすでにあるのです。加えて性の問題がある。戦後は食べ物がよくなって体の成熟が早くなり、中学の高学年では異性への欲望が一人前になっているということがあるのです。しかしこれにももちろん待ったがかかっていて、すでに何年かになる。こういう生物としての不満は、大学に入れないとか、学問ができないなどというちっぽけなものではない。もっと重い太い深い不満なのですね。こういうのを根本的不満というべきだと思うのですが、この根本的生物的不満が、生物として最も元気なこれからの四年間、やはり続くのです。そういう根本的に不愉快な日々がこれから少なくとも四年間は続くのだということは、新入生諸君に覚悟してもらいたい。このことと、勝利者の卵としての喜びとを混同してもらっては困るのです。

大学は全人間的な人間形成の場として快適なところなはずだという誤った予期は、したがって必ず失望をもって終わることになるのですが、僕はこのことをたいてい新学期の最初の授業の時に話しているのです。誤った予期を少なくすれば、誤った失望も少なくなる道理ですからね。

もう一つ最初の授業の時によく話すのは、学生のいわゆる学費というものの大部分を一般納税者が負担しているということです。今学生は月千円の授業料なるものを払っているわけですが、四、五年前のある雑誌によると、実際学生一人にかかる費用は、平均月に五、六万円であるとのことです。だから学生は、将来一般納税者に対してお返しをしなければならない。そのためには在学中一所懸命勉強してお返しできるだけの実力を養わなければならないのです。人一倍辛い修業をする義理が国民に対してある。日本の今の社会の中では勝利者になるという可能性を喜んでもちっとも不思議ではないけれども、そのことと、大学は決して面白おかしいところではない、それは非常に不自然なそして苦しい修業の場なのだということを混同しないようにということ、これを僕は一番強調したいと思います。

編集部　先生の担当されている語学についてはいかがでしょうか。

梅津　いろいろあるけれども一つだけ簡単に。この場合も外国語を実際使う人ないしはそれで飯を食う人、つまり語学の専門家の養成ということが、あたかも語学教育であるかのごとく考えられがちで、例えば国民の全員が受ける義務教育の場である中学で、外国語を話し聞き書き読むという力の養成ということが、強調されているという事実がありま す。僕の子供の場合なども、外国語ばかりではない、すべての学科がその道の専門家を養成するという一点を目差して、教科書もできており、授業も行なわれているように僕には見えます。困ったことだと思うのですが、外国語などは特に、他の民族の植民地にでもならない限り、日本でもどこでも、今も昔もこれからも、それを専門にするまたは実際に活用する人は極めて少数なのです。だから外国語の教育は格別、外国語の素人にしかならない圧倒的多数の者にとって有意義なものでなければならない、というのが僕の考えです。例えば今言った、語学はある国の人全部が熟達する必要のないものだとか、世界語と称するものなどは、歴史的に移動するもので、その時々の最も金持ちで腕っ節の強い国の言葉がそう言われてきており、したがって今後も移動の可能性はあるのだとか、外国語をやると世界中の人間がしょせんは似たものである、我も人なり彼も人なりであるということが分かってくるとか、そういうことを考え教えるのが、素人のための語学教育の狙いの一部なのですね。

編集部　お忙しいところをありがとうございました。

（一九六九・二・一〇）

えにし

大学の入学試験の口頭試問の日であった。私の番がきてその部屋に入った時である。何とも言えない温かいものがふわっと私を包んだと思った。一瞬私は胸がいっぱいになり、あやうく涙が出そうになった。

暗くあやふやな記憶の中でここのところだけが鮮やかに残っているこの時が、福原先生と個人的に接した初めてであった。不思議な感動であったが、しかしその私なりの説明がないわけではない。それは恐らくこうであった。私はそれまで師範教育というものを約八年経験していた。その三年目の終わりころであったろう。福原先生が師範教育は家来を作ったと言われる多分その同じことを、私も強く感じたのであった。私はだから高等師範に入るときも、その師範という名の故に、たいして期待を持っていたわけではなかったし、その後もそういう私の予想を訂正する必要を格別感じないできていたのであった。そこへあの口頭試問の日がやって来たのである。あの日のあの部屋の空気は、それまでに感じてきていたものとは、はっきりと異質であった。温かかった。何とも言えずそれは温かかった。

福原先生が卒業後の教え子をよく友人と呼ばれるのには、君よ家来になるなよ、そして君の教え子を人間として見下ろすようなことはしないでくれたまえという、そういうお気持ちが込められていたことも多かったのではないか。私はひそかにそう考えているのである。

先生との二度目の個人的接触の機会は、ある燈下管制の夜にやってきた。同級の羽染が桜木谷と私とを先生のお宅に連れて行ったのであった。夜は暗く、世の中も暗かった。お家に行くのに急な坂があったような、奥様の階段を上って来られる音がしたのであったような、だからあのお部屋は二階であったような、記憶はみな漠として暗いのだが、その奥様の足音に続いて、暗闇から真っ白い卵が四つ電燈のスポットの中に現われたのであった。あっという間であった。先生はざくっとその一つを威勢よく卓に打ちつけられていた。三人の学生たちもざくっざくっとうで卵を割った。学生時代に先生のお宅にお伺いしたのはこの時一度きりであった。あの四つの卵はひょっとするとあの時先生のお家にあった卵の全部であったかもしれない。

勤労奉仕が大学三年の初めから丸々一年続いていた。敗戦の日が間近に迫っていた。先生はある日ひょっこり、長野県の山奥にいた我々のところへ来られた。文科の学生が四人、中尉が一人、準尉が一人、この六人が幹部で、陸軍被服本廠の移転先の洞窟を、そこの岩山に掘ろうというのであった。道路作り、架橋、整地、給水、測量、それに毎日二百五十人に達する勤労奉仕の人たちの作業割り振り、これだけが私の分担であった。がむしゃらに、ただ無茶苦茶に働いていた。ひげを剃らない日が何日も続くことがあった。三反田（さんたんだ）という、昔函館の五稜郭と同じ型の城があった村で、その石垣だけの城跡にある役場の、だだっ広い二階が我々の寝場所であった。先生と私は、役場の前方小高い丘にそびえる三階建の大きな寺を仰ぎながら立っていた。昼ころであった。夏の山の緑が青空に映えていた。先生はぽつりと、お参りをしたかね、と言われた。もちろんしてはいなかった。お参りぐらいはしなくちゃ、先生はまたぽつりと言われた。いちずな若者に、少しは休め、余裕を持て、と言われたのであった。その日のうちに先生は三反田を去られた。敗戦と卒業とが一度にやってきた。

　縁ということをしみじみ思うのはいつころからなのであろう。どっか近くの道を歩いていて、ふっと、この地面をもう一度踏むことはないかもしれないと思ったりすることがある、そのころからであろうか。福原先生にはむしろ学校を卒業してからお習いすることになるのだが、こうやって開かれた先生との巡り合いもやはり縁であったと強く思う。ありがたきえにしであった。

（一九六九・三・一六）

ふるさとの味

あなたの味噌汁を作っておあげしたい、というのは、他にちょっと言い換えるすべのない日本の女ごころであったろう。恋を失った男が、何年かたった旅先などから、郷里の母に、やっぱり味噌汁を作ってくれる人がほしくなりました、と書き送ったりしたことも多分数多くあったに違いない。味噌汁は日本人が営んできた家庭というもののかなりな部分を象徴していたのではなかったか。そしてそのことが特に当てはまるのは、冬が長く貧しくて、主に味噌に栄養を求めざるを得なかった東北人の場合であったと思われる。

東北の母たちは味噌をたいてい自分で作った。味噌の味は一家の食生活の味をほとんど決めてしまうものであったから、母たちはその作り方に、愛情と智慧とそして意地とを、注ぎ込んだ。まず豆の吟味。私の母はいつも枝豆にして食べるいちばんうまい豆を選んでいた。次に米麴の出来具合。麴ももちろん家で作ったのだ。適温を保ってうまく麹が熟成しつつあるかどうか、日に何度も、夜中にさえ、確かめていた母の姿を思い出す。最後に豆と麹と塩の割合。この三つが味噌の味の死命を制するものであった。そしてそういう味噌の味は、母が祖母から習ったもの、さらには、私が小学校二年の夏に枯れた樹齢七百年、多分東北一の巨木であった庭の椿のごとく、その家の歴史と共に伝えられたものも多く含んでいたに相違ない。母は我が家の味噌がご自慢であった。

私の子供時代の朝は母の味噌を擦る音で明けた。すり鉢の底から上辺へ、上辺からまた底辺へと、すりこ木が移動するにつれて変化するあの音は、その日によって爽やかにも、慌ただしくも、何かをこらえているようにも聞こえたものである。そして何でも味噌汁にしてしまうといってよいのが、我が家の味噌汁であった。

大根、なす、わかめ、豆腐、ねぎ、里芋、豌豆（えんどう）、ささげ、かぶ、馬鈴薯などはもちろん、笹竹の子、孟宗竹の子、わらび・ぜんまい・うどなどの山菜、枝豆、いもがら、干しいもがら、かぼちゃ、ごぼう、各種のきのこ。小豆までも味噌汁にした。それに、いわし、だいぼういわし、皮はぎ、秋あじのはらご（晩秋の鮭の卵）、小鯛、川えび、かに、かながしら、鱈、といった魚の味噌汁。

母の作った味噌汁は何でもうまかった。中でも孟宗の竹の子汁。屋敷内の広い竹やぶから掘り立てのを何本も大きく輪切りにし、大鍋で三時間ぐらいぐつぐつ煮る。その汁のうまさ。竹の子のうまさ。いま八百屋で買ってきて作るのは、重曹でえがらみを抜かねばならず、味ももちろん劣るのだが、毎年の春の孟宗汁はやはりやめるわけにはゆかない。笹竹の子といえば、それはふきのとうと共に、待ち兼ねた春の到来を告げるものであった。やっと土が出始めた土手などに、探していた竹の子がわずかに頭を出しているのを見つけると、子らは先を争って、竹の子一本生、竹の子二本生、と名乗りをあげ合ったものだ。裏山に食べられるほどの量が出るのは四月の下旬ころからであったか。千本を越すと思われる細い竹の子の皮を家中の者が車座になって根気よくむく。それだけにその夜の食膳は楽しかった。何本もまとめて頬張ったのをぞきぞきと嚙む。あの何とも言えない歯ざわりはもう二度と味わえそうにないものだ。

かにの味噌汁も一方の雄であった。甲羅が菱形のわたりがに、それの鋏と足を藁で縛ったのを売りに来る。皆生きていた。指をはさまれないように注意しながら藁をほどき、広い縁側をがさがさ這わせる。これがかに汁の日の私の毎度の楽しみであった。幅三十センチは越える大がにが多かったが、それが這うと何だか勇ましい感じがした。名古屋のかに料理屋で出す塩味でうでただけのものは、甲羅の味噌といい肉といい、とても我が味噌汁のものの比ではない。味噌汁の場合はそれに汁の味がこれまた天下一品なのである。

冬の東北の第一等の味噌汁といえば、まず寒鱈汁に指を屈する。これは生きのいい鱈、つまりその肝臓が瑞々しく弾力があるものでなければ駄目で、この肝臓こそが寒鱈汁の生命なのである。頭から尾までどの部分も捨てずにぶち込み、乱切りの大根と煮る。太い囲炉裏火で実に威勢よく煮て、それを吹雪の音を聞きながらふうふう吹いて食べるのだが、この味噌汁には、小鯛汁、子がたっぷり入って丸太のように丸いだいぼういわし汁など、味噌汁の大関たちも及ばない。

やはり冬の東北の味噌汁で、塩出しものの味噌汁を逸するわけにはゆかない。冬の用意に塩漬けにしておいた、わらび、なす、きのこ類、うど、竹の子などを塩出ししたもののの味噌汁で、決してうまいものではないが、何十年いや時には何百年塩漬け用に使ってきた桶の、少しかびくさいがどうにも形容できないひなびた味が移っている。そこが何とも捨て難く、今はただ懐かしいばかりである。

その他、秋あじのはらごと、開いたなめこに似て、しかもそこいら中に生える、もたしというきのこ、それに大根おろしを入れたはらご汁、納豆をすり鉢で粒々がひとつもなくなるまで丹念につぶし、それを酒で溶いたものを、豆腐、ねぎ、塩出しもののきのこと干しいもがらの味噌汁にさっと入れて仕上げる年越しの納豆汁、枝豆汁、いもがら汁、ぜんまい汁、かながしら汁、など、など、ふるさとの味は、年とともにいよいよ数多くそして鮮かに甦ってくるもののようである。

同郷の歌人茂吉は、敗戦の前後、郷里山形の妹の婚家に疎開していて、自分の寝坊のために冷えてしまった味噌汁なのに、妹が温めかえして出すと、口を付けた後でも鍋にあけて、また新しいのを煮させたり、気に入った味噌汁は一人で一鍋全部を平らげたりしたという。こういうわがままは、茂吉にあれだけの仕事をさせた一つの力であったかもしれず、一高、東大という勝利者の道を進んだ一人の人間の許し難い特権意識でもあって、その特権意識は彼の文学にも恐らく何らかの跡を留めているに相違ない。しかしそれは同時に、ふるさとを離れて生きることになった、東北生まれの、六十三歳の男の、異常なまでになっていた味噌汁好きを語っているのであり、ふるさとと、母の代償としての妹の母性とへの、老いの、同様に異常なまでの、甘えでもあった。そしてこの異常さには、茂吉が営んでいた家庭というものについても、ある暗示を与えるものがあるように思われるのである。

（一九六八・一二・三〇）

あのころ

私などは「あのころ」というものを、私の青春との結び付きなしには語ることができない。次々に起こった戦争の中で、そのすべてが過ぎ去ってしまったといってよいのが私の青春であった。謳歌すべき、などという語と結び付くものをそれはほとんどまったく持たなかった。

もっとも、トルストイの『復活』の書き出しのところのような春が、私にもなかったわけではない。敗戦の前々年十二月の下旬、勤労奉仕で栃木県の農村の暗渠排水工事をしていたある日、一日の仕事を終えて泊っていた農家に帰る田圃道を、後ろ向きに歩きながら、沈みかけた夕日を頼りに、『アンナ・カレーニナ』の恋に破れたレーヴィンが大鎌で草刈りをする有名なくだりを、声を出して私は読んだ。広い地平線に悠々と沈んでゆく太古さながらの真っ赤な太陽、その太陽が作り出していたあの時のあの空気には、たしかに戦争を忘れさせるものがあり、レーヴィンの思いにただ深く共鳴している束の間の私の青春があった。

しかしそれより数年前の、「お前らの足に合う靴などがあると思っているのか。馬鹿を言え。靴に足を合わせるんだ、靴に。わかったか」という上等兵の言葉は、まだ若い柔らかいいのちにぐざと突き刺さって、生涯の傷を作ってしまっていた。いのちが痛め付けられたという思い、いのちが頭をもたげようとすると罪としてそれが叩かれたという記憶、そういうものが心のどこかに沈澱してしまっていた。「戦中派」なるものには、敗戦の後の何かの折りに、その生きていることの罪の意識、己れの生は肯定されていないのだという心弱さが暗く心を襲うことが、例えば今二十歳（はたち）の人たちの場合よりも、どうも多いのではないか。

そういうことが逆に、ウィリアム・ブレイクの『天国と地獄の結婚』の中の「女の裸は神の作品である」「あふれ出ることが美なのだ」「実行されない欲望を育てるよりは揺り籠の中の赤子を殺す方がましだ」「十分だ！　でなければ十分以上だ」という言葉が私を強く引き付けたのであったろう。私はこのブレイクの真っ向からのいのちの肯定主張に感動したのであった。ダンテの『神曲』「地獄篇」ウゴリーノ伯の話の箇所が、この作の中で最も鮮明に記憶されているということも、私がこの作を読んだ時期と関係があるのかもしれないし、私が「戦中派」であることを物語っているのかもしれない。

実際「あのころ」は物を食うということが罪の意識と結び付いていた。己れの生の主張と、隣人の生の主張とが、じかに衝突することのある日々であった。それだけにまた、忘れ難い温かい思い出もあるのである。

長さ十センチに直径三センチほどのうでたさつまいも一個。敗戦前年の秋ごろであったろう。その痩せたさつまいもが目先にちらつき始めるのが、毎晩夕食を食べてすぐのことになっていた。

明日も桜木谷はそれをポケットから出して私にくれるはずであった。明日が待ち遠しかった。桜木谷は私と同級で、陸軍被服廠の勤労奉仕に腰越の自宅から通っていたのだが、百姓でもない彼の両親が苦労して手に入れたに相違ない、一人っ子のためのさつまいも、その二個のうちの一個を彼は毎日私にくれるのであった。桜木谷は学校を出てから私とは別の石油産業界で働くことになり、先年その業界誌が次代を担う有望幹部として彼を取り上げた時、友としての私の桜木谷観なるものを問われたことがあったのだが、私は何よりも前にこの話をしたのであった。

戦争は終わっても「あのころ」は終わっていなかった昭和二十四年、私は戦後第一回の留学生としてアメリカに行くことになった。そのことが最終的に決まった七月十一日の午後三時過ぎ、暑い日であった。私は「みまつのおばさん」の家の戸口に立っていた。「みまつ」というのは、私が五年間いた在京学生のための郷里の寮が田端にあり、そこから駒込の駅に出る途中にあった洋品店で、その経営者平泉涼子さんがつまり我々の「みまつのおばさん」であった。我々はよく、おばさんの家に寄って駄弁ったり、何かのご馳走にありついたり、なかなか手に入らない靴下を分けてもらったり、時には叱られたり、要するにおばさんに甘えていた。お子さんがなく、河鹿蛙(かじか)や小鳥、猫などを我が子のように可愛がっていられたが、戦後は洋品店をやめて青写真の工場を始めておられた。

　そこに私は寄ったのである。おばさんは私にあがれとも言わず、「ちょっと待ちなさい」と言うとすぐ奥に入って行って、茶碗に卵を二つ割って持って来られた。「これを飲みなさい」という。何か有無を言わさぬ響きがその中にあって私はそれを飲んだ。するとこんどは、まだ私を玄関に立たせたまま、「ちょっと後ろを向きなさい」と言う。何のことやらさっぱりわからず、ぽかんとしていると、お祝いに何もあげるものがないけれど、ちょうどワイシャツの生地が一着分あるから、それを作ってあげる寸法を取るのだという。私は胸がいっぱいになり、何も言えなくなって、涙と汗を一緒に流しながら、ただおばさんの言うままに後ろを向いたり両手を挙げたりしていた。連日の疲労、特に前日徹夜の書類作りと暑さとで目をどくりとへこませた私が、肩のところを雑巾のように継ぎはぎしたワイシャツを着て、おばさんの前に現われたというわけであった。

桜木谷のくれた小さなさつまいもも、おばさんが割ってくれた生卵も、一生忘れ得ない味を持っていた。人の情けの味であった。しかし、人の情けのこの味が、うまいものの氾濫している「昭和元禄」の今、かえって少なくなったように感じられるのは、「あのころ」よもう一度、などというのではさらさらないが、何か寂しいことのようにも思われるのである。

（一九六九・六・二九）

四季の楽しみ

雪のない正月にもだいぶ慣れた。何しろ愛知県に住むようになって早や二十数年になるのだ。しかし五十の人間が思いもかけず雪で若返ることもある。

三年ほど前であったか、雨の日の会議が夜になって終わり、やれやれと外に出た目に、いきなり一面真っ白になった景色が飛び込んできた。雨が音もなく雪になっていたのであった。まだ盛んに降っている。黒い空から、白い雪片が限りなく湧いてきて空一面に広がり、我先にと地上めがけて落ちてくる。落ちてくる、落ちてくる、止めどなく落ちてくる。子供のころ、その落ちてくる源を確かめようと、頬を雪に打たせながら、よく長いこと空を見上げていたものだが、あのまさにわが故郷、東北の山里の雪であった。さあそのままバスに乗るのが惜しい。一区歩こう、が二区になり三区になり、とうとう五十分ばかりの道を家まで歩いてしまった。ツィゴイネルワイゼンが自然に口をついて出てきた。知っている人は知っているであろう。霏々(ひひ)たる雪はあの曲を伴奏にして降ってくるものなのだ。

そういう雪の日に私を待っていたのは、母が温めておいてくれる甘酒であった。デパートの地下などで売っている、ビニール袋に入れた妙に白っぽい米の粒々がわざと砕いてあるような、あんな甘酒ではない。とろりとあめ色をした、粒々が自然に膨らんで豊かに浮いている、我が母丹精のものなのだ。舌をやけどしないようにふうふう吹きながら、ずずずずっとすするあの甘酒の温かさ、嬉しさ。甘酒はなかなか冷めにくく、茶碗を持った氷(すが)のように冷たい腫れた手も、やがてむずがゆく温かになってゆき、囲炉裏の薪が頬をほてらせる。

さがむげというものがあった。標準語で言うとさかむかえというのかもしれないが、そう言い直してみても何の意味なのか分からない。私にはしかし、それは、峠を越してやってくる春を迎える、という動かない意味であったのだが。

三月、小学校で蛍の光の練習が始まるころ、屋根の雪が溶ける日が二日三日と続きだす。その溶けて落ちる滴々の影が、明るい陽射しを受けた障子に終日映って、火鉢の灰は一寸もの厚さにじっとして動かない——白き灰がちになりぬるもいとよかりし——そういう日の夜、子らは翌朝(あした)の堅雪(かたゆき)を楽しみにしたものだ。雪が堅くなって、下駄でもその上をかりかりと歩けるのだ。そして歩きながら、雪国の子の湧く喜びを、「春が来た、どこに来た、山に来た、里に来た、野にも来た」と歌うのだ。それはしかし文字どおり早春の賦で、丸々の春はなかなか来てくれなかった。やっと二日続いた天気は変わり、障子がさーっと暗くなったと思うと、吹雪がざざっと雨戸を打つ。一月遅れの雛祭りも雪の中で、梅も桜も桃も李（すもも）も一度に咲きだすそのころに、待ち焦がれたあのさがむげがやってくるのであった。

年寄りたちは年寄りたちで、かみさんたちはかみさんたちで、男たちは酒の入ったのを、子らは子らだけのさがむげをするのだ。それは講になっていて、毎年回り持ちの当屋が決まっている。要するに、待ち兼ねた春の到来を祝って赤飯を食べる集いなのだが、村の家並みから四、五町もあったろうか、椀を伏せたようなまん円い山を新緑の芝生が一面に覆っている、そのてっぺんに確か松の木が一本あったところ、そのさがむげ山というのに車座になって赤飯を食べるのであった。黒い漆塗りの銘々盆に山と盛られた赤飯が桜色の湯気を立てている。その裾に真っ赤な紫蘇漬けの茗荷が添えてあった。それにこんにゃく、にんじん、油揚などの煮染めと豆腐汁が付いたか。盆を両手いっぱいにもらって、さてどこから食べようかと眺めるときの胸の弾み。四、五歳まで遡り得る幼き日の春の思い出である。

北の国の夏も、夏は人並みに暑い。ことさら汗をしぼらせるのは、郷里出羽三山は羽黒山、その油こぼしなる急な石段である。権現造り、日本一の大社殿が山頂に鎮座ましましていて、村からそこまで、これも日本一長い十八町の石段が続いているのだが、その石段の中ほどに、弁慶も油汗を流したというこの油こぼしがある。目路をほとんど垂直にさえぎって急坂が真っ真ぐに延び、その果てを樹齢数百年の老杉の間に消している。君はその果てのわずか手前左に、ちらと藁葺き屋根の庇(ひさし)を見るはずであるが、それが我が目指すところ。有名なあん餅がそこで食べられるのだ。称して力餅という。油こぼしを登って疲れた体にまた力がつくというのだが、この間の戦争中も、よほど苦しくなるまでそれは食べられた。休暇で帰郷すると、まずあのあん餅が食べたくてさっそく羽黒参りをしたものだ。やわらかくてしかも足の強い庄内米の餅に、きめの細かいあんがたっぷりかけてあるのを二人前食べて、さて眼下に遠く広がる庄内松島、まっ平らな緑の稲田の中に点々と黒く部落が浮かんでいるのを眺めるその満足感。汗もすっかり引いたところで、今度はだらだら坂の石段をゆっくり登って行くと、芭蕉が奥の細道で俳諧興行をした南谷の別院跡への道が右手に折れて延びている。時が夕方で、君が幸運であれば、

老杉のこずえの間を渡り行く三日月をとらえることができるであろう。芭蕉はそれを、
涼しさやほの三日月の羽黒山、と詠んだのだ。

懐かしい秋の甘味の第一はいとこにである。その年にとれた餅米と小豆にたっぷり砂糖を入れてよく煮たものだが、煮だてのやわらかいものよし、冷えて塊になったものさらによし、のあの大好物そのものが、いとこにという一つの名称に過ぎなくて、従兄弟同士の米と小豆を煮たからその名であるとは、かなり大きくなるまで気づかなかった。
これもいとこに講という、子供は子供の講があって、春のさがむげのと同じ銘々盆に、こぼれんばかりに盛ったのをもらうのであった。秋あじのはららご（晩秋の鮭の卵）と、もうすっかり冷たくなった沼などからとれた川えび、それに雑茸（きのこ）の入った一級品の味噌汁がつくのも、このいとこに講の晩なのであった。

いとこに講のころは、いやもうその前から、みちのくの晩秋は、びしょびしょの雨が、今日もあしたも、あさっても続くころで、人々はその長雨の晴れ間を縫って、またはたいていは雨と戦いながら、大根や白菜のとり入れ、冬囲いなど、必死に冬の支度をするのだが、それが終わるのも待たずに、雨はみぞれになり、あられが雨戸をたたく日が多くなって、冬がたちまち家々を包んでしまうのであった。（一九六九・一二・三一）

一元論と多元論

ホワイトナー夫妻にアメリカ原住民の集落で会ったのは何月ごろだったろう。なにしろ四半世紀以上前の話で、そのころの日記を引っ張り出すのもおっくうなのだが、あのとき聞いた話の一部分と、あの部屋のぐるりの高い棚に、幾つかの大きな巻き紙があったことだけは鮮明に記憶している。だれに連れていってもらったのかその覚えもない。

ホワイトナーさんは、中国にも日本にも、たしか七年ずついたというキリスト教の宣教師で、当時すでに七十を越していたが、語学の天才といった人で、中国語も日本語も話せるし読めるし書ける。今はこの集落に住んで六年、隠居仕事に中国語、日本語と原住民の言葉の比較研究をしているといい、棚の上の大きな巻き紙は、この比較研究の図表なのであった。

旧約の神は複数なのですよ、とホワイトナーさんは言った。『出エジプト記』第三章にモーセが神にその名を尋ねるところがあって、神が自らの名をわたしは、有って有る者と言っているところがその証拠なのです。一体日本語とアメリカ原住民の言葉は大層似ていて、例えば火を焚くことをここの人たちはタクチュと言い、日本の草鞋（わらじ）と同じものをこの部族は持っているのですが、それをワラチと呼んでいる。

また複数のつくり方が同じです。山山、木木、人々、花花という具合に同じものを二つ並べると、二つじゃなくて多くのものを指すのです。ところがこの点ではセム語もそうで、セム語に属しているヘブライ語で「有って有る者」と言えば、たくさんの有るもの、この場合は森羅万象を指している、つまり旧約の神は元々見事に汎神論的な神だったのですよ。そしてさらに興味深いのは、ここの部族の人たちも、彼らの言葉で「有る」という意味の語を二つ並べて、神の名としていることです。どうです、面白いでしょう。

そう言われればバイブルには、はっきりと神が複数の代名詞を自らに用いている箇所が三つある。「創世記」第一章二十六節、「神はまた言われた『われわれのかたちに、われわれにかたどって人を造り……』」同じく「創世記」第三章二十二節、「主なる神は言われた『見よ、人はわれわれのひとりのようになり……』」さらに同じ書の第十一章七節、例の有名なバベルの塔の話のところで神は言っている。「われわれは下って行って、そこで彼らの言葉を乱し……」

このことについて、中央公論社版世界の名著『聖書』の注は、「かたわらの天使を顧みて言った複数と解する」と言っているが、素人の私には、内部告発的勇気も感じられるホワイトナーさんに軍配を上げたいような気がする。何よりも、利口で執拗な神学というものの洗礼を受けていないアメリカ原住民の神の名の話、これなら信用がおけるではないか。

絹の道的とでも称すべき思考法が依然度を越して幅を利かせているようだ。一元論的発想と言っていいだろうが、もしもムカデを百足と書くのは、ラテン語でやはり百の足を意味するセンティペッドから習ったのだ、いやその逆だ、などということをあまり問題にするなら、それは各地でムカデの実物を見ている人間の目の力を、ひいては人間自体を疑うことになる。

何年か前、土器はメソポタミアで発明されたのが、それこそ絹の道を通って伝わってきて、日本のものも作られるようになったのだという、それまでの学説が怪しくなった話が新聞に出ていた。炭素14かで、作られた年代を逆算したら、メソポタミアのものの最高値が七千五百年前であったのに、日本のは一万二千年前という数字を示したというのである。

素粒子論という難しい学問分野でも、初めのころは一種類の最終粒子というものがあり、それが突き止められれば、そこからすべての物質の説明がつくはずだという、やはり一元論的予想が支配的であったそうだが、今では発見された素粒子の数が何十だかになり、なお増えつつあるという。

一神教と一元論がきっかり同じものでないのはもちろんだが、相通じるものはある。多神教と多元論の関係も同様であろう。そういうふうに関連のありそうなものを乱暴につなげてみると、一元論—一神教—異端審問—絶対主義—独裁政治—中央集権—峻厳—百点主義—罪—地獄、多元論—多神教—汎神論—相対主義—民主政治—地方分権—寛容—合格点主義—愛—極楽、などということになろうか。

一元論の代表みたいなキリスト教も、新旧の二つばかりではなく、何百という宗派に分かれている。マルクスを一元的祖とするかに見える世界の共産党も、多元化しつつあるようだ。人間は、一元論的組織を維持する実力がないのではないか。いや本当は多元論が正しいのではないか。信教の自由というのも、それは何でもない、複数の神の存在を認める、ということに他ならないのである。

（一九七六・四・一三）

謝辞

今晩はこのようにお祝いをしていただきまして厚くお礼申し上げます。

去年も今頃同僚の方々からお祝いをしていただいたのですが、そのお祝いの会場に行くバスの中でこういうことがありました。乗ってから降りるまでの約三十分間「ジュンイチクン、ジュンイチクン」と呼び続ける女の人の低い声が、私のすぐ後の座席から聞こえてきたのです。生まれて間もない赤ん坊をだっこしている若い母親でありました。赤ちゃんの呼び名が高瀬さんの坊ちゃんのと同じだったこともあったかもしれません。私は感動しました。母親の切なげな声は彼女が我が子への愛に身をもだえているのではないかを思わせました。そして突然私は、私の母も六十年前の今頃、これと同じように私が可愛いかったのだ、と思ったのです。

ところが今年は、九月の下旬に、長女が男の子を生みました。噂のとおりで可愛いくてどうしようもなく、めろめろな毎日です。私は娘共が小さいとき、親も子に甘えて生きているものだということを、子供の年齢に応じて、話し聞かせていたのですが、今は、この初孫の幼きいのちが、そこにいるだけで、私の支えであることを強く感じます。そして年来続けてきました汚染との、例えば工業生産つまり酸化の過多と、紙の浪費、自然開発、タンカーなどによって植物が痛めつけられ、光合成つまり還元が縮小していることのために、空気中の炭素がここ二十年ぐらい年平均二十三億トンも増え続けているといったこととの戦いに、微力ながら今後も頑張ろうと思いますのも、こういう幼きいのちがいるからであります。

次に、皆様に頂くことになりましたこの絵について一言申し上げたいと存じます。私は近年、自分が一番好きだったのはやっぱり絵であった、どうして絵かきにならなかったのかと、悔いる気持がますます強くなっているのですが、母方のおじに、専門の絵かきが一人おります。学生時代からしょっ中この池袋に住んでいたおじの所に出入りし、おじの絵が欲しくてしようがなかったのですが、そのことをどうしても口に出して言えない。これも去年の還暦の祝いのときですが、八十七になるおじに今言わなければ言う機会は永久にこないかもしれない、よしと、清水の舞台から飛び降りる気持ちで、そのことを言いました。おじはお前のその気持ちは前から分かっていた、よく言ってくれた、と言って、私の特に気に入っていた絵を分けてくれたのです。そして今年、下さる記念品に何がいいかと聞かれますと、やっぱり絵です。

これは佃政道さんといって、瀬戸にいらっしゃる版画家の方の作ですが、こういういきさつでありました。八、九年前、料治熊太という人の『会津八一の墨戯』という本が出ました。私は読んで何度か涙を流したほど感動したのですが、巻末に著者の住所があったので手紙を出しました。折り返し返事があって、自分はお前の手紙に感激した、上京のときは必ず寄ってくれとありました。厚かましく次の上京のとき訪ねました。二時間ぐらいの約束が六時間ぐらいになり、やっと帰るというとき、料治さんは、瀬戸に佃という岡山の中学の同級生がいるんですが、週に一度はお互いに便りを書くか電話するかしないと気が済まない仲でしてね、いい奴ですよ、是非会ってみてください、と言われました。こういう縁で佃さんと知り合ったのですが、この佃さんの版画大好きで欲しくてたまらないのに、やっぱり佃さんに言えない。言えないままに六、七年経ったところを、今度の会が言う力を与えてくださったのであります。お金で芸術品を、特には一番好きな絵を、というのは、私の一生で恐らくこの二度だけではないかと思うのですが、そういうわけで、本卦還りのこの折りにいただいた皆様のご厚意が、私の年来の望みをかな

えてくださったのであります。本当にありがとうございました。（一九七八・一一・四）

「早乙女」

絵を前にして勝手なことを考えるというのは、これは、画家でも美術評論家でもない私のような素人の特権かもしれない。

「早乙女」は、難波専太郎氏編の年譜によると、敗戦の年、玉堂(ぎょくどう)七十二歳の時の作という。そこでまず思うのは、この絵の作意が玉堂に兆した時期についてである。それは八月十五日の前であったのか後であったのか。苗が、私の経験からすると、どうも伸び過ぎているようで、絵は直接のスケッチによらなかった可能性がある。作意は田植の季節がすぎた敗戦後のものではなかったか。それに、敗戦前後の日本に、こんなふっくらとしてにこやかな乙女たちがいたとも思えない。描かれている女人たちは「乙女」という題名にもかかわらず、むしろ一人か二人は子を生んだ母たち、男を温かく包む妻たちのように私には見える。母性そのもののように。そしてその母性が稲を植えているのである。

戦争はいのちを殺すものだ。母性はいのちを生み育てるもの、そして稲はいのちを養うものだ。いのちの賛美肯定ということを、この間の戦争は長い間許さなかった。戦争が終わって、玉堂は、伸びやかにいのちを喜び得る日の到来ということを思い、そういう日々の続くことを願ったのではなかったか。

私はある日の日記に「音楽をきいて」と題して、「こんなに美しい声で歌い得る乙女よ／こんなに美しい音を奏で得る若者よ／こんな絶妙な域にまで芸を進め得る人々よ／なぜなぜなぜおんみらは／戦争を止めさせる芸は／修得できないのか」と書きつけたことがあるが、絵、彫刻、建築、陶器、芝居、踊り、音楽などいわゆる芸術では、数多くの技神に入る達人を生んだ人類も、戦争防止の芸は磨いてこなかった。何とか方策はないものであろうか。芸術において至芸の域に達するための努力精進を割いて、つまり、芸術の程度はもっと下げてもいいから、その割いた部分を戦争防止の芸の修得に向けるというのはどうであろう。さらに一般化して、あらゆる職業の人が自分の職業に専念すること、この一筋につながるということをやめて、力の一部をこの芸の修業に割くのは。

思うことをもう一つ。稲など一般に食べ物は食べられていのちとなり、後に世に言う業績を残さない。業績なるものをあまり尊重することには、農と漁をつまりいのちを重んじないということに通じるものが、ないか、どうか。

（一九七九・三・二）

第三章

アメリカから

渡米を前に

アメリカへ行くのに着物がないので夏服をつくった。ある人が、欧米人は日本人のように白麻の服に白靴という身なりはあまりしない、と教えてくれた。なるほど、そういうものかと思った。

こんなときに、私はすぐ理屈をつけたがる癖がある。暑いときになるべく涼しい着物を着るという点ではどこの土地の人も同じことだ、色や格好や着方が違うことは涼しい着物を着るという共通なことに比べたら取るに足りないことなのだ、というふうに。

アメリカへ行ったらアメリカ人のアメリカ人らしいところが目につくに違いないのだが、私はその底に、われひと共通な人間の姿を見ることに、一層の興味を感じることになるだろうと思う。国籍、人種、職業、性の区別といったことに、我々はいろいろな相違を見るのだけれども、あまりにその相違に重みをかけ過ぎているのが物足りない。大上段に振りかぶるようだが、よくなされるこのような考え方が人類を不幸にしているのだと言いたくて仕方がない。例えば、学者は世間の人々とは違う何か高遠なことに心を用いている人間であるという、学者自身および世間の考えがそれである。一字も読めない人とたいした違いはないと己れを考えている学者こそ、人類の幸福に寄与する学問ができるに相違ないのだ。

ウィリアム・ブレイクという、十八世紀後半から十九世紀前半の半ばまでのイギリス人で、彫版師が本業であったが、すぐれた絵と詩をも残した人がいる。彼は一般に、大変な変わり者と見られてきており、実際変わった図柄の版画や絵も、数多く物しているのだが、中に例えば「蚤の幽霊」というのがある。筋骨たくましい人間の形をした蚤の幽霊が目をらんらんと輝かせ細い舌を出している奇怪な絵で、彼は実際蚤の幽霊を見たというのである。私は、しかし、そのような変わり者のブレイクの中に、かえって人間の姿というものがはっきり見られるのではないかと思って、ブレイクを勉強している。

このように、少なくとも今の私は、人間の中に一般性を探りたい気持ちが強い。しかしまた、私がアメリカ人になり得ないことも、明々白々たる事実であって、それは、私というのが、すべての人間の底に共通にあるものの、日本という場に対して示さざるを得なかった反応の結果であり、その日本という場が歴史的、地理的であるからである。

そして場というものの持っている力は、人間一人の一生ぐらいでぶつかっても、がんとして動きそうにない代物なのだ。このようなことが、アメリカ人にとっては、果たしてどうなっているのであろうか。

私はこのように、今まで日本に生い育ちながら抱いてきた人間についての考えの、その検証をする気持ちでアメリカへ行こうと思う。そんな今までの考えがぐらぐらゆすぶられるか、くずれてしまうか、どうか、行ってみないと分からない。がとにかく、一皮むいてその底を見ようというのだから、眼光紙背に徹すどころでは足りない。私の目がよく見得るかどうか、それが問題である。片意地を張って白麻の服をつくるには少々若くなさ過ぎた。

（一九四九・八・七）

船中雑記

昭和二十四年八月二十五日午後二時五十分、船は出帆十分前である。突然左手に楽隊の音がして、黒人が二十五人ばかり、長い指揮棒に足並みそろえて現われた。いろいろな曲が勇ましく奏でられ、行く人も送る人も、もっとも我々留学生は見送り人を来させてはならないと占領軍に禁じられていたが（乗っていくのは占領軍の軍用船である）、急に繋ぐ手を振り出した。曲と曲との間が次第に短くなり、その間に何度か銅鑼の音も混じった。人々の気持ちは、ある頂点に向かってぐんぐん上昇しているようであった。最後の銅鑼が鳴って、船がゆっくり動きだすと、黒人たちの頬は今が時だとばかり懸命に膨らむ。動き出した船を追いかけて「蛍の光」の曲がゆっくりと奏でられ、埠頭がだんだん小さくなってゆく。思い出したようにハンカチが振られる。任務を終わった楽隊が、小さな固まりとなって建物の角を曲がって行くのが見えた。任務は終わったのだ。

行く人も送る人も待ちもうけていたものがあった。その期待は心の中で次第に膨れ上がってくるのだが、決定的な跳躍とはけ口を見出すことが出来兼ねているようであった。銅鑼の音と楽隊が一度にそれを一方向に噴き出させてくれたのであった。その組み合わせが面白かった。待っていると、楽隊がやってきて、銅鑼が鳴って、ちゃんと待っていたとおりのところへ我々を持って行ってくれる。我々は音の力に身を委ねるだけでよい。物事を決定的にするのは案外感覚なのかもしれない。

船出したその夕方、我々二十三名の留学生は、甲板に出て三々五々、アメリカ人兵士と話したり、海を眺めたりしていた。四歳かの独りっ子を残して来た女子留学生は、小さくなっていく横浜の街を眺めて涙をいっぱいためていたが、また新婚二週間とかで残されることになった美しい新妻は、岸を離れる船に向かって身を悶えていやいやをしていたが（先に書いた占領軍の禁止にもかかわらずやはり何組かの見送り人が来ていた）、今は回り一面水ばかり。ふと、一人の兵士に、アメリカに帰るのは嬉しいだろうと尋ねたら、おやじとおふくろが自分の留守中に離婚してしまったのでちっとも嬉しくないと、僕の二倍もある毛だらけの手を頭に持っていって鬼の角の形をこしらえ、寂しそうににやりと笑った。生み落とされた子は仕方がない。

占領軍の放送関係の仕事をしていたという兵隊の英語が比較的によく分かり、盛んにしゃべるので、自然我々の多くが彼を囲むことになった。チップはあまりやらなくてもよい、日本人はやり過ぎるそうだからとか、アメリカにも、少数派ではあるが、スノッビッシュ（成り上がり気質的とでもいうか）なのがいるが気にかけないでほしいとか、古着屋を利用することを恥ずかしがる必要はないとか、我が国ではすべてが実力次第なのさとか、面白いことを言う。我々がまた、使い始めの英語で、しきりに相槌を打つものだから、話に花が咲いてきた。すると、六尺を越える大男が、いつの間にか、このアナウンサー氏の後に立っていて、彼をにらみ出した。彼はそれを知らず、手振りよろしく、口角泡を飛ばして熱弁。大入道は黒い髪で黒い目で、組んでいる両腕は入れ墨でいっぱいである。そばには、どうも子分らしい、これは五尺三寸ぐらいの小男を従えている。その内、入れ墨の男は指でアナウンサー氏の背中をつついた。何かよく分からなかったが、「へん、いい気なことを抜かしやがって、お前だってパンパンを買ったじゃないか」というようなことを言い、あごをしゃくってあっちに来いよという身振りをした。アナウンサー氏は、「自分は一度もパンパンを買ったことはない。郷里に婚約者がいて、帰ったら結婚するんだ」と、少々顔を赤くして答えた。何が起こるだろう。入れ墨の男はアナウンサー氏が僕らにもてているのを妬いているらしい。アナウンサー氏は体が小さくて入れ墨の男の子分ぐらいだろうか。と、入れ墨の男が一人の日本人をつかまえて何か尋ねた様子。その日本人が答えると、男の顔が急にほころび、よくもこう無邪気な顔になれるものだという童顔になった。その日本人にタバコをすすめたり、自分の家の宛名らしいものを書いてやったり、ライターをポケットから出してこれをやると言ったりしだした。皆はほっとした。

後で聞いたら、入れ墨の男が話しかけた日本人はちょうどその男の生まれた州へ行くのだったという。入れ墨の男は、その後いつ会ってもやはり形の黒い目も黒い背の小さな子分というふうの男を連れて歩いていた。親が離婚したという兵士は一人でいることが多いようであった。

留学生の中には、船が動きだした途端に、家へ帰りたくなった者もいた。船中我々の世話をするように、輸送指揮官によって任命された日本人二世の将校が、日本の軍隊の場合同様、明らかに上官の覚えをよくしようとして、食堂の使役やハッチの掃除に、我々を狩り出そうとした。なかなか高飛車で、命令に服さないと、軍法会議にかけると脅したりした。我々は車座になって彼を囲み、総司令部や民間情報教育局の人々が、我々をアメリカへの学問上の大使だと再三言ったのは、うそだったのか、と抗議をした。毎日朝六時から晩まで食堂に行って働くような労働服はない、紳士服を持っているだけだ、日本の新聞にアメリカ通信を書く約束をしてきたのだが、アメリカ人は言うこととすることが違うと書いてやるぞ、などと言った。中には、大学の教師だからといって(戦後第一回のガリオア資金による留学生は全部若い大学教員であった)労働をして悪いという法はないはずだから、やろうじゃないかなどと、妙なところで道学者振りと奴隷根性とを露呈した者もいた。が結局、食堂の手伝いもハッチの掃除もやらなくてよくなり、軍用船の中の扱いが、船尾船底、便所のすぐそばが寝場所であるという、最下級の兵卒並みであって、もちろん使用できなかった下士官用喫煙室も、いろいろ交渉の末、時間を限って使えるようになったりもした。

今、太平洋のただ中を一個の点となって動いている小さな箱、その箱の中でも、さっそくいろとりどりな人間の、いろとりどりな交わりが始まったのであった。社会というものが。

(一九四九・九・三)

アメリカ兵気質

第一信に書いたアナウンサー氏は、あの晩別れるとき、座っていた場所を指さして、自分は毎夕ここに来るから何か聞きたいことがあったらここに来たまえと言った。翌日の夕方所定の場所へ行ってみたが、彼の姿は見えなかった。その後の幾晩かも、ついに、彼の雄弁に接することはなかったのである。他のいろいろなアメリカ人兵士に接したわけだが、彼のように知的な感じのするのにはなかなか出会わなかった。一度、甲板の隅の手すりにもたれて熱心に本を読んでいる兵隊を見つけて話しかけてみたことがあったが、本はエマソンの詩集であった。その後もこの男は、やはり甲板の隅の手すりにもたれて本を読んでいるか、一人で海を眺めていることが多いようであった。

どうも、この軍用船の中で、インテリ兵士はあまり幅が利かないらしい。アナウンサー氏も、入れ墨男に、「何でえ、物識りぶって、あまりいい気になると……」と脅されたのかもしれない、と思ったりした。そして日本の軍隊でも同じだったことを思い出した。

君はどの州に行くのかという問いは、彼らアメリカ人兵士たちの決まって発するものであった。アリゾナだと答えると、たいてい彼らの反応の相場は決まっていた。手振り足真似でカウボーイの仕草をして、ふふんと笑うのである。ところが偶然アリゾナ出身の兵士と出くわすことがある。こちらの答えを聞くや否や彼はにこにこ顔になる。それはよかった。アリゾナはいい所、アメリカ一の州だ。グランドキャニオンがある。カウボーイの本物が見られるぞ君。君のそこでの一年間はきっと愉快なものになるだろう。僕の住所はここだ、着いたら遊びに来たまえ、という。どうも誰も彼も自分の生まれた州をアメリカ第一の州だと言うようだ。

東京の学校に入った当初、何かの自己紹介の折りに、出羽三山の麓が自分の郷里であるが、三山神社というのは社殿建築では日本一大きいものだ、それに半道続いている石段があって、これも日本一長い、などと言ったのを思い出す。その僕の村はしかし、人口三千、ほとんどいわゆる発展性がなく、自然増加した人口はどこかよそに行くしかない。三千人しか養えない土地が背水の陣となって、そんな小さな村から世に言う偉い人がたくさん出た。そういうふる里なのに、何かというとお国自慢がしたくなるのである。住めば都なのだ。

世界中の土地を比較計量し、一番いい所に住まなければ納まらないと人々が言い出したら、世界中の人が一等国民でなければ承知できないと言い出したら、けんかしかないではないか。日本は四等国に成り下がったと嘆く人が多いが、僕などは四等国至極結構、そのへんで行こうじゃないか、と言いたくて仕方がない。一等をよしとして四等を恥とするところには、一等をしか問題にせず、五等六等には洟もひっかけないという、いやーな何かがある。すぐ尻尾を振るような、同時にすぐ威張るような、何かそういったものが。

それにしても、どうしてこう入れ墨が多いのだろう。日本の街を歩いていたアメリカ兵の入れ墨は上着の下にかくれていたのであった。下着一枚だけの船中生活は彼らの腕の入れ墨を丸出しにしたのである。そういう彼らとすれ違うと何となく薄気味が悪い。日本の銭湯などで稀に入れ墨をした人と一緒になることがあると、やっぱり薄気味が悪い。六十も半ばを過ぎたと思われる痩せた人が孫の体をあやしあやし洗ってやっているその図は、好々爺そのものなのだが、それでも何だか怖い。うっかりぶつかったりすると、「何でえ」とすごまれるのじゃないかと思う。

侠客は、俺は入れ墨をするときの激痛に耐えたんだぞという意味で、偉いほど、入り組んだ大きい図柄のものをするのだ、ぱっと肌脱ぎをして入れ墨を見せたとたんに、勝負が決まるということもある、という説明を読んだことがある。それはまた、着物をあまり着ない人々、雲助とか漁夫とかがしたもので、着物の代用と装飾の意味を持っていた。だから、着物を着たときに覆われないところ、例えば顔や手足の先にはしないのが普通であった、ということも書いてあったように思う。

ある日、どうも二世らしいアメリカ兵をつかまえた。果たしてそうだったが、入れ墨のことを尋ねると、彼の答えはこうだった。彼らの入れ墨はそんなに痛くない。電気で動く入れ墨機があってたちまち出来上がる。軍隊に入って先輩がやっているのを見ると、あまり考えもせずに、簡単にやるらしい、と。

今、日本で、入れ墨をする人たちの心理はどんなものだろう。昔のように我慢する力を誇示したいのだろうか、よく分からない。が、どうもアメリカ兵の場合と似ているのじゃないかという気がする。その社会の先輩たちがやっていること、多数がやっていること、それをやらないと肩身が狭いのではあるまいか。ロング・スカートが流行ってくると、娘たちは、親にねだったり、勤めていれば月給日の帰りに布を求め、二晩ぐらいは眠くなくなって仕立て上げ、翌朝戸口から出際の十メートルほどは少し新しいのが気になるが、あとは颯爽と世の娘たちの列に入って行くように。そしてこのような肩身の狭さは、我々の弱さにかなり比例するようである。そうだとするとこういうことにならないか。世の女性なるものには弱き人間最も多く、日本のやくざ、アメリカ兵たちは弱き人々である、と。

こんな説明をしてみる。しかし入れ墨はやっぱり気味が悪い。アリゾナの僕の学校、テンピーなる州立大学に着いて二日目のことであった。学生の中にこの入れ墨男を二、三人も発見して驚いてしまった。多分復員兵士でもあろう。復員兵士で希望する者は政府より月額七十五ドルをもらって大学に入っているのだそうだ。が、とにかく彼らのは入れ墨心理といっても、存外気楽な軽いものらしい。僕なぞ日本流に、あんな取り返しのつかないことをよくもと考えたり、薄気味悪さがなくならないのは、日本流の考え方つまり先入主というものからなかなか抜けられないでいるということなのであろう。日本を占領しているアメリカ人たちの先入主はどうなのであろうか。彼らは日本の立場に立って種々の改革をしてくれているのだそうだが。

航海が六日七日と続いたころ、ふと僕はアメリカ兵たちの中に寂しさを見つけたと思った。甲板に寝そべったり、手すりにもたれて海を眺めたり、他愛なくじゃれ合ったり、あるいは独り隅の方で詩集を読んでいたりする彼らの中に。ある兵士の語ったところによると、彼らにとってこの航海中は天国だという。つらい勤務もないし、遊んでいられるから。しかし、サンフランシスコに着いたら、すぐに、失業ということが彼らを待っているのだ、と。

戦争は殺す。しかし戦争もまた養うのだ。問題は簡単ではない。(一九四九・九・一一)

タバコと食事

配給の金鵄を安全剃刀で四つに切る。それを一つずつキセルに立ててじゅくじゅく音のするまで吸う。敗戦四年後の夏、僕らはそういう日本からアメリカの船に乗った。乗る前に各自六十ドルの軍票を渡され、ドル売りを防ぐためとかで、本物のドル紙幣と換えてもらったのは船に乗ってからであったが、六枚の十ドル札を手にしても、たいしてありがたくはなかった。百円札六枚に似ていたのである。一日中名古屋を探し歩いて日暮れ近く、やっと屋台店で見つけた純綿と称するが向こうが透けて見える下着一枚、それに百円札六枚を払わされてから、四、五日しか経っていなかった。

乗船した翌日、ＰＸが開いたぞという。軍用船内の売店で、無税で物が買える所とのことだが、さて何を買おうか。この六十ドルで何が買えるだろうか。皆はぞろぞろ出掛けた。何だかいろいろあった。何にしよう。タバコだ、そうだタバコにしよう。多くの留学生は相談したようにタバコを買った。二十本入りの箱がさらに十箱入っている大きな箱、それはカートンというのだそうだが、カートン単位でないと売らないという。その一カートンが八十セント。皆十ドル札を出すと、例の足し算で勘定するやり方で釣をくれた。何と九ドル二十セントも。ちょっとぴんとこなかった。あまりにも安過ぎた、いやあまりにも札の威力があり過ぎた。

さあ、一カートンあるぞ、ラッキー・ストライクが二百本あるぞ。皆箱をかかえて船尾船底のわが部屋に急いだ。一箱出す。まだ九箱もずらりと並んでいるではないか。さあ、甲板に行って吸うんだ。皆甲板に急いだ。

箱から一本を引き抜いて火をつける。うまい。実にうまい。ふうっと煙を出すとそのまま背が伸びて一段位の高い所に立ったような気がする。しかしそう急に位が上がるものではない。その一本が短くなって指が焦げそうになっても捨てられないのだ。キセル、キセルと心は叫んでいるが、さすがにそれは持って来なかった。手が焦げる。だが惜しい。

海を眺めていたアメリカ兵が、火をつけたばかりの紙巻きをぽいと捨てて、思い出したように甲板の手すりを離れて行くことがあると、白い弧を描いて海に落ちて行くラッキー・ストライクの後から、わが身も飛び込んでいきそうな気がふっとする。

喫煙室の灰皿に七、八分目は残っている紙巻きが放射状に並んでいたりすると、またもやキセルの形が頭をかすめる。

こんなタバコの吸い方やそれについての思いは、しかしながら、次第にしなくなり、また薄れていった。ちょっとためらうが、まだ半分は残っているのを捨てたり消したりすることができるようになり、二、三日経ったらためらわなくなった。五、六日するとキセルのことなど全然思わなくなり、僕のまだ長いラッキー・ストライクも、青い海に美しい弧を描いて悠々と落ちて行くようになった。

似たことは食事の場合一層早く起こった。乗船して丸一日は船が動き出さなかったので、最初のアメリカの食事は動いていない船の中でということになった。キャファテリヤと称する食堂にアメリカ兵と一緒に列をつくって、大きなアルミニウムの盆に食べ物をもらうのであったが、何という名の料理か、肉の巨大な塊がどさりとのっけられた。桃色と白の二色の、あの丸いまんじゅう形の四、五倍はあるアイスクリーム（何年間食べていなかったことか！）がのせられた。冷やしてある大きなネーブルが二つも。二合は入ると思われる茶碗にコーヒーを注いだ。砂糖と牛乳は卓上にあっていくらでも使えた。皆食べた。汗だくになって食べた。食べ終わって、油の臭いでいっぱいな暑くてむんむんする食堂から出た。汗をふきふき出た。するとそこに、ボタンを押すと氷のように冷たい水が噴水になって出てくる仕掛けのものがあった。ごくんごくん飲んだ。この世のものとも思われないうまさであった。ほかの日本人たちも出て来て水を飲んだ。飲み終わると、今まで言いたくてむずむずしていたことがお互いの口から出た。「うまかったなあ」「いや、うまかった」「うまいねえ。やっぱり違うねえ」我々は何度もそればかりを繰り返しながら部屋に帰って行った。ほとんど誰も食事を残さなかった。そして恐らく、今の日本の普通の食事の丸三日分ぐらいの栄養を、この一食で摂ったのではなかったかと思う。

翌朝になった。腹が減っていない。だが食べてみるとやっぱりうまかった。多少残す者が現われた。昼食になると、盆によそってもらうときに、もっと少しとかそれは要らないという者が出てきた。夕食のときは船が動いていたのだが、食べる量ががたんと減った。船酔いで食事に行かない者も出てきた。油くさい食堂に入るのに、多少の義務惑が働くようにさえなっていた。こんなふうにして、三日もしないうちに、各自が各自に適量の食物を摂るというところに落ちついたのであった。

ついこの間まで、紙巻きを四つに切り、それをキセルに立てて吸っていた人間。肉などというものはもちろんのこと、ネーブルやアイスクリームのごときものは、自分の食べるものではないのだと固く心に決めて、値段を知ろうともしなかった人間。そういう人間が、富める人間のやり方になれるのに、たいして手間隙(てまひま)はかからなかったのである。

欲望は無限なものだ、今の欲望が満たされても必ず次のが湧いてくる、また次のがというふうに、どこまでいってもそれは切りのないものだ、だから欲望はほどほどにして押えておくのがよいのだ、などと言う。本当にそうなのだろうか。満腹している者がもっと食べたいと言うだろうか。腹を空かしている者に食べ物の話をしたら、そのときこそ、次々に挙げられる食べ物のどれをも食べたいと思うのではなかろうか。欲望は無限なものだ、だからほどほどにして、という一種の処生訓は、腹を空かしている者に説いたときになるほどと受け取られ、満腹している者には説いてもあまり効果のないものだったのではなかろうか。それは腹を空かしている者をそのままの状態に留めておくのに巧みに使われてきたという、そういうところも持っていたのではなかろうか。

とにかく、船は富める国に向かって走ってゆく。

(一九四九・九・一五)

サンフランシスコにて

明日は上陸という晩、ひどく体が熱っぽく頭がぼーっとするので体温を計ったら九度三分ある。これはいけないと床に入った。翌朝留学生たちは皆早く起きて、例の金門橋を見ようと、甲板に出て行った。僕は一人、汗と頭痛に苦しみながら床に入っていたのだが、十時半ころ、いよいよ上陸だというので、ふらふらする足を踏みしめながら、今はもう何の音も立てず、静かに止まっている船の中を、甲板の方に上って行った。

静か過ぎる。全航海中、船尾船底の僕らの部屋では推進器の音が唸り通しで、次第に頭の組織がふにゃふにゃになり、考える力がなくなってゆくようであったが、今こうやってひっそりしてしまうと、かえって何かが欠けているという感じだ。習慣づけられた耳は音を求めるのか、自分でカーンと鳴っている。

甲板に上った。金門橋は見えなくて色が見える。実にとりどりの色だ。色が違う。シェイクスピアの芝居を元にした『ヘンリ五世』という天然色映画があったが、瞬間、あの色を思った。止まっている船の足元から白っぽい紫がかった赤色の土が伸びて丘になっている、その彼方にサンフランシスコの町が鮮やかに光っている。直線で区切られて階段状に並んでいる家々は正に色の群れだ。

荷物を友だちに持ってもらって、ずきんずきんする頭に飛び込んでくる色、色、色に妙な興奮を覚えながら、桟橋を降りた。時に九月三日の正午。船中で何やかと税関のことを心配していた人もいたが、その検査も簡単に済み、「国際教育協会」からきたジェンキンズ女史に迎えられて一同バス上の人となった。

そら来た芝生の緑、そら来た赤、青、茶、あずき色などの自動車、そら来た緑、白、青、ピンクなどの家々。家々の庭木はきれいに刈り込まれ、あるいは球形のあるいはつむ形のあるいは四角のあるいは直方体の緑の塊となって、きちんと忠実に家々を飾っている。これら、大部分は直線で、曲線の場合も、皆人工の整理された曲線で区切られている色の配合は、鮮かで人目を引き、確かに美しい。だが何だか妙だ。腹の虫が納まらないとでも言うか。箱庭に置かれた人形はこんな気持ちになるのかもしれない。僕みたいな日本も東北の田舎に生い育った者には、このような色がいささか不健康に感じられると同時に、アメリカの女の人の真っ赤な口紅や鮮かな着物の色などは、このような周囲の色にかこまれてこそ成り立つのだ、と悟ったのであった。

『ヘンリ五世』を見たとき、この天然色映画は天然の色よりむしろ絵画的効果を狙っているなと感じたのであったが、ここサンフランシスコには、あのとおりといっていい色合いがちゃんとあるではないか。

ところで、昔からそして近頃特に、日本のご婦人方はアメリカやフランスのスタイルブックがえらくありがたいらしい。もっともこの傾向は、世界の一流国の人々と同じ水準になろうという誠に感心なお心掛けのご婦人方、教養豊かなご婦人方に多いようだ。山形県の山村の娘なら、東京の銀座で美しいと見られる着物を着ることに、ある恥ずかしさを感じるであろう。そういう着物を着た娘を見る山村の人々も、娘を気障（きざ）だと思うであろう。この恥ずかしさや気障だと思う気持ちには、何かしら美の意識に通じるものがあるのではないか。調和しないものは美しくないなどという論は口にしなくとも、田舎なら田舎という周囲をちゃんと知っていて、それに対して正直な生き方、そんなに無理のない生き方をしてきている、そこにこういう人たちの本質的に美的な生活があったのではないか。今、地球は、その土地の個性を無視して、一等国とやらの文化とか美とかが行きわたるという、かなり幼稚な歴史の時期を歩いているのかもしれない。

さて、サンフランシスコでは、キリスト教青年会の宿舎に一泊したのであったが、その翌朝のことであった。当地の大学に招かれて大学見学をするという予定が組まれていたのだが、僕はどうせこれからの一年間はアメリカの大学にいるのだから、大学は見なくてもよろしい、ひとつ、有名なチャイナタウンを見てやろうと、一人だけ残った。大学から迎えに来たバスに乗り遅れてしまったA大学のI氏も、支那人街見物に加わることになり、さて、どうしてそこに行こうかと思案しながら宿舎の入口に立っていると、真っすぐに僕らに向かって近づいて来る一人の青年があった。たった今新聞を見てやって来たのだが、あなた方が日本から着いた人たちか、これからどういう予定か、という。支那人街行きのことを話すと、それじゃ案内しましょう、と先に立って歩き出した。

彼は約一年前まで名古屋にいたアメリカ兵で、もう一週間したらまた日本に行くのだという。支那人街は日曜のため、たいていの店は閉まっていた。開いている三軒ばかりに入ってみたが、油っこい、ごてごてした色の、何かしら壊れやすい、ちょうど江の島の土産物屋に並んでいる貝細工に似た感じのものが並んでいた。この支那人街という一郭も、戦前までは半分が日本人の経営であったそうだが、今は、たった一軒の店だけが日本人の所有で、大部分は黒人や支那人の経営になっているとのことであった。

このアメリカ青年、しばらく一緒に歩いていると、今日は新聞を見て慌てて飛び出して来たので、顔を剃っていない、あなた方に失礼だと言う。しばらく行くと、どうもひげが伸びていてあなた方に済まないと、また言う。とうとう床屋を見つけて、すぐできるからと言って、入ってしまった。日本人の床屋であった。僕もだいぶ髪が伸びていたので刈ることにした。女の床屋でなかなかの美人。日本語も上手だ。名古屋から来た話をすると、ここに毎日来るアメリカ青年で、変わり者だけれども、名古屋にいたことがあり、日本語がよくできるのがいる、今日ももう来るころだがとのこと。頭が半分ほどできたころ、痩せた、五尺二寸ぐらいの白人が入って来た。それがその青年で、なるほど日本語がうまい。一ドル二十セント払って床屋を出ると、この青年も加わって一行四人となった。フルイケヤカワズトビコムミズノオト、というのは知っているか、というかと思うと、君は日本のポマードを付けているね、それはやめた方がいい、すぐアメリカのを買いたまえ。気をつけなけりゃならないのは、それぐらい。あとはアメリカ人の真似を絶対にしないことだね。アメリカ人てのは、美というものが分からない連中だ、あのどぎつい模様のネクタイ、あれは絶対買わないこと。僕はアメリカにいる日本人は馬鹿だと思う。日本が持っている美しいものをどんどん捨てて、美の何たるかを解さないアメリカ人の真似を、一所懸命している。そこにいくと支那人のほうは偉い。アメリカ人と一緒にアメリカの学校に行って、その後夕方から支那人の学校に出掛けて支那のことを勉強している。だから、二世になっても三世になっても、ちゃんと支那語ができて、それだけ幅の広い人間になるわけ。日本人は日本を忘れることを良いと思っている。少しおっちょこちょいだね。いいね、アメリカのポマードをすぐ買うことだね。ところで、今夜の予定は、何、出発しなけりゃならない、それあ残念。実は今夜、僕らの仲間の集まりがあるんだ。皆面白い連中だよ。変わってるがね。画家、音楽家、作家、そういう連中さ。君を連れて行ってやりたいんだが、実に残念だ。

こんなふうにべらべらしゃべる男であった。年は二十歳ぐらいか。名古屋に一年半いて、新聞の仕事をしていたという。ひげをしきりに気にした、礼儀正しくどこか可隣な青年は、別れる前、コーヒーを飲みながら、顔を赤らめて言った。僕には名古屋に婚約者がいる。今度行って結婚するのだが、その彼女にあなた方から手紙を書いてもらうわけにはいかないだろうか。サンフランシスコで、かくかくの男と会い、愉快に半日を過ごしたと、ただそれだけでいいのです。頼まれてはもらえないだろうか。僕もじき会えるわけだけれども、船が出るまで一週間あるので、僕が彼女に会う前に着くように航空便でお願いできたらありがたい。宛名は、名古屋市、昭和区、山花町、……番地。

驚いた。その所番地は、僕の友人のものとまったく同じではないか。その友人は音楽の教師で、僕が名古屋に行くとたいていは立ち寄るのだが、そのすぐ隣に塀を隔てて二階家があった。そこはパンパンの宿で、一人の女に一人のアメリカ兵がしょっちゅう通って来た。そのアメリカ兵は料理が好きなのか、女がさせるのか、よくエプロンを掛けて料理をした。二人はまたよく喧嘩をした。ほとんど毎日のようにどたんばたんと渡り合う奴をしたが、女の金切り声や泣き声がひとしきり高くなると、不思議に次は静かになった。どんなに烈しい喧嘩のあった翌日でも、ジープはその家にやって来た。友人の一人息子は大学の入学試験前であったが、毎日のようにある時間の間、喧嘩の収まるまで待たねばならなかった。その後友人は引っ越し、そこへもしばしば訪ねたが、この女の話もアメリカ兵の話も、もう二度とは出なかった。

コーヒーを飲みながら、顔を赤らめ、あまり辻褄の合わない理由をあげて、是非彼女に手紙を書いてくれと言ったアメリカ青年には、何かひたむきなものがあった。

世の中は広いようで狭いものだという。しかし単純にそれで納得がいくというわけのものでもない。このアメリカ青年は、支那人街までの電車賃もコーヒー代も、少し恥ずかしそうな顔をしながら、自分に払わせてくれと言った。こういう人間のつながりもあるのだ。僕がこうしてアメリカに来ているのは、一つには戦争があったためだ。そして日本が負けたからだ。日本人の女とアメリカ兵、そのアメリカ兵と僕、サンフランシスコと僕、大学見学に行かなかったこと、一九四九年九月四日、僕と名古屋の友人、友人と山花町の友人の借家、その借家と隣の家、隣の家と女、アメリカ青年と休暇、ああきりがない。どのくらいの偶然がつながり合ってこんなことになったのか。偶然の計り知れなさはそのまま世の中の計り知れなさというものだ。人生は奥深い、そして幅広い。しかし、深いし広いんだと言ってみたところでどうなるものでもない。それは案外、人生に対する我々の姿勢を弱くすることに終わるかもしれないのだ。

ひょいと日本料理屋が見つかって入ったら、天丼とか寿司とかたいていの日本食はあり、久しぶりで味噌汁付きの食事をして快適であったが、そこの主人曰く、「わしらはこれで六十五ですが、こうして元気で働いていますよ。日本にいる人たちは、アメリカにいる邦人が皆楽をして金をもうけていると思っているらしいが、とんでもない。わしらはいくら年をとっても、死ぬまで働くんでさ」。こういう強いのがいい。しかしそれにしても、あの可憐な青年の前途に幸あれかしだ。

（一九四九・九・一六）

芝生の学園

どこへ行っても芝生の緑。男女の学生が三々五々そこに寝そべって語らっている。円く、四角に、直方体に、つむ形に刈り込まれた木、東郷青児描くところの絵に見るのと似た色と輪郭をした建物、そこに少々周囲との均衡を破って、三、四十メートルもの高さに聳えているシュロの木、これらのものに、ひっきりなしに校内の道を走っている自動車の色と音、校舎増築のため朝早くから終日響いているタタタタタという電気ハンマーの音、朝夕校内礼拝堂から聞こえる穏やかな鐘の音、それから最後に、今日本でも流行り出しているアロハシャツの、模様も色ももっとけばけばしたものに、カウボーイのごつごつした青色のズボンをはいた男の学生、それと、色とりどりのロング・スカートに包んだ巨大な尻を振り、はじき飛ばされそうな胸を思い切り張り、手をよく振って颯爽と歩いている女の学生、以上を加えると、大体この学園の図が出来上がる。

僕たち二人が（ここアリゾナはテンピーなる州立大学に来たのはT大学のK氏と僕の

二人である）テンピーに着いたのは九月六日朝の八時半であった。駅に降りた途端、熱い空気が綿のように体を包んだときは、旅の疲れがやり場もなく一度に出たのであった。降りたのは僕たち二人だけ。駅は陸羽西線狩川駅ぐらいの大きさ。電信機がカタカタ鳴っているその鳴り方も、日本の田舎の駅そっくりであった。九月三日下船以来、床の上で眠ったのは一晩だけ、他の二日は汽車の中というので、ちょっと自分では測定できないくらい疲れていた。駅から大学に行くタクシーの中で考えていたのは、まず眠るのだということであったのに、その晩横になった寝床は火のように熱かった。それに蚊だ。何十匹というそれも獰猛（どうもう）この上ないのが襲いかかってきた。窓の金網に穴が開いていたのだ。新聞紙や何かでそれらの穴を塞いでも後の祭り。蚊を防ぐためにシーツをかぶると体が焼けるように熱くなる。とうとう一睡もできずにしまった。僕は殺されにアメリカに来たのだ、ああ、豊川のあのバラックの十五畳に帰りたい、しかしあそこまでは十日間ひた走りに走った航路がある、と考えたとき、寝床が地底に落ち込んでいくような感じがしたのであった。

とにかく疲れを直すのだ、とただそればかりを考えていたころからもう三週間も経った。蚊は蚊取り爆弾と称するＤＤＴを霧状に噴出させるもので退治した。九月六日は摂氏四十一度を越すという飛び切り暑い日であったので、その後涼しくもなり、とにかくだいぶ慣れて学校の様子も段々分かってきた。少しそれを書いてみよう。

第一にいろいろさまざまな学生がいるということ。初めは誰も彼も同じに見える、次に各人が違っていることが分かってくる、最後にまた誰も彼も同じに見えてくる、とそういうのが事の順序らしいが、今はちょうど第二段階の初めころに僕はいるのであろうか。

不具の学生が多い。身長三尺足らずとおぼしき女子学生がいる。松葉杖を使っているが、顔だけが普通の大きさで、色が抜けるように白く美しい。足は交叉している。たいてい他の学生が二人、それもいつも同じ人が付き添って歩いている。校内食堂には彼女専用の特別高い椅子がある。

僕が寝起きしている東館という名の学生寮には、年が十歳ぐらいにしか見えない学生がいる。小児麻痺をやったのらしい。来年の五月に卒業するのだそうだ（学年の終わりは五月末）。顔色が青く声は子供の声である。朝などに会うと僕も「ハロー」と挨拶する。

盲人は三人ほど見た。一人はいつも大きな犬を連れている。つい四、五日前、国際関係クラブという校友会のクラブに招かれて行ったとき、彼も犬を連れて来ていた。松葉杖を使っている学生は他にも相当いるようだ。僕と同じアメリカ文化史の講義に出ている学生で、やはり小児麻痺にかかったのだろう、両手とも細くぶら下がっていて、教科書をいやペンを持つのさえ危なげな学生がいる。校内食堂では他の学生が彼の盆を持ってやっている。

伝染病患者か精神病患者でない限り、入りたい者は入っているといって差し支えないのがこの州立大学で、州にある一定期間居住している者つまり州の税金を納めている者とその家族は誰でも入れるという建て前になっているとのこと。税金という語はアメリカ市民のよく口にするもののようで、自分は納税者だからその使い方には物を言う権利があるという彼らの言い分には、もう何度か接している。大学の理事という大学管理機関の構成員中、学外の市民つまり納税者の代表の方が多くなっているのも、このような考え方を示すものであろう。

少し横道にそれた。話をいろいろな学生に戻そう。僕らの寮に、年齢五十歳ぐらいと見える学生がいる。一年生だとのことで、アリゾナ州の首府フィーニックスで雑貨商をやっていた大金持だそうだが、店を辞めて大学に入ったのだという。キャデラックという最高級車を寮の前に横づけにしている。なかなか勉強熱心で、試験などがあると、二十歳ぐらいの学生にいろいろ質問に来るそうである。

先日午後、新学期（九月に始まる）のダンス・パーティ（青春時代をすべて戦争と共に送ってしまった僕などはもちろん踊れるはずもないが、男女が組み合い音の高低に身を委ねている図は見ているだけでも、僕には、十分に楽しい）で知り合った三十七歳になるという学生につかまって芝生に腰を下ろした。彼は歴史専攻、将来著述で身を立てたいとのこと。音楽の講義まで一時間あきがあるから付き合わないかという。音譜を読めるかと聞いたら、いや全然、と言ってけろりとしていた。そのうちに一人の女性が傍に来て話しかけてきた。やはり音楽の講義を待っている女子学生であったが、話を聞いていると、二人は今まで知らない間であったらしい。すぐに話がはずむ。「何が専攻」「家政学。大きな病院に入って働きたいと思うの。子供が三人あるから」「どうして。あなたの夫は」「私離婚したの。前の夫は海軍の兵隊」という具合。男は今まで三度離婚したと言い、女は離婚は人生におけるいい経験だったと思うと言う。

後で他の学生に尋ねたら、アメリカでは結婚五に対して三の割合の離婚があるという。芝生の緑を背景にして花のようにひらひらと歩いている女子学生たち。その彼女たちの将来には五分の三の確率で離婚が待っているわけだ。ああ、元気旺盛なる哉アメリカ人たち！　という賛嘆に似たもの、それに何かが混じった、一種言い難い感じがしたのであった。とにかくこの国の人々は元気なのだ。

最後に、復員兵の学生が実に多い。僕達日本人のことを聞きつけて、日本人が出征のときに贈られたあの旗、あの武運長久とあり多くの人の署名のある日の丸の旗を手に、これは何だと聞きに来る者、日本刀を持って来て、いい刀かどうか鑑定してくれというアメリカ原住民の復員兵学生、大阪で毎日欠かさずパンパンを買っていた話をわざわざ聞かせに来る者、などなど。前にも書いたが、彼らは政府から月七十五ドルを支給されているのである。また「勝利村」という一画が大学の構内にあり、バスの車体から車輪を取り除いた形の家がずらりと列をつくっている。復員兵で結婚しているもののための施設で、託児所もついているのは、夫婦で大学に入っている場合もあるのであろう。復員兵が多いから、これもすでに書いた例の入れ墨学生も当然多い。

変わった学生ばかり挙げたが、もちろん大部分は変わっていない、普通の学生である。

（一九四九・九・三〇）

アロハシャツ

アロハシャツは日本でも相当流行り出した。この流行の本家はもちろんアメリカ、そのまた本家はハワイである。アロハはハワイ語で愛、親切といった意味で、さよならという挨拶にも使われると辞書にある。

こちらに着いて間もないころ、初めてテンピーの町に住む日本人を訪ねたときのことであった。一枚のシャツを頂戴した。着ていたのがあまりしわになっていたので見兼ねたらしい。それは洗濯してあげますからこれを着なさいという訳だ。有り難く着替えをすると、それはそういうふうに下の端をズボンの中に入れるのではありません、外にそのまま垂らしておくのですと注意された。アロハシャツであった。しかし何だか気まりが悪く、そのままにしておいたのであった。

なぜ気まりが悪かったのだろう。日本でアロハシャツを着ている人たちに対して僕が持っている気持ちと関係がありそうである。あの人たちと同類ではありたくないという、何かそういったところが確かにある。気まりが悪いというのも、しょせんは他人にではなくて、己れの心にある何かに対して、というのであるらしい。

ところがこのアロハシャツ、ここの学生の着ていること着ていること。一色に真っ赤なもの、横縞の赤、黄、緑、茶などのもの、字が書いてあるもの、アメリカ原住民の民族衣裳を着けた姿が大きく描いてあるもの、など、など、要するにあらゆる模様のがあるといってよい。皆けばけばしいものだ。例の本来ハワイの自然を背景にして成り立っていた模様と色が、そういう背景のないところでも流行って、いや流行らせられているのだろう。

それらのアロハシャツ学生を見ると、どうも彼らが日本のアロハシャツ属と同類に思えて仕方がない。これに比べて女子学生はというと、日本でいういわゆる淑女のふうをしている。美しくて清楚で生地のよいものを着ていて、近づき難く気高い感じだ。ところがこともあろうに、このアロハシャツ属学生と令嬢学生とが、手をつなぎ、腕を組み合い、腰を抱き合って歩いているのである。僕にとっては価値判断の上で相当隔たりのある彼らが、こうやって歩いているのを見ると、何だか変な感じがする。明らかに自分の中にある既存の物差しで事柄を測っているのだ。

国と国との理解が大切だと言われるが、なかなか難しいことだ。たいていは自分の物差しを標準にしてしか相手を見ることができない。例えば日本人である僕に話しかけるのに、手加減をしてゆっくりしゃべってくれるアメリカ人はほとんどいない。相手はついこの間日本から来たばかりなのだから、自分たちの言葉がそんなに分かるはずはない、というくらいのことは分かってくれてもよさそうなものだ、とこちらでは考える。「え。もう一度言ってください」と言うと、こんなことが分からないとは、という顔つきをし、相変わらずの早口でいや彼らとしては普通の速さでしゃべり続けるというのが大部分。まず学生などはほとんど例外なしにこの部類だし、年配の教授どのたちでも、「もう一度言ってください」と頼むと、確かに効き目はあって、ゆっくりしゃべりだしはするが、じきにまた速くなるという程度である。いつ会ってもゆっくり話してくれる人が二人いる。学長のギャメッジ博士と心理学のヤング博士である。ギャメッジ先生などは僕のまずい英語を二度もほめてくれたばかりか、今自分が日本に行ったら、とても君が英語を話す程度に日本語を話すことはできない、などというお世辞まで言った。学長などというのはこのくらい人当たりが柔らかくないと勤まらないのかもしれないが、それはともかく、他人の立場に自分をおいて物を考えることができている。

他人の立場に自分をおいて物を考えること、こいつはしかし、少々面倒臭いことだ。回りくどい。そしてこいつはまた、考えてみると、人間が少々冷たくならないとできないことのようだ。少なくとも、熱情に燃えていたり、ひたむきであったりしていては、実行がおぼつかない。

いやかえって、人間、自己本位でおれるということは幸福であることの一部ではないだろうか。豊葦原中津国とか、中華民国とか、古代ギリシャ人たちが自分たちの地を世界の中心と考えていたこととか、そう考えていたころの人々は、現代の我々よりも、幸福な点があったのではないか。日本開国のころ、欧米人が自分たちよりも毛深いのを見て毛唐といった日本人の自己本位、日本人のちょん髷を見て日本人はピストルを頭にのっけていると思った欧米人の自己本位、それらには何と言っても、海千山千といった苦労が感じられない。おお愛すべき自己本位よ、と言いたくなるものがそこにはある。そのころは日本人も欧米人も、自分にもっと自信を持っていたのではなかろうか。そしてそういうけっこうな時代は去った、または去りつつあるというのではないか。

明治の開国という我と彼との接触が、すでにして、いつまでも毛唐とピストルを頭にのっけているなどと言い続けることを、不可能にする出来事の始まりでもあったのだ。

他人の立場に立って物を考えるというときのその他人の立場の、画期的なまた有無をいわさぬ拡大の始まりで。

牛の血清だって、そんなものを注射したら牛になってしまう、牛なんぞの血清を何事ぞと考えたころの人間は、さぞ人間に誇りを持っていたことだろう。人間様のお通りだ、万物の霊長なんだぞ、と。ところが段々そうはいかなくなった。人間万歳で、人間大将で、次に偉いのは人間と同じに動くから動物、その次は植物などと分類していたのが怪しくなり、果てはウィルスなどという、生物と無生物の性質をどちらも持っているものの存在が明らかになった。見下ろしていた彼らとの間を幾重にも隔てていた線が次々に取り除かれたり影の薄いものになった。非人情にも、冷酷にも、科学は人間の誇り、自信、温かさなど、かつてのその拠点を次々に崩すことになった。犬畜生のごときとか、英米人ならこれと同じ意味のビーストリとかブルータルなどという言葉を、安心して、不潔な、忌わしい、汚らわしい、みだらな、残酷な、野蛮な、無茶な、粗暴な、下品な、などの悪い意味に使ってきていたのが、時々は、はてな、と思うようになった。スウィフトは二百年以上も前に、畜生のうちでも人間が一番ばかにしてばかの代名詞に使ってきていた馬を生物のうちで一番立派なものとし、万物の霊長様を一番下品で不潔でみだらで忌わしいものとした、ヒヒヒヒンの国の話というのを『ガリヴァー旅行記』の中に書いたが、人間的とかニューマンなとかという言葉も、そういい気になっては、いわんや威張ってなどは使えないと感じられる折りが一般の人々にもひょいひょいと訪れるようになった。犬畜生が人間の座のほうに上ってきて、人間的が犬畜生的に下っていって、時によってはその座が逆転する場合も出てきた。ビーストリに対してヒューマンなと言ってみても、何かしら空しい、落ち着きの悪い、そしてまれには気がとがめるような思いが心をよぎるようになった。

このようにして人間は、他の生きものに対してさえ、以前の優越感にあぐらをかいてばかりはおれなくなった。ましてや他の民族、他の国の人に対しては、そうはいかなくなった。自己本位でいられたかつてののどかな生活、あのよき温か味のある生活は次第に去っていった。自分の周囲に他の人々がひしひしと迫ってきて、いやでもその人たちの立場に立って考えるという面倒なことをやらなければならない、そうしないと自分の生活そのものが成り立たない、そういう時代がやってきた。すなわち、地球が狭くなってしまったのである。そして我々は、君も僕も変わらない同じ人間なんだ、仲よくしようじゃないか、という別の新しい温かさ、新しいヒューマニズムというもの、何か寂しい、かつての無邪気な自己本位に対する郷愁を含んだ、どこか冷たい人生哲学を、心して育てなければならなくなったのである。

いつもゆっくりしゃべってくれるギャメッジ博士とヤング縛士は、どちらも五十の半ばを過ぎているだろう。僕の不自由な英語のことなどお構いなしに自己流の速さでしゃべる学生たちの大部分は二十歳前後。実に元気なものだ。両博士から受ける温かい感じの中には、しかしながら、一種の寂しさ、冷たさがある。若者たちからは別種の、若い体温のような、何かむんむんする温かさが感じられる。自信があって苦労がなく、屈託がない、しかし、かなり傍若無人だ。

アロハシャツを着ている男の学生と、淑女のふうをしている女子学生が並んで歩いているのを見て、あんなふうに感じた僕は、まだまだ元気な、かなり傍若無人な生活を生きているのであろう。そしてまた、こんなことを次々と考えた僕は、そろそろ寂しく、冷たくなり始めたのであろう。

（一九四九・一〇・一六）

飛行機でDDTをまく

ある土曜日の午後、グレンデイルという、アリゾナの首府フィーニックスより七、八マイル北にある町を訪ねた。ここには日本人の家族が多く、戸数にして百戸、人口にして四百から五百の日本人がいるとのこと。日本人ホールという、れんが造りの立派な建物があって、また主に市民権を持っている二世の人たちを会員とする市民協会というものもあって、なかなか盛んである。もっとも戦争による打撃のため以前ほどではないけれども、再起を期して頑張っている彼ら日本人のトラクターは、相当元気な音を立てているようだ。ほとんど全部の人が農業で、大きい人は三百エーカー、日本の百二十町歩余を耕作しているという。僕は只野という福島県出身で二百五十エーカーほどを耕作している家に行っていた。

前の晩十一時ころに、三人の学生が訪ねて来て、フィーニックスの町で女遊びをしてきた話を聞かせ、二時半ごろまで駄弁っていったので、深いソーファーに身を沈めていると、いつの間にか眠っていた。突然ゆり起こされ、何かと思ったら、今から飛行機でダストをやるから見にいらっしゃいという。

ダストというのは、ちり、ほこり、粉末などという意味なのであるが、飛行機から粉状の殺虫剤を散布することだそうだ。さっそく自動車に乗って畑まで行ってみた。複葉の飛行機が近くの空を旋回している。夕日が果てしなく続いている地平線に沈もうとしている。ほとんどそよとの風もない。風があると、折角散布した薬剤がよその畑に飛んで行くので、たいてい、風のない朝か夕方にダストをするのだ、とのこと。

やがて飛行機は、只野さんの畑の上空に差し掛かり、ぐんと機首を下げた。地上すれすれで、二本の車輪は地面に触れるかと思われるばかり。と、機の下腹の所から灰白色の粉が猛烈に噴き出る。畑の端まで来ると、飛行機は急に機首を上げて舞い上がる。すぐに旋回して、今度は反対側から同じことをやる。夕日の所に来ると、飛行機はほとんどそのまばゆい黄金の光の中に溶けてしまう。このような往復を七、八回やったろうか、今度は今までの方向とは直角の方向から畑の両端をダストした。この両端は、飛行機が上昇するところと下降するところに当たっているので完全には粉が行き渡らないから、最後に仕上げとしてこうするのだという。この最後のときは、ちょうど僕らが立っていた所に真っすぐ向かって来たので、粉の広がる範囲がよく見えた。一回で五、六十メートルの幅には達したろうか。僕らの頭上を通るとき、飛行士は手を振って愛嬌をふりまいて行った。畑の上はちょうど煙幕を張ったようになり、沈みかかっている太陽は、その彼方に一種薄気味悪いぼんやりした巨姿を見せていた。仕事を終わった飛行機はもう小さくなって飛んでゆく。

楽剤はＤＤＴ。ＤＤＴの店に電話をかけて数量を言うと店員はそれをすぐ飛行機会社へ運ぶ。飛行機会社はあらかじめ電話がかけてあるので待機しており、届いたＤＤＴを積んで飛行機はまたたく間にやって来る。人間が小さな器具で散布するよりもずっと早くでき、経済的にも安上がりだとのことであった。

しかし、と只野さんは言った。ＤＤＴをやるようになった初めのころ、我々はその効力に驚嘆した。もう害虫に苦しめられることはなくなった、すばらしいものができたものだ、と喜んだものだった。ところがじきに分かったことは、まず、害虫と一緒に益虫も死んでしまったこと、害虫が一匹残らず皆死ねばいいのだが、やつらは強いから生き残るのがいる。そいつには次に同じＤＤＴをやっても効き目が少なくなった。そこで前より多くのＤＤＴをやらなければならなくなったし、一度やっていた同じ期間に二度も三度もやらなければならなくなった。ＤＤＴの会社には、前のはよく効いたが今度のはあまり効かない、ごまかしの薬をよこしたのだろう、と抗議が申し込まれた。会社は、そんなことはない、まったく同じものであると言った。事実同じものであったが、効き目が落ちていることもまた事実であった。そこで会社は他の薬を研究して混入した。すると効き目がよくなった。しかしじきにまた効き目は落ちた。このようにして、同じ量の駆虫剤は段々高くなり、その高いものを農家の人は前より度数多く使わなければならなくなった。人手を使って小規模に駆虫をやっていたのよりも経済的だということは、ちかごろだいぶ怪しくなったのです、と。

また、ある養鶏業者がダスト中の飛行機をライフル銃で撃って、裁判にかかっているとのこと。それは飛行機が低く飛ぶためにその音で鶏が卵を産まなくなったからであった。鶏といえば、普通農家の人は自家用だけに三百羽ぐらいは飼っているアメリカである。養鶏業となればまず万の単位の鶏であろう。それが卵を産まなくなった。そこでその人は飛行機会社に掛け合って、何とか自分の家の上を飛ばないという約束を取り付けた。ところが飛行機はまた飛んだ。怒った養鶏業者は下降してきた飛行機をライフルで撃った。そのとき飛んだのは、しかし、彼が掛け合ったのとは違う会社の飛行機であった、という。

敗戦後、占領軍は、東京に空からＤＤＴを散布した。懸命に、家々の屋根にまではわせていた家庭菜園のかぼちゃが、実を結ばなくなった。花粉を運んでくれる虫も、蚊や蝿と一緒に殺してしまったからであった。

人々は、特にアメリカ人は、文明というものをたたえる。ＤＤＴができると、偉いものが発明されたものだ、文明とは何とすばらしいものであろうという。しかし、このＤＤＴ散布の例が示すように、己れ一個の目前の目的を果たすために人間が考え出した方法などは、人間ばかりではもちろんなく、他のすべての生命をその中に包んで生きさせている大自然の、大きくて奥深く、そして複雑な法則の、ほんの一部をしか計算に入れていないものであったのだ。ＤＤＴの威力を見せつけられても、簡単には文明を肯定しない頭脳を、近い将来の人類の幸福は、求めているのかもしれない。

（一九四九・一〇・二四）

原子爆弾について

どういうわけか、よく宗教団体から招きを受ける。日本の話を聞かせてくれというのである。今まで三度ばかり出掛けた。

今週の火曜の夜にも、大学のアクティヴィティ・ホールという、ダンスや集会などの課外活動に使う建物の中で、バプティスト教会の人たちとの座談会があった。例のように、マッカーサーの政策を日本人はどう思っているか、天皇はどう見られるようになったか、神道はどうなったか、日本の共産党について、というような質問が出る。男の学生が六人、女の学生が三人、学生でない男女が四人ぐらいずつという、二十人にも足りない小さな集まりであった。そのうち一人の女性が、アメリカが日本に落とした原子爆弾について日本の人たちはどう思っているか、少なくともあなたはどう思うか、という質問をした。これは今までの集会には出なかった質問であった。皆の顔が一瞬緊張する。まずK氏（前にも触れたとおり、日本のT大学から筆者と同じ条件でこの大学に来ている人）が、広島と長崎に原子爆弾が投下された当時の話をして、今では、日本人は、戦争を一日でも早く終わらせたものとして、原子爆弾投下のことをむしろよかったと思っているという意味のことを述べた。女の人などは、いちいち、うんうんとうなずきながら聞き入っている。そこで僕の番である。僕は東北人で第一日本語がすらすらいかないくらいだから、英語はもちろん遅くてたどたどしくて、すでに日本の僕の学生に話したことのある内容の繰り返しであったにもかかわらず、途中で何度もつかえた。

私は、たいていの人が考えるように、アメリカという一国が原子爆弾を製造して日本という他の一国にそれを落とした、そしてそれはよかったか悪かったか、というふうには考えない。人類という生物種族が原子力というものの性質を知るようになり、それを人類自らが人類自らを殺すことに使ったというふうに考える。そしてこんな使い方をなし得る、いやこんな使い方しかなし得ない人類の知恵を実に情けないと思う。試みに、月に誰かがいて地球を見ていると仮定すると、我々が持っている地図のように、国々が色分けされているわけではないから、国境などは見えず、ただ他の生物に混じって人類という生物がいること、この生物は昔から同類の殺し合いをすること、この他にも同類の殺し合いをする生物がいるが、この生物の違うところは、殺し合いの能率が時とともに高くなって、昔は殺し合うのに拳、歯、石などを使っていたのが、段々と刀、槍、弓、火薬、毒ガスなどを使うようになったこと、などは分かるであろう。ところが最近この人類という生物は能率の飛躍的に高い殺し合いの道具、原子爆弾というものを作ってそれを使った。人類というのは昔から他の生物よりも知恵があると威張ってきている様子であるが、よほど愚かな知恵だと、きっとこんなふうに月からは見えるであろう。

あの有名な『創世記』にある善悪の木の実を人間の先祖が食ったという原罪の話、あれはどうも本当らしい。人間の知恵は愚かであるばかりか、善悪を区別するという点で、二重にいけない知恵なのではないか。例えば原子爆弾を使ったアメリカは悪かった、いや、かえってよいことをしたというふうに。ドイツも日本も原子爆弾の研究はしていたのであって、アメリカ人の知恵だけが愚かなものであったなどということはない。皆一様に、情けなく愚かであった、馬鹿であった、と私は考える。と大体以上のことを話した。

この前の通信にも書いたが、人間は、己れの幸福を考えるときに、大自然の中で生命現象を営んでいる生物としての己れに関連する大きな奥深い複雑な要素のうち、一体どれだけを計算に入れて物を考える能力を持つ生物なのであろうか。今仮に二十の要素が働いているとしたら、せいぜいそのうちの二個か三個の要素だけを捉え、その二個か三個の要素に関してだけは懸命に努力して己れの幸福の維持または増進を図る、しかしそれは、他の十七、八個の要素との間には必ず不均衡を生み出すような部分的なものにすぎず、幸福の総合計を増したか否かは、むしろ甚だ疑問であるという、そういうのが人間という生物の実力だったのではなかろうか。人間の知恵といっても、人間の生み出した文明といっても、その程度のものではなかったろうか。

例えば、交通機関が発達して地球が狭くなったといわれる。速くなればなるほど、それは文明の進歩であるという。しかし、人間生活の全体の中には、原始時代いやもっと前から、ほとんど速くならない部分も多くあるのである。頑固に昔どおりの速さで歩いてだけいて速くも遅くもならない部分が。消化、血行、睡眠、妊娠期間、出産、など、など。すなわち我々の肉体は、最も頑固に、変化を拒んでいるのである。肉体は、生きるために、ある程度までは、環境の変化に順応するが、その限度を越そうとすると、これくらい頑強な抵抗を示すものはない。この肉体の原始性と文明との間の距離、進歩しないものと進歩するものとの落差、そこに人間の悲劇が生ずる。肉体という自然と文明という非自然との不均衡というところに。そしてこの距離、落差、不均衡は、人間が事の全体を見通す能力を持たず、目前の必要に迫られてした努力の所産であったのである。

原子爆弾もまた、目前の必要に迫られて作られたものであった。その持つ全体的な意味、全体的な影響力、それと人間の能力との落差などを考える暇も余裕もない戦争という事態の中で、追いつめられ、切羽詰まって働いた人間の知恵の所産でそれはあったのだ。そもそも、人類の遠い将来のために最初から働いた人間の知恵などという、そんな立派なものがあったためしがあるのだろうか。人間の知恵などは、初手から、後手にまわったもの、泥縄式のもの、けちなもの、小細工にすぎないもの、ではなかったのか。原子爆弾、しかもすでに人類が人類を殺すために使ってしまった原子爆弾、人類最高の知恵の結集によってできたという原子爆弾、それこそは人類という生物の持つ知恵の悲劇そのものであろう。

今日本が経験している生活をてんやわんやと人は言う。原子爆弾を筆頭に、ＤＤＴその他の人類の知恵の所産が、そういう進歩の所産が、大自然と大自然の確実な一部である人類そのものとの落差の故に、今後の人類社会をますますてんやわんやにすることならんことを、切に祈る。

（一九四九・一〇・三〇）

産院

一週間ばかり前、産院を訪ねる機会があった。テンピー在住の日本人、中津さんの家に、赤ん坊が生まれたのである。父親は福島県出身の中津さんの長男、母親は日本の聖心女学院を卒業したやはり二世の人である。初児で、その父親に連れられて行ったのであった。

入るとすぐの所に、こちら側が全部ガラス張りになっている大きな部屋が、廊下を隔ててあり、ガラス板のすぐ向こうに二十人ばかりの、いや二十個ばかりと言った方がふさわしい感じで、赤ん坊が並んでいた。部屋の中には医師と看護婦しか入れないとのことで、父親は我が子をガラス越しに見る。各々の寝台のこちらの端に、母親の名前（父親のではない）、生まれた日時、目方などが書いてある札が結びつけてあって、その札によって父親は我が子を見つけるのであった。

二十個ばかりの赤い肉塊は皆眠っている。白人、黒人、メキシコ人、日本人など、色とりどりの赤ん坊たち。大人のいろいろな人種にはここに来てからだいぶ接したが、このように並べられた、生まれて数時間しか経っていない、いろいろな人種を見るのは初めてである。大人のいろいろな人種の間にいても、日本人だけの間にいるときとは違った、何か異様な感じがするのだが、このときは一層その感じが強くきた。皆一様にしっかりと拳を握って、すやすや眠っている。しかし髪の毛が、色も縮み具合も、それぞれ違う。

皮膚の色が違う。そのうち白人の男が一人入って来た。中津さんとは知り合いらしく、あいさつしていたが、「これが僕のだが、君のはどれかね」と言った。二人の父親はガラス越しに我が子を見せ合っていた。その時の二人の父親の顔が強く印象的であった。中津さん一人のときはそれほど感じなかったのが、二人ともまったく同じ顔つきをしていたので強い印象となった。えも言われぬ素直な顔を二人はしていたのである。人間これ以上純真温順な顔ができるだろうかと思われる顔であった。何ものかに対して無条件に従順になったとでもいうか、要するに、無類にいい顔であった。そういえば、弟妹を生んだ直後の母の顔がやはり無類にいい顔であったことを思い出す。それが疲労と満足と安堵の一緒になった、そして何ものかに対して素直になり切っているものであることは、子供心にも分かった。あの出産直後の母の顔は、いつも美しかった。

ところで、この赤ん坊たちの人生は今始まっているのではない。彼らの親たちから始まっている。いや、そのまた親たちから、さらに、遠い遠い暗い彼方から、始まっているのである。それら遠い暗い過去にも、人間の間にいろいろな差別があったように、彼らのこれからの生活にも、各種の差別が、過去と絶ち難く続いた形で、あるのである。しかも、差別は、事柄によっては、紛う方なく少なくなっているけれども、例えば旧約聖書の語っている税法が、一番古くは等額課税、次には等率課税であること、さらに現在は収入が多いほど高率の課税という方式になっていることなどは、収入の開きつまり差別も、時代と共に拡大してきた部分のあることを示しているようにも思われ、これらの赤ん坊たちの行く手も、好転の一途をたどるものとばかりは、もちろん、言い難い。

しっかりと拳を握って、物を言わずに眠っているこれらの赤ん坊は、物言わぬだけに一層、全身に力を込めて、これからの生活に、健気にも、耐えていく決意をしているかのように見えた。

と、突然、一人の赤ん坊が泣きだした。すると今まで眠っていた全部の赤ん坊もそれぞれに泣きだした。眺めていた僕がどんな顔つきをしていたか分からないが、看護婦が部屋から出てきて、いつも一人が泣きだすとこんなふうに皆泣くんですよ、と笑いながら教えてくれた。赤い顔を全面血の色にし、拳を握り、力み返って一斉に泣いている赤ん坊の群れ。彼ら若きいのちの、この世に対する渾身の抗議を聞く思いがして、急いで彼らから目を離し、追われるように、もう暗くなっている戸外に出たのであった。

(一九四九・一一・一三)

インディアンを見る

なめし皮色のたるんだ皮膚、漆黒だが白を混じえた豊かな髪の毛、黒い、うるんだ、大きな目、耳にも首にも腕にもぶら下がっている銀の飾り物、巨大なこんにゃくのように太った全身。老いたアメリカインディアンの女はうずくまっている。彼女の指は、たなごころにあるけし粒大のガラス玉をまさぐっている。他方の手にある針の先が、玉にあいている穴を求めて、のろのろと動いている。老婆は子供の腕輪らしいものを作っているのである。白人の母親は、男の子の手を引っ張って、もういいでしょう、さあいい子だから次のに行きましょうと、耳に口を寄せてささやくが、男の子は柵にしがみついて、いつかな離れようとしない。

十一月十一日、第一次大戦休戦記念日の午後、折りからフイーニックスで開催中の州共進会中、呼びものの一インディアン製品陳列館での一風景である。州の全産業を網羅したこの共進会で、最も人気があり、身動きができないほどの人を集めていたのは、このインディアン館であった。製品は、耳飾り、首飾り、腕輪、じゅうたん、籠細工、陶器、人形、衣類、砂絵など。各製品の前では、本物のインディアンが彼らの保留地から出て来て、実物を作って見せていた。他の陳列館には、テレヴィジョン、絞る必要のないところまで出来上がる最新式の洗濯器械、皿洗い器械、一九五〇年型つまり来年度型の各種自動車などが並べてあった。農作物、家畜、家禽などは大変な数量の出品で、牛だけでも二百頭はいたろう。人々はそれら陳列物の前をぞろぞろ通って行くのであったが、このインディアン館に来ると、足が釘づけにされたように動かなくなるのであった。砂絵の周囲などはたいした人だかりで、僕など彼らアメリカ人に比べて小さい者は、見るのに容易でなかった。八畳か十畳くらいと見える広さの砂場が、四角な枠に囲まれて平らにならしてある。その中にインディアンの絵かきが三、四人いて、いろいろな色に染めてある砂を手に握り、それをこぼしながら砂地に絵を描いていく。用いられるのはほとんど直線。何の苦もなさそうに次々に形をなしていく鳥や犬や木や人。それらを結ぶ幾何模様の線。絵は古代エジプトのそれに似てもっと落ち着きがあり、優雅というのか、何とも言えず品のよいものであった。このインディアン館の雰囲気と他の会場の雰囲気とは、あまりにかけ離れていた。原始時代と文明、手工業と大量生産、歩行者とロケット飛行機、とでもいうか。インディアンが麦わらで編んだ小皿は一個二十五ドルした。同じ大きさの人造ガラス製のものは二十セントで買えた。麦わらの小皿に水を入れて、これこのとおり漏りませんと、インディアンは説明していた。彼らはこの小皿一つ作るのに二日も三日もかかるとのこと。町に行けば一枚二十ドルで求められる純毛の毛布が、インディアンの手織りだと三百ドルした。白人の女たちはぴかぴか光るハンドバッグから札を出して、これらのものを買っていくのであった。

インディアンたちの生きる一つの武器は、頑固に文明を拒否することであるらしかった。一分間に何百もできる皿一個を三日かかって作る、そののろさを絶対に捨てないこと。それが彼らの生の砦であるらしかった。トルコじゅうたんの本物は、乙女が一本の糸をがちゃんとやっては、恋人の名を唱え、また一本がちゃんとやっては、また恋人の名を唱えるという、魂の入ったやり方で織られるのだが、それも大量生産による安いものにじりじり押されているとは、トルコに十一年いた親戚の者に聞いた話である。インディアンの場合も同様らしく、町に出ると、白人の資本によって大量生産された安いまがい物がいくらでも並んでいて、インディアンの原始の砦も次第に切り崩されつつあることが分かる。それでは、インディアンたちも大量生産をやればいいではないか、ということになるが、それをやったら最後、彼らは直ちに白人に負けてしまうのである。彼らの砦が文明という白人の武器によって切り崩されていくのをみすみす見ながら、その同じ武器を手にすればかえって砦が一挙に崩されてしまうという、そういう生活を続けていかざるを得ない彼らインディアンたち。

ある日、通り掛かった畑の隅に、インディアン一家の小さなテントを見つけたことがあった。その畑の所有者に雇われてでもいたのであろうか。彼らの中には、こんなふうに、雇われている間だけ畑にテントを張って住み、仕事が終わると他に職を求めて移って行く、そういう生活をしている者もいるとのこと。子供が三人、土いじりをしながら遊んでいた。ふと気がつくと、テントから近くの木まで縄が一本張ってあって、それにネズミかイタチの皮らしい小さな毛皮が一枚、血のついたままぶら下げて干してあった。昔、アメリカ全土の山野を馳駆して野牛を狩り、何百枚というその毛皮を干していた彼らを思い、しばらく足が前に進まなくなったのであった。

老いたインディアンの女の鼻の下には、北海道のアイヌのと似た青い入れ墨があった。衣類の模様も両者よく似ているように思われた。アメリカインディアンは、北のベーリング海峡を渡って東洋から来た、という説があるそうである。（一九四九・一一・一五）

日本研究熱

キリスト教青年会の総会で日本の貧しい家庭を題材にした劇が行なわれる。大学創立記念日の山車には広島の原子爆弾を扱ったものが二つも出る。あちこちの教会で僕らを招いては日本の話を聞かせてくれという。どうも近頃、日本研究熱といったものが盛り上がっているらしい。もっともまだかなり他愛ないもので、日本に十進法はあるか、ラジオはあるかという類の質問がよく出る。

先日も、ある教会の婦人団体に招かれて、日本研究の夕べなるものに出た。戦後日本に行っていた一宣教師の書いた日本についての本があって、その内容を当番の人が要約紹介する。何年か前、世界教育会議というものが日本であったときに、日本に来たという高等学校の女教師が、持って来て並べた二十枚以上ものちりめんの風呂敷、岐阜ちょうちん、浮世絵の版画五十六点、女用のちりめんの羽織、漆器類数個、筆、墨、硯といったもの。緋ぢりめんの長じゅばんを洋服の上にぞろりと重ねていたり、紫の羽織を紐ではなしに安全ピンで止めていたりする婦人たち。それに本物の日本人の僕を加える。と、まあこういったところで、日本研究の夕べなるものの道具立ができた、というわけであった。

戦争直後の日本のキリスト者は、百五十万人であった。それが現在では、四百万人に増えている。多くの仏教徒がキリスト教徒に改宗した。また仏教も、キリスト教に見習って、従来の葬式だけをやっている状態から抜け出そうと考え始めているが、我々キリスト者は、日本の仏教徒を、今後大いに指導していかなければならない、いや彼らをキリスト者にしなければならない。偶像崇拝の域を脱していない彼らを救うのは、神が我々に課している尊い使命なのだ、云々。この本の著者が特に驚いているのは、火事が出た際にする日本人の振舞である。誰も火元になった家に同情する者はいず、食べ物や衣類などを持って行くどころか、寄ってたかっていじめる。火元の一家は、そこにおれなくなって、夜逃げというものをするのが常である、云々。

本の内容紹介が終わると、今夜は最近日本から来た人を招いているので、今の話が本当かどうか、前接聞いてみることにしよう、というわけで、僕の出番になる。

キリスト者が急に増えたことを喜ぶのは少し早いと思う。共産主義者も恐らくもっと高い割合で増えているが、では悲しむべきかというと、これも悲しむのは少し早いと思う。どちらの増加も多分流行の所産という部分を持っているので、むしろ偽物のほうが多いのではないか。本物はそう短期間に育つものではないと私は考えているが、間違っているであろうか。次に火事の話。もし話のとおりなら日本人はだいぶ薄情なことになる。しかし事実は炊き出しといって、親類や近所の人は火元の人をも含めて焼け出された家族の人たちにいち早く食事を用意するし、衣類なども分け与えるのが慣習だ。また火元の家を周囲の人が恨むのは、人情の自然ではないだろうか。皆さんは隣の家が火元で自分の家が焼けても、隣の家の人に対して平気でしょうか。ある国の人々が特に冷たいとか、特に温かいとかと考えるのは危険であって、人情はどこでも大体同じなのではないだろうか。と大体こんなことを話した。火事のことなど、自国のこととなると無意識のうちに弁護の気持ちが動く。これも人情の世界的な相場なのだ。

先日こういう牧師が来た。日本の話といっても、日本人がアメリカ人とどう違うかという話でいいんです。食べ物は、着物は、家はどう違うか、どんな違った考えを持っているか、例えば獣肉よりも魚肉を食べる、刺身という生の魚肉を食べる、そういうことでいいんですよ、と向こうから話の内容まで教えてくれたのである。僕の英語があまりにたどたどしいので、不安を感じたためらしかったが、僕は話を引き受けた。会場で壇の上に立ってから、今日は日本人がいかにアメリカの皆さんと違った生活をしているかを話せとのことですが、私はむしろ、いかに両方がほとんど同じ生活をしているか、について話したいのです、というふうに切り出した。

皆さんがこのような会を開く理由は、お互い同士の理解を深めよう、そしてその理解を元にお互いに仲良くしようというのであると思われる。一体人間が仲良くするという場合、例えば男女、友だちなどの場合、相手が食べ物、考え方、趣味、住んでいる家、着ている着物などの点で、いかに自分と違っているかを知れば知るほど、ますます仲が良くなるということがあるだろうか。自分にないいいものを相手が持っていて、補い合うという人間関係も確かにあるが、似た者同士がやはり仲良しになるのではなかろうか。であるならば、今まで知らなかった点で、お互いがいかに似ているかを知ることによってこそ、この間まで戦争をしていた日本とアメリカも、今後仲良くできるのではないだろうか。

皆さんはパンを食べる。日本人は米を食べる。両方共澱粉を食べているのである。皆さんは牛、豚などの肉を主に食べる。日本人は魚を主に食べる。どちらも蛋白質を食べているのである。アメリカ人はビタミンCを取らなければならないが、日本人は取らなくてもよい、ビタミンDの場合はこの逆である、などというのならば話はまったく別である。ビタミンDの量を減らして育てた鳩の首が、曲がって頭が垂れている写真が私の使った教科書に載っていて、このビタミンが骨の形成に不可欠なのは、鳩でも人間でも同じであると習った。しかし日本人は海藻を食べるがアメリカ人はほとんど食べないではないか、と言われる方があるかもしれない。ところが、アメリカ人にバセドー氏病という病気が多かったのは、海藻に多く含まれているヨード分の摂取不足によるらしいことが分かり、研究の結果、皆が取る食塩の中にヨード含有物の粉末を混入したところ、この病気が激減したという。これは私の父がこの病気になったときに医者に聞いた話だが、要するに、人間である以上、皆同じ栄養分を取らなければならないのである。青い野菜が食べられないエスキモー人は、生の魚や海獣を内臓も骨も、つまり一個の生き物を丸ごと食べることによって、この万人に必要な食物の成分を取っているとのことだ。

大体こんなことを話した。今までの何度かの経験で、日本人の話というと、集まる人の目が好奇に輝いているのを知ったので、以後はこちらから食べ物の話を出して、自分たちと違う人間の存在を期待して集まってくる彼らの好奇心を冷やすことにした。

僕ら留学生の仲間には、日本の羽織、袴、白足袋に草履という衣装をご持参に及んだ人が何人かいた様子であった。岡倉天心の真似をしたと見える。彼らが、日本で日常、羽織袴に白足袋という生活をしているのなら、そのままの服装で外国に来るのもいいかもしれないが、いまさら何の身構え。と僕などには思えたのであった。さなきだに、前述のごとく、アメリカ人たちは好奇の目を輝かせて日本と日本人を見ようとしているのである。そういう身構えは無用であろう、いや、かえって有害でさえあるはずである。

ところで、当地に来て僕の目を引いたものに、新聞などに出ている水虫の薬の広告がある。それが実に多い。朝から夜床に入るまで靴を履いているアメリカ人には、水虫が多いのだなと納得したのだが、ほとんど雨の降らない極度に空気が乾燥しているアリゾナでこうなのだから、湿気の多い日本で同じように朝から夜寝るまで、家の中でも、靴を履く生活をしたら、国中水虫になって、水虫の薬屋はえらい儲けをするだろう。そうならないところが肝心のところであって、日本では、浴衣(ゆかた)のような明きの多い着物を着、草履、下駄など足を丸出しの履物を履き、靴を履いても家の中では脱ぐというのが、衛生的なので、科学的なので、文化的なので、要するに自然なのである。

人間はその住む土地に反抗しては生きられなかった。生み落とされたその土地で生きよとの至上命令を果たさなければならない点では、他のあらゆる生物と同じであった。寒い土地に生み落とされれば、厚着をしなければならなかった。暑い土地に生み落とされれば、薄着をしなければならなかった。青草のない土地に生み落とされれば、どこからそんな知恵が出てくるのか、他の動物を丸ごと食べて、青草の養分を補っていた。人間の知恵は、このように、生み落とされた土地の条件に対して受動的に働くもののようである。それは、文明とか文化を高めるというような、そのような立派な目標を目指して働くものではなくて、己れのいのちを守るために、やり繰り算段で働くもののようだ。生み落とされた土地と与えられた至上命令との間のいじらしい妥協を、ふうふう言いながらのその間の取り持ちをはかる、それが人間の知恵というものであるらしい。

ところが、履き物なら靴というものが、着物ならアロハシャツというものが、その土地の条件を無視して流行している。世界が狭くなったということが、こんな所嫌わずの流行、しかもそれが履き物や着物や食べ物や住まいだけではなく、物の考え方までの流行を生んでいるのなら、人間の知恵は、生み落とされた土地に対して正直であるという取り柄さえも捨てつつあるわけで、ますますたいしたことはないと言わざるを得ない。地球はてんやわんやぶりを深めていくのではあるまいか。

日本研究熱の話から脱線して、だいぶてんやわんやな文章になった。話を元に戻す。

昨夜もフィーニックスのバプティスト教会で「日本研究の夕べ」があった。これは話を頼まれたのではなく、ステュアート牧師夫妻に連れられて、その催しに参加しただけであった。師は日本も主に広島に四十年もいた宣教師で、すでに第一線は退いておられるが、テンピーの隣町メサにある日本人だけのメソジスト派教会のために、七十の半ばを過ぎた喘息の身を、奉仕しておられる。一世のために日本語の聖書を読み、日本語で説教できる牧師が得難い、信徒が少ないので正当な報酬を出しにくい、などの事情があるらしい。

寂然と光っている。パイプオルガンを背に、日本の掛け軸が五本掛けてある。その下の卓上に、アメリカ兵が日本から持って来た刀、鉄砲、十手、扇子、焼き物、漆器、硯箱など、また在米日本人が持ち寄った茶器、花器、食器、キセルなどが並べてある。賛美歌、祈り、聖書講義の後、六十くらいの婦人が、日本におけるキリスト教の現状という題で三十分くらい、よく調べたと思われる話をする。賀川豊彦氏の名が三度ほど出た。氏は世界一流のキリスト者であるらしく、今までも日本のキリスト教が論じられる場合は、まず必ず氏の名が出た。次に和服を着た白人と日本人が一人ずつ現われ、ステュアート夫人がその説明をする。いずれも儀式用の立派なもの、集まっていた五十人ほどのご婦人方は、おおきれい、と感嘆の声を等しくする。次は、二世の日本婦人がメサの教会の成立過程と現状を話し、会員である二十余の日本人家族がたいてい農業で、月曜の野菜市場に出荷する関係で日曜日は働かねばならないために、土曜の午後礼拝を行なっている旨を説明する。次にステュアート夫人が立って、これから日本の美しい歌を歌いますと言う。皆が期待のざわめきを示すと、夫人は、もうこの年で喉は駄目ですと、喉を指さしながらピアノに向かう。しかししばらく手は下ろされない。と突然、荘重な「君が代」が始まる。来合わせていた七、八人の日本人が一斉に起立した。白人たちが次いで起立した。胸に熱いものが込み上げてくる。異国で「君が代」を聞く。思えばどれくらいの間「君が代」を聞かなかったろう。「君が代」はゆっくり二回奏でられて終わった。四十二年間を日本で過したという夫人の目には涙が光っていた。最後にこの教会の牧師が日本のために長い祈りを捧げて会は終わった。会は予定どおり七時半から九時まで、集まったのは中年以上の婦人が大部分。掛け軸を逆に掛けたり、日本人は十進法を用いているかと聞いたり、例のおぼつかなさはあっても、なかなか充実した会であった。僕が計画するなら、同じ和服でも式服などではなく、日常日本人が着ているもの、例えば浴衣などを見せて日本の風土を説明したいところだ。しかし、多分に好奇心に訴えるものであっても、どうせ世界中がまず好奇の心をもって他を見るという程度にしか行っていないのならば、そこから出発するのも止むを得まい。大いにお互いの理解のために「日本研究の夕べ」を催すべきであろう。僕も、何遍でも出掛けて行って、例の食べ物や着る物の話をするのだ。

（一九四九・一一・一七）

西部気質の一端

英文学をやっている者がアメリカに来ていれば、その方面の本を求める絶好の機会。ところが金がない。

ここでちょっと僕らの金の話をしておくと、復員軍人で大学教育を受けている者の場合と同額の月七十五ドルというものが、ガリオアという名のアメリカ占領地救済資金から支給されることになっている。それで食費、住居費および諸雑費を賄わなければならないのだが、僕たちの場合は例外で、食費と住居費は大学側が奨学金として出してくれ、ニューヨークの民間情報教育局本部からは、その分を差し引いた十五ドルが毎月送られてくる。現金はこの十五ドルだけ。出発の時渡された航海中の費用六十ドルの残りが若干あるが、他に余分の金を得る方法がない。円をドルに替えて持って来ることも、アメリカ国内で政府と名の付くところから報酬が出る仕事をすることも禁止されていた。皆平等に貧乏というわけで気楽であるが、何と言っても十五ドルではお話にならない。

七十五ドル全部を自分で賄っている友人からの便りによると、時々朝飯抜きをやったりして、やり繰りしているとのこと。僕などは、構内食堂の食事が実力があり過ぎて二食しか取らないことが大部分なのだが、食費は学校持ちなので、食べなくても倹約にはならない。本は欲しいが金がないというわけだ。

そこで例の二十五セントのポケット版を買うことにした。目録を見るとだいぶ欲しい物も入っているので探すのだが、今度はその本のほうがない。ポケット版そのものはいくらでも店に並んでいるのに、肝心の欲しいのは置いてない。何があるかというと、西部物語、探偵小説、神秘小説。これはわんさとある。またおかしいのは、大学町テンピーに本屋が一軒もないことだ。右のごときポケット版を売っているのは、たいてい通りの角にあって、ユダヤ人経営の場合が多いという薬屋、でなければ時々は文房具屋である。首府フィーニックスに行っても、本屋はまず見当たらない。先日やっと一軒、それも他の店の地下室が本屋になっているもので、看板に至っては、よほど気を付けていないと目につかない小さなものであった。古本屋ときては、古着屋とか古物屋の片隅に二、三十冊が埃だらけになって並んでいるのがそれらしい。先日そういうところで、ルイスの『バビット』のポケット版を見つけたのは掘り出し物で、五セントであった。これもつい最近、グレンデイルで原子爆弾についての講演をし、それがそのまま放送されるということがあった日に、初めて古本屋らしい一軒を見つけた。喜んで入ってみたら、これも二階は古物屋になっていて、そっちのほうが本業なことは歴然としていたし、イギリスの小説家Ｒ・Ｌ・スティーヴンソンの全集があったので値段を見ていたら、店の主人がやって来て、「どうです、スティーヴンソンというのはアメリカ最大の作家の一人です、安くしときますよ」と言った。イェイツ編のブレイク詩集、バーンズ全集、グリーンの『英国民小史』などを買ったが、皆で二ドル半。ブレイクとグリーンは四十五セントずつ、バーンズは小型ながら革表紙天金の立派なものであった。どうもあの店のおやじ、あまり本のことを知らないらしい。とにかく、たいした田舎に来たものだ。

アリゾナは、テクサス、ニュー・メキシコと並ぶカウボーイの本場である。映画も西部劇が圧倒的に多い。テンピーには映画館が一つしかないが、まず十中八、九は西部もの、よく長い行列をつくって待っている人々を見かける。映画といえば、二、三カ月前、フィーニックスに新しい映画館ができて評判になった。名画観賞館というので、芸術的にすぐれたものだけを上映するというのである。学生などは喜んでいる者もいたが、最近それがつぶれそうだという。どうもカウボーイが出てこないと駄目らしく、何やら日本の股旅ものに似たところがあるようだ。

近頃は日本でも西部劇が幅を利かせ始めたから、カウボーイの服装はご存じであろう。あれを、今はロデオと称するカウボーイのお祭りの季節、ほとんど誰も彼もがしているのである。学生などは平生でも、男なら三分の二、女ならさすがに三分の一に足りない程度の者が、例のごつごつした青い木綿の細い股引きをはいている。現に僕も、人にもらったこの股引きをはいているが、布地が厚いのに暑苦しくなくて、なかなかはき心地のいいものだ。

ロデオというのは、特にそのために飼って訓練してある裸の荒馬や荒牛を乗り回したり、逃げる牛を追いかけて投げ縄をかけたりする勇ましい行事で、学校は学校単位で、市町村は市町村単位でこのお祭りをする。首府フィーニックスのロデオが近づき、町中も大学の構内も、まさにカウボーイ一色に塗りつぶされた感じである。フィーニックスのロデオはアメリカ全土でも第一級の大掛かりなものだそうで、是非見に行きたまえと、友人が勧める。ただし忘れていけないことがある、その日はカウボーイの服装をして行かないと、つかまえられてトラック上の檻に入れられ、町中を引き回される、または罰金を取られる、いいかね、という。そいつは困った、カウボーイの半長靴もないし、つばの反り返った帽子もない、と言うと、得意げに笑って、いやその青い股引きで結構、体のどっかに、何でもいい、カウボーイのものをくっつけていればよしなのさ、と言う。ロデオの話が出ると誰も彼も、フィーニックスのやつは見に行かなけりゃうそだ、と言い、同じように一応僕を脅かそうとする。そして得意げな顔をする。僕は彼らのこの顔つきに、伝統というものを持ち始めて、子供のように嬉しがっている心を見たと思った。

大学の国文学主任教授マイアーズ博士が大の神秘小説党であると聞いた。彼はシェイクスピア購読の時間に、シェイクスピアという人は所属劇団の俳優たちの、例えば背の高さ、声、性格などをかなり考慮にいれ、それらに合った登場人物を創作したのであったかもしれない、と言った、僕の好きな人間の見方を時々口にする人で、好感を持っていたのだが、この神秘小説党の話以来、彼に対する親しみが増したのは事実である。

本屋がほとんどない。しっかりした文学の本がほとんどない。アメリカ人は概して本なぞあまり読まない人たちらしい。いやアリゾナ人は読まない人たちらしい。読むならもっぱら西部物語、探偵小説、神秘小説であるらしい。それともいわゆるいい本というのは、図書館が発達しているから、個人で買う必要がないというのかもしれない。しかし、テンピーの町の公立図書館には、涼しい並み木道にあるのでよくそこを散歩するのだが、あまり出入りする人を見たことがない。本をあまり読まないことと元気であることとは、関係がありそうだ。カウボーイの州アリゾナの人たちは格別に元気なようである。

（一九五〇・三・一）

子供と遊ぶ

ある日の昼休み、大学付属幼稚園の庭のところを通ったら、クリスティンが僕を見つけて飛んで来た。クリスティンはこの学校の体育助教授、ビル・梶川氏の娘で五歳、僕の友だちである。さっそく彼女と遊ぶことにした。クリスティンと遊んでいた子供が三、四人走って来た。

するとその中の一人が僕の手にぶら下がってきて、「ねえ、おじさんの名前なんていうの」ときく。「ウメッ」と答えると、ちょっと横目を使って、「あたいの名前なんていうか知ってる」と言う。知っていなけりゃいけないという顔つきが可愛いい。「いやあごめんごめん、知らないね」と言うと、「あたいね、ジーンていうのよ」「ほほう、ジーンね」「じゃあ、あたいの母ちゃん何ていうか知ってる」と言う。ますます可愛いくなって、「いいや」というと、「あたいの母ちゃんはね、えーと、ミセス・バーンヒルというのよ」と、大事な秘密を教えてあげるといった口調で言う。

するとすぐ隣にいたのが、「じゃあ、あたいのは何ていうか知ってる」とすぐに言う。「いいや」「あたいはね、ベティ」「あたいの母ちゃんの名前は」「いいや」「あたいの母ちゃんはミセス・ディヴィスよ」

さあ、それからが大変である。僕を囲んだ子供たちは、男の子も交えて、たちまち十人くらいになったが、一人残らずこの調子で、そのうち、僕が「いいや」などと言わない前に、「あたいは何々」「あたいの母ちゃんは何々」「ぼくは」「ぼくの母ちゃんは」と、彼らと彼らの母親たちの名前の総攻撃。全部の子供が言い終わると、一人が今度は、「おじさんいくつ」ときく。「三十二」と答える。その子は可愛いい指を精いっぱい広げて、「あたいはこれだけ、五つよ」と言う。たちまち「あたいも五つ」「ぼくも五つ」「あたいも」「あたいも」と全員が報告に及ぶ。「何て可愛らしい」というのは英語では「オウ、キュート」と言えばいい。「オウ、キュート」

と、一人おしゃべりらしいのが、得意な顔つきをしながら、「あたいの銀行にお金いくらあるか知ってる」ときた。さあさあ大変、おじさんは知らなかった、困ったという気持ちで、「知らないねえ」と言うと、三本指を出して、「三バックスあるのよ」と言う。バックというのはドルのことを言うアメリカの俗語だが、ちょうど日本で僕が小さいころいやこの間まで、五十銭銀貨をぎざと言うことがあったのと似ていて、大人の言葉である。するとまたひとしきり同じことが起こる。「ぼくのは四ドル」「あたいのは五十セント」「あたいのは十五ドル」と。そこで、目を丸くして、「ほほう、みんなそんなにお金持ちなのかい。おじさんはたったこれだけしか持っていないけど、えーと、いくらあるか知ってるかい」と、ズボンのポケットにあるのをつかんで握っている。皆真剣な顔をして頭をかしげる。「さあこれだけ」と手を開いて見せると、一ドル三セント。「へーい、たったこれだけ。おじさん貧乏だなあ、大人のくせに」とびっくりしたり、面白がったり。「あたいね、母ちゃんがもうすぐ五十ドルになるって」と一人の女の子が言うと、男の子が、「なんだい、ぼくなんか百バックスあるって、母ちゃんが言ったよ」とすぐに言う。

銀行の話が一段落ついたので、皆で歌を歌いながら回ろうと僕が言うと、そうしよう、そうしよう、ということになり、手をつないで回り出したら、カランカランカランカランと始業の鐘が鳴った。皆さあっと別れて、一目散に幼稚園の入口目がけて走って行く。見向きもしないで一目散に。その姿を見ながらしばらくそのまま立っていると、やがてピアノの音がして、子供たちの合唱が聞こえてきた。

（一九五〇・三・六）

ロデオ見物

アリゾナの首府フィーニックス最大の年中行事ロデオが、三月十七日から二十六日まで行なわれることになった。ロデオは前に書いたとおりカウボーイのお祭り。最初の十七日にはパレイド（大行進）があった。大学の講義は何度でもさぼれるが、パレイド見物を一度さぼったらお仕舞いだと、妙な理屈をつけて、沙翁喜劇講読の時間を一時間休み、十一時開始というのに九時きっかりに出発した。早く行かないと場所がなくなるという。九時半フィーニックス着。パレイドが通る目抜き通りの歩道の縁石に、新聞紙を敷いて腰掛ける。文字どおり老若男女が、体のどこかにカウボーイのものをつけて、続々と集まってくる。反り返った広いつばの帽子、ハンカチを巻きつけたような短いネクタイ、細片の房々がやたらについている皮製の上着、女のハイヒール靴みたいな模様つきの半長靴、例の青い木綿の股引きなどがそれだ。商店の屋上と二階以上の窓という窓には、人の頭がすき間なく並んでいる。早く来てよかったねと、ほっとして紙巻きに火をつけるその間にも、歩道の左右はどんどん人で埋まっていく。場所がとれると、子供たちはさっそくキャンディをしゃぶり、アイスクリームをなめ、ソーダ水のらっぱ飲みを始める。パレイドが始まる前にそこいら中が紙屑や食い残しで散らかってしまった。

十一時、遠くの方でわーっという歓声が上がり、楽隊の音が聞こえた。さあ始まった。人々は臨時に引いてある規制の白線を踏み出してそっちのほうを見る。最前から何度もオートバイが白線すれすれに走って来て、下がれ、下がれと言うのだが、群衆はまたじき白線を踏みだす。やがて、楽隊の音と歓声はいよいよ近づいて、我がテンピー大学の楽隊を先頭に、パレイドは姿を現わした。

馬、馬、馬、また馬、馬、馬。何と見事な馬たちであろう。頭から足の先までカウボーイの服装で着飾った乗り手よりも何よりも、乗っている馬の立派なのに驚いてしまった。どの馬もどの馬も、負けず劣らず見事で、それが終わることなく、何百頭も続いて通って行く。はち切れんばかりに元気な馬たちは、遅いパレイドの進行にいら立って、その盛り上がった胸と尻の筋肉をふるわせ、高慢な頭をしきりに上下させながら足踏みする。パレイドは実に、アリゾナ州名馬展覧会であった。

この馬、馬、馬に交じって、大学、高等学校、小学校、各種会社などの楽隊が何十も行進した。駅馬車、例の羽根飾りをつけて正装したインディアンたち、一九一〇年代の骨董品的自動車、山車なども交じる。もう終わりかと思うと、また馬の列、駅馬車、骨董品の自動車が続くという具合で、十二時四十分、やっとパレイドは終わった。

　ははあと思ったのは、行列の最後尾に来たのが巨大な掃除用の自動車で、それが三、四台雁行（がんこう）して続き、紙屑や食い残しで散らかった道をきれいに掃除していったことである。日本人の公衆道徳が駄目なことを言うのに、よく欧米人の立派な公衆道徳が引き合いに出される。しかも、程度の差としてではなしに、質的な違いのごとくに比べられて。見たまえ、このアメリカの群衆の捨てた紙屑と食い散らかしを、行列のお仕舞いに巨大な掃除用自動車が通って行ったことを、何度オートバイに脅かされてもじきに白線を踏みだした彼らを。一緒に行ったアメリカ人の学生が、性懲りもなく踏みだすなんて馬鹿な連中だと憤慨していたが、もしも白線から踏みだす者がただの一人もいなかったとしたらどうであろう。僕はそんな大衆は嫌いだ。あんまり散らかしたり、あんまり踏みだしたりすることは、何も他の国とか他の民族と比べなくとも、そのこと自体が困ることなのだ。困ると自分で認めたら、自分でそれに対処すればいいのだ。

　さて、翌日はいよいよロデオ見物。ロデオについては前にも少し書いたが、まず長い直線コースがつくってあって、それに沿って階段式の見物席がしつらえられてある。コースの一方の端は競馬の出発点のように何列かに仕切ってあって、先の所が扉になっている。扉がさっと開かれると、放れ牛が一頭飛び出して直線コースをまっしぐらに走って行く。五秒ほどして騎馬の人が同じ扉の所から牛を追って走りだす。馬上の人は投げ縄を頭上に回しながらぐんぐん牛に近づく。と投げ縄がさっと伸びて牛の首に掛かる。牛はがくんと倒れる。騎手はすばやく馬から降り、投げ縄をたぐって牛に近づくと、別の縄で牛の四肢を手早く縛り上げ、片手をさっと上げる。馬が出発してから手を上げるまでの時間が短いほど優秀というわけで、同じことが二十回ぐらい続く。

次は、やはり逃げて行く牛を二騎が追い、一人は牛の頭に他は後ろ足に投げ縄を掛け、後ろ足だけを縛って手を上げる競技で、やはり二十回ぐらい行なわれる。女が三人、僕の前の席に腰掛けていて、どうもその中の一人の夫か恋人かがこの競技に出ているらしく、まるで気違いのように男の名を呼んでいる。その彼が結局二等になったことが発表されると、彼女は「まあ、あなた」とか何とか言ってそばの女に武者振りついた。場内放送が特別興奮を装った声で、西部劇の名優誰とかが我がアリゾナのロデオのためにわざわざ来てくれて皆様に挨拶する旨を告げる。わあっという歓声と急調子の楽隊の音。

観衆総立ちのうちに、白と茶のぶち馬に乗った彼が颯爽と姿を現わす。右手を上げて愛嬌を振り撒く彼。ヘーイヘーイ、わあっという歓声。鋭い口笛の音。歓声。

今度はいよいよ荒馬荒牛乗りだ。競馬の出発点のような例の仕切りの扉が、楽隊の音とともに開いて人を乗せた裸馬が飛び出す。飛び出すや否や馬は前足と後ろ足を交互に蹴り上げ、体を右に左によじって飛びはね、飛び回り、懸命に乗り手を振り落とそうとする。乗り手は片手でたてがみをつかみ必死に振り落とされまいとする。馬上に留まっている時間の長さを競うわけだ。人間を振り落とした馬は他の騎馬によってコースの端にある柵の中に追い込まれるのだが、面白いのは、あんなに暴れていた馬が、人間を振り落とした後は案外おとなしく、しばしば追い込まれなくとも自分から心得て柵のほうに走って行くことである。振り落とし専門に訓練された職業馬であるらしい。牛は肩のところにこぶのある巨大なやつで、暴れ様は馬以上である。扉を出るとすぐ、出て来た仕切りのほうにくるりと向きを変えてそちらに突進したり、振り落とした乗り手に角で突きかかって行ったり、危険この上なしである。けが人、時には死者を出すこともあるという。このほうは柵への追い込みも二騎でするが、なかなか思うようにならず、うち二頭は観衆のいるほうに飛び出して大騒ぎになったりした。

ロデオは全部で約三時間半続いたのであるが、以上書いたほかには、投げ縄をぐるぐる回してできた輪を馬が走り抜ける曲芸、駅馬車が追剝に襲撃される場面を演じた幕間狂言みたいなもの、最前の荒牛を二人の道化がからかって怒らせ、追われると、危機一髪のところで、大きなビール樽みたいなものの中に逃げ込んだり、周囲の柵によじ登って悲鳴をあげたりするもの、男女の曲芸師がさまざまな曲乗りをやったりするもの、などがあった。スタンドに寿司詰めになった観衆の間を、何十人もの物売りが声を枯らしてふれ回っていたこと、人々の足元に、落花生の殻、チョコレートやキャンディの包み紙、アイスキャンディの食べ残しの棒などがいっぱい散らかっていたことなどは、日本の場合とよく似ていた。

ロデオという語は、元々は、牛に焼印を押したりするために、放牧してある牛を一箇所に集める、という意味であった。牛を早く集めるには乗馬が巧みでなければならず、また逃げ回る牛がいたら上手に投げ縄を使えなければならない。この実生活に必要な技術が、実生活から離れて、技術そのものを競う行事、つまり祭りとなり、果ては普通の馬ならぬ荒馬を特別訓練しておいてそれを乗り回すというまでに、おとなしい牛では物足りなくなって、巨大狂暴なこぶ牛をこれまた特別訓練しておくというまでになったのである。日本の流鏑馬(やぶさめ)、犬追物とよく似ているが、流鏑馬や犬追物が盛んだったのは鎌食時代で、六、七百年前である。ロデオはいつごろからお祭りになったのであろうか。確かなのは、あまり遠い昔のことではないということである。昨日のパレードにしろ、今日のロデオにしろ、それらからは、どんなに耳を澄ましても、あの日本のお祭りのピーヒャラドンドンという音、遠い遠い昔の音は聞こえてこない。まだまだ彼ら西部人のかなり生々しい生活の音がしてくるのである。しかし、パレイドで、一九一〇年代の自動車が現れると歓声を上げる彼ら。今はなくなった追剝による駅馬車襲撃の実演にやんやの喝采を送る彼ら。投げ縄のアメリカ選手権保持者とか、曲芸師とか、牛を怒らせる道化とか、このお祭り行事を職業としている人々。いやロデオ的職業馬やロデオ的職業牛。彼らの間にも伝統なるものが固まり出したのである。まだ若い伝統なるものが。

人々の生活から発生したいわゆる祭りが、時とともに生活とのつながりを弱め、ついにほとんど完全な過去への追憶となったとき、我々はその行事からはるかに遠い過去の音を聞く。アメリカはまだ若いなあと思ったのであった。いうところの文明生活が高度に発達して、その世界の最先端に立つといわれるアメリカが、一方では、日本でいうなら、平安時代か鎌倉時代といったあたりを、今歩いているのかもしれないのである。彼らのいわゆる最も進んだ生活様式と彼らの生活感情の間には、恐らく距離がある。世界第一等の文明国民が世界第一等の幼児であるということが恐らくある。

（一九五〇・三・一八）

インディアンの遺跡を見る

アリゾナには至るところにアメリカインディアンの遺跡がある。ニューメキシコとアリゾナはアメリカで最も古いインディアンの居住地であったらしい。現在アリゾナには五万九千七百余のインディアンがいるというが、たいていは指定してある保留地に住んでいる。これは白人がその地域内の土地を所有することを法律で禁じている区域、つまり白人がその地域内の土地をインディアンから買っても正式には登記ができない区域のことである。インディアン保護政策から生まれた制度であるが、人によってはインディアンを隔離するためのものであるとも言い、地図ではよく黄色に塗って区別してある。

ナヴァホー・インディアンというのが一番多く、約三万。州の北東部とユタおよびニューメキシコにまたがる大保留地があって、東部の五つの州、コネティカット、ロードアイランド、マサチューセッツおよびニューハンプシアを合わせたよりも広く、アメリカ最大の保留地であるが、そこがこのナヴァホー族の住んでいる所である。羊、山羊の飼育を業とする遊牧性の部族で、最も勤勉にしてかつ倹約。彼らが住む土と松の枝で作った小屋をホーゴーンという。

この大保留地の真ったただ中にホーピー族の保留地がある。平和的でおとなしく農耕を業とするこの部族は、好戦的なナヴァホーやアパッチーらから身を守るために、風化から取り残されて周囲よりも高くなっているメサと称する岩塊の上に住居を営んできた。このメサというのはアリゾナの至るところに見られるもので、西部劇に一種異様な趣を添える例のにゅーっと平地に突出している岩山である。テンピーの隣町はメサといって、モルモン教徒のつくった町であるが、この岩山に由来する名であるらしい。このホーピーというのは約二千三百。陶器、毛布などを作っている。

州の北西部にはカイバ、ホヴァスーパイ、ウォルピーの三族が住んでいるが、合わせて七百余にしかならない。

中南部に下ると、首府フィーニックスのすぐ南と、さらに下ってメキシコとの国境に達するパパゴー族の保留地があり、百二十七万五千エーカーという広大な地域を占めている。ここにはピーマ族約五千、パパゴー族約千七百、アパッチー族とマリコーパ族合わせて約七千二百の四部族が住んでいる。家畜、家禽の飼育を主とし、農業としては、とうもろこし、小麦、綿、アルファルファという牧草などを少量耕作している。

パパゴー族の他の一団、約四千六百は、メキシコに近い、州で最も古い町トゥソンのすぐ南にあるサンザヴィエル保留地と呼ばれる区域に住んでいる。このトゥソンの町には、テンピーの大学より歴史も古く規模も大きい州立大学があるのだが、この辺一帯は相当早く開発された地であったらしい。すでに一六九二年には、キリスト教をインディアンに布教する一拠点として、フランチェスコ派の大寺院が建てられていた。この寺院は今、ミッション・サン・ザヴィエルまたは単にミッションと呼ばれているが、この寺院にちなんで保留地の名ができたわけである。去る四月十六日ここを訪れた折りのこと、暗い内陣の中、哀っ赤なろうそくの火の下で、インディアンの太った老女が一人、肉の塊のようにうずくまって、何かをぼそぼそと唱えながらロザリオを操っていた。彼ら、パパゴー族の家、黄赤色の粘土を天日で焼いた煉瓦で作った小屋を、アドービーという。

かつて最も未開かつ剽悍(ひょうかん)であったトントー・アパッチー族は、中東部にある俗にアパッチー保留地、二百五十二万八千エーカーという広大な地域に住んでいる。コーチースとかジェロニモといった、アメリカ白人西進史に有名な勇敢無比の酋長たち、白人たちを震え上がらせた酋長たちに率いられて山野を馳駆したのも、彼らであった。現在アリゾナには約五千のトントー・アパッチーがおり、先年、有名なローズヴェルト・ダムの建設には、大きな労働力を提供した。ウィキアップと称する、あしとかそだ、草などで編んだむしろと土を使って作った小屋に住んでいる。

中西部、カリフォルニア州と境するコロラド河流域には、モハーヴィー族とチェミウェイヴィ族がいて、小農業を営んでいる。その数約千百。女たちは籠細工、ビーズ細工などをしている。

その他小部族はいろいろあるが、最近メキシコから移住して来たヤーキというピーマ族の一族があり、約二千が州内各地に分散して住んでいる。

以上が大体アリゾナ在住のインディアンであるが、州共進会のことを書いた際に触れた、インディアンの手工業が次第に圧迫されているというのと同じことが、保留地の土地についても起こっているらしい。土地が次第に白人のものになりつつあるというのである。もちろん前述のように、白人所布の正式な登記はできないのであるが、人間が作った規則には必ず抜け道があるものだそうだ。フィーニックスの町に行くと、白人がインディアンにくれてやる目的で寄付した古着類を扱っている店がある。直接古着を保留地に送ったり、貧しいメキシコ人などに古着を売った金を送ったりしているとのこと。日本人の一世の人たちはよくこの店に出掛けて、いわゆる日本送りの品を物色するのだが、僕も一度連れられて行ってみた。大きな倉庫みたいなその店には、古着をぎっしり詰めた南京袋が山のように積んである。大変なぼろばかりが多く、着られそうなものは少ない。敗戦後の日本人たちと共にインディアンたちがあれを着るわけだ。ひょっとしたら、人類の中の古着のごとく、インディアンたちは考えられているのかもしれない。または遺跡のごとく。

さて、本物のインディアンの遺跡であるが、今まで四度ばかりそれを見る機会があった。カサ・グランデというのがあった。カサは家、グランデは大きいという意味のエスパニャ語だそうで、大きな家というのである。テンピーから南へ約四十マイルの所にあり、群がるインディアンの廃墟の中に四階か五階建ての天主閣のような家がある。それであった。部族の酋長の家であり同時に城でもあったらしい。そのとき印象深かったのは、家の入り口が極度に小さいことであった。家の中にある幾つかの部屋の間の通路も同じように小さかった。槍や刀を振るって躍り込むことができないのはもちろん、背をこごめてやっと一人が通れる程度、せいぜいいって高さ一メートル足らずに幅五十センチメートルくらいで、部屋ごとの通路といい、防敵が家を建てるときの一つの要であったことがよく分かった。一番外側の壁には所々直径一センチ半くらいの穴が昔のまま開いていたが、これは敵の様子を見るためのものと説明された。

モンテズマの城というのがあった。これは、去る四月二十二日、グランドキャニオンに行ったとき、行く途中にプレスカットという町があり、そこから東約五十マイルの所にあった。カサグランデ同様、他の家に比し群を抜いて大きなもので、酋長の家であったらしい。が結局は城の働きをしていただろうという点でも同じであった。高さ七、八十メートルと見える切り立った絶壁のちょうど中ほどに大きくくぼんだ所があって、そこに巨大な家がそびえていた。五階建てという。そしてその左右に、岩の割れ目やひだを利用して、小さな家がたくさん並んでいた。あんな高い絶壁をどうして登ったのだろう。今はコンクリートで階段をつくったり、はしごを掛けてあったりして、見物人は料金を払って登ることができる。入口はやはり極度に小さいものだ。それに、この巨大な家はすぐ目につくが、左右の家々はほとんどまったく岩の割れ目かひだとしか見えない。説明を聞く前は気がつかなかった。中央の巨大な家も左右の家々も周囲の岩の色とまったく同じ色をしていた。これらもまた、もちろん防敵のためである。

モンテズマの城からあまり遠くない所に、モンテズマの清水、というものがあった。

直径百メートルはあると思われる円形のものであったが、書いたものを今見てみると、二百八十メートルの直径とある。地面から二十メートル以上も下がった所に清水が湧いていて、鴨のような水鳥が一羽、水面に静かな波を立てていた。雲一つない乾いたアリゾナの空、靴底が焼けるばかりでゆっくり足をつけていられない地面、そこに咲き乱れている真っ赤や真っ黄色のサボテンの花、そこから目を水面に落とすと、誰でもほっとするのであった。と、ふと気がついたのであったが、清水の周囲のくぼんでいる内側の中ごろに、何か感じの違うものがある。インディアンの家であった。やはり今は誰も住んでいない廃墟で、よほど注意しないと見逃してしまう。色も壁の感じも周囲の岩とまったく同じものだ。例の小さい入口があったので気がついたのであったが、あんな途中がくぼんでいる絶壁をどうして家まで降りたり、上に登ったりしたのであろう。縄はしごでも使ったのであろうか。普通ではどうしても行けない場所であった。なぜこのような不便な所に家を建てたのか。もちろん防敵のためである。家の形や色は、いずれの場合も、動物の擬態や保護色そっくりのものであった。

これらインディアンの遺跡には、毎日毎日、多くの人が自動車でやって来ては、署名帳に名前を書き、説明者の話にうなずき、ぱちぱち写真を撮って帰って行く。暗い、遠い、不可思談な世界を覗きに来るのであろう。

インディアンたちにとって、自分たちの家は城でもあった。一人一人が己れを守る兵士であった。我々は家に色を塗ったり、門標を掲げたりして、自分の家の所在をはっきりさせ、また家を買うなら道路を買えというくらい、人が訪ねて来たり自分が出掛けたりするときの便利ということを考える。だいぶ違う話である。絶壁の中腹に家を建てたり、こごんでしかはいれない入口を作ったりしたら、気違いと言われるであろう。

インディアンがこのようにして自分を守らねばならなかったのは、一つには、彼らの生活の単位または経済単位とでもいうものが、家族ないしは部族に限られていたからである。現在国家という大きな経済単位の中で生活している我々は、その単位内ではやたらに争うことをしないから、個人としては、かつてのインディアンのようにする必要はない。しかし、国家という単位同士が対立して争う場合はどうであろうか。国家内の最も優秀な頭脳を動員し、あらゆる手段を尽くして、敵を近づかせないようにすることは、先刻承知のことで、インディアンが昔やっていたことと、本質的な違いはない。ただ規模が大きくなっているだけである。軍隊というものも、国民全部が直接兵士になる代わりに、国民が雇っておく分業化されたものと考えることができるばかりでなく、総力戦などという言葉の示すとおり、国民は何らかの意味で間接には兵士なのである。カムフラージや防敵のあらゆる手段、強力な兵器の研究、生産などなど、保護色や擬態を利用し、絶壁に家を建て、入口を極度に小さくしたかつてのインディアンたちと、何の選ぶところがあろう。遠い昔の不可思議な違った世界どころの騒ぎではないのである。そしてまた、現在では、インディアンたちのような素朴な方法から出発して今日に至った防御の方法は、原子兵器の出現によって、さらに生活単位すなわち経済単位の拡大と複雑化、つまり、経済単位間の相互依存の範囲の拡大と複雑化によって、ほとんど意味をなさないものになりつつある。そういう現代に生きている我々は、地球上の次の問題として、いかにして防御をしなくても済む世界、戦争のない世界をつくりだすかに、全智嚢(ちのう)を絞らねばならないという、そういう羽目に立たされているのである。

あるとき、よく連れて行かれる教会に、インディアンの牧師が招かれて説教をした。彼は説教をこんな話で結んだ。自分が子供のころに何かむずかったりすると、母親は、白人が来るよと言った。すると自分たちは怖くておとなしくなったものだ。しかしイエス様の下された有り難い絆によって、こうして白人の方々と接してみると、少しも怖くなぞないことが分かった。これもひとえにイエス様のおかげである、と。

白人の牧師はすぐに立ち上がって、インディアンが来て頭の皮をはがれるよ、というのが、自分の子供のころによく母たちが言った言葉であった。自分たちはそのインディアンが怖くて、母の言うことをきいたものだった。ところが皆さんご覧のとおり、今日来られたこの方は鬼でも何でもない。同じイエス様の縁につながるやさしい同胞である、とにこにこして言った。大きな拍手が湧いたのであったが、僕は拍手する気になれなかった。大戦争が済んだばかりだというのに、世界はもう鋭い対立の渦に巻き込まれ始めているのである。

白人とインディアンの間では、お互いに相手が侵略者であったし、自分たちは防御者であった。なるほどアメリカ史は、白人の書いた歴史でありながら、なおかつ白人のほうをずっと余計に侵略者であったとしている。白人の侵略者ぶりがいかにひどかったかが想像されるのであるが、それはともかく、白人たちはヨーロッパという、より世知辛い環境の中で、侵略という生活手段をより多く学び実行し修得していたのであろう。しかしその侵略の正当化は、あくまでも、自分たちの生活を守るために、防御のために、という形でなされていたのではあるまいか。防御と侵略とを性質の反対なものでであるかのごとくはっきりと区別し、一方を是、他方を非として、何らの矛盾を感じないほどの人は、今人類にとって最大の問題である平和のことを論じても甲斐がない。侵略はほとんど常に、防御の名の下に行なわれてきたに違いなく、攻撃は最大の防御とも人々は長い間言ってきたのである。何ものが与えたのか、与えられてしまった生命は、そう簡単には自らを殺せない。いじらしいほど守らねばならぬ。文明の程度が低いからとか、頭が悪いからとか、不具だからとかといって、それらの人々が簡単に自分のいのちを殺せると思うなら、それらの人々をよく見るがよい。インディアンの遺跡を見るがよい。防御は己れに、侵略は相手に、という理由づけが、今もって堂々と行なわれている。何たることであろうか。その前に、己れには、常に防御として感じられる、その防御せざるを得ないいのちの力、この万人共通に持っているいのちの力の強さを、できるだけ多くの人類が知るのでなければ、平和への望みは薄い。

モンテズマの城で寝室と説明された部屋を見た。真っ暗な、一メートルに二メートルぐらいの狭い部屋、いや部屋というよりも洞穴であった。それがどの家にもどの家にも、家の一番奥にあった。一番奥に。インディアンの夫婦がそこで抱き合ったのである。その彼らのいのちをいとおしむために、このような知恵をめぐらしていた彼らのことを思ったとき、目頭がぬれてきたのであった。

（一九五〇・五・七）

第四章

増　補

価値観の転換を

食べ物というのは食われていのちを養うものとなり、残りは糞尿となって排泄されるわけで、いわゆる業績というものを残さない。

例えば芭蕉は俳句の傑作を残して今でもたたえられているのであるが、芭蕉に食べ物を提供した人々、農や漁を営んでいた人々がたたえられるということはまずない。おかしくはないであろうか。

文学などは、人類の歴史の大部分といっていい長い間、大体盲人によって分担されていたものらしく、中国の瞽師（こし）、ギリシャのホメロス、我が国の琵琶法師、瞽女（ごぜ）など、皆その例である。そのころ文学はもっと健全だったのではあるまいか。いや、問題なのは、文学の健全などという小さなことではない。そのころ農や漁の分担者たちはもっと自信と誇りをもっていたのではなかったか、ということこそが、問題なのである。

今年はアインシュタインが生まれてから百年になるとのことで、新聞雑誌などにしきりにそれを記念する文章が載っているようであるが、これでまたかなり多くの子供が、自分はアインシュタインのような科学者になるんだ、と考えることであろう。

今、我が国に、大きくなったらお百姓になりたいとか、魚をとっている人のところにお嫁に行きたいとか、子供たちに思わせる、どんな新聞雑誌の記事、テレビの番組、催しごとがあるのであろうか。いや、何よりも、子供たちにそう思わせる教育が、政治が、あるのであろうか。

私はいつからか、次のようなことを考えるようになり、学校の授業でも、話を頼まれたりしたときでもよくそのことを話す。

政治家なら総理大臣以下各省大臣、学者・芸術家なら文化勲章受賞者、芸術院会員、学士院会員、大学の学長など、要するにそういう偉い人たちに、選択肢が二つきりの問題に答えてもらう。曰く、農と漁は世の中で大層重要な職業である、いやそう重要な職業ではない。彼らはそつがないから、もちろん前者に丸をつける。そこで私がリトマス試験紙のごとき紙片を持って、さっと彼らに触れる。その紙片は彼らの本音を色の変化によって示す力をもっていて、赤変すれば、先ほどの答えは真っ赤なうそであったということになる。同時にその紙片の働きによって、その人は一切の食欲を失い、心底から農、漁を重んじるようになる、つまり紙片が赤変しなくなるまでは物を食うという生活がなくなってしまう、つまり餓死する恐れがすぐに出てくる。どうです、誰かそういう紙片を発明してくれる人はいませんか、という話。

我が国が今かかっている最重症の病気、それは、農、漁の軽視である。学問や芸術上の業績を今日のごとく尊重する価値観は、農、漁を、つまりいのちを重んじないことと、決して、無縁ではない。

（一九七九・三・一六）

私の好きなブレイクの言葉

四十年前、定価二十五銭の小詩集を十五銭かで古本屋で買ったのが縁で知り合った、イギリス生まれの職人の息子で、学校教育はまったく受けなかったが、いい版画と絵と詩を残したウィリアム・ブレイク（一七五七―一八二七）の、十年かかった全訳をこの夏終えたこともあって、ひどく型破りかもしれないが、私の好きなブレイクの言葉の幾つかを拙訳によって皆さんにご披露することをもって、お別れの言葉の代わりにすることを、お許し願いたい。長い間大層お世話になりました。

○君の馬車と君の犂（すき）を死者たちの骨を乗り越えて駆っていけ。
○欲するが実行しない者は、悪疫を生ぜしめる。
○切られたみみずは鋤（すき）を許す。
○永遠は時の産物を恋している。

○どんな鳥も高すぎて舞い上がることはない、もし自分自身の翼で舞い上がるならば。
○恥じらいは自惚れの仮面である。
○牢獄は法律の石で、売春の宿は宗教の煉瓦で建てられる。
○山羊の淫欲は神の賜物である。
○獅子の怒りは神の知恵である。
○女の裸は神の作品である。
○喜びが孕む。悲しみが生む。
○鳥は巣、蜘蛛は蜘蛛の巣、人間は友情。
○今証明されていることがかつてはというと、想像されただけであった。
○水槽は入れておく、泉はあふれる。
○常に君の心を話す覚悟でおれ、そうすれば卑しい人間は君を避けるだろう。
○朝に考えよ、真昼に行動せよ、夕方に食べよ、夜に眠れ。
○君につけ込まれるのを黙認した者は君を知っているのだ。
○鋤が言葉に従うごとく、そのごとく神は祈りに報いる。
○よどんでいる水からは毒を予期せよ。

○勇気に弱い者は奸智に強い。
○一輪の小さな花を創り出すことは幾年代の労役である。
○祈りは耕しなどしない！　神をほめたたえる言葉は刈りなどしない！
○あふれるものが美だ。
○実行されない欲望を育てるよりはいっそ揺りかごの中のおさなごを殺せ。
○一つぶの砂に一つの世界を
そして一もとの野の花に一つの天を見
君の手のひらの中に無限を
そして一ときの中に永遠を握ること。
○かごの中の一羽の胸赤こまどりは
全天を激怒させる。
○路上でむごい扱いを受ける一頭の馬は
天に向かい人間の血を求めて叫ぶ。
○むごい扱いを受ける小羊は公の争いをかもし出す
しかもなお屠殺人のほうちょうを許す。

○蠅を殺す気まぐれな男の子は
蜘蛛のうらみを感じることになろう。
○戦争に向かって馬を訓練する者は
決して極地の門を通り抜けることがないであろう。
○あらゆる目からの一つぶ一つぶの涙は
永遠界で一人一人の赤ん坊になる。
○剣と銃で武装させられた兵士は
夏の太陽を襲って中風にかからせる。
○おさなごの信じる心をあざける者は
老年と死に際してあざけられるであろう。
○今まで知られた最も強い毒は
カエサルの月桂の冠から出た。
○何ものも人間種族を不格好にはし得ない
鎧の鉄の締め金のようには。
○夜ごとにそして朝ごとに

何人かが哀れな境遇に生み落とされる。
○朝ごとにそして夜ごとに
何人かが快い歓喜に生み落とされる。
○各人の不徳の相互の許し
そういうのが楽園の門である。
○私は一つの体系を創り出さねばならない、でなければ他の人のによって奴隷にされねばならないのだ。
私は論証し比較することをしまい、私の仕事は創り出すことだ。
○あらゆる売春婦はかつては処女で、あらゆる犯罪者はおさないいとし子であったのだ！
○止むことのない実践なしには何事もなし得ない。
○あらゆる楽しみにとって金銭は役に立たない。
○芸術は裸の美があらわに示されることなしには決して存在し得ない。

（一九八〇・一二・二）

孫

去年の暮れに三番目の孫が生まれた。初孫が生まれたのはそれより約二年三カ月前であったが、生まれて毎日入浴させたり、おしめを取り替えたり、時にはおしっこをかけられたりしながら手を掛けていると、聞きしにまさる孫可愛さというものが、日に日になるほどと納得できたのであった。やがて娘の産褥期間もすぎ、いよいよ明日は帰って行くということになると、日に何度も危うく涙腺が開きそうになるというだらしなさ。何カ月か経って、今度は娘から孫を連れて来るという電話がかかる。すると来る前の日あたりから、どう言ったらよいか、胸のところがうずくとでも言ったらよいか、そんな状態になってしまう。そしてそういう折りに時々考えるのは、孫へのこの思いには、己れのいのちが続いたことに対する満足の気持ちがあるんだな、ということである。いのちの存続と継承の喜びなのだ。

その他に、孫可愛さには、我が子の場合に比べて、幼いいのちの無邪気さに一層打たれるということがあるようだ。我が子のときは、こちらも結構ある程度は無邪気だったので、幼いいのちとの落差が少なかったのだが、その後四半世紀をこの世に生きると、自らの無邪気さも大幅に減っているとともに、大人の世界のいやらしさも、いやでも知ってしまう。かつてに比べて、幼いいのちの無邪気さが、こよなく懐かしく、可愛いく、いとおしく、尊いものに映ってくるゆえんであろう。そしてこの思いには、この幼いいのちも、じきに世の中によって、今あるこの無邪気さをなくさせられるのか、という不憫の情も混じっている。日本語の愛をいう語に、かなしい、というのがある。私は長い間、そのことばは「親は我が子がかなしいのである」と使ったとき最もふさわしいと思っていた。しかし今孫を持ってみて、「我が孫はかなしいのである」と言ったときに、より当てはまるのではないかとも感じるようになった。さらに、この不憫の思いの中には、このまま進行すれば、地球的規模の環境の大荒廃が、遠からず我々を取り囲むことになろうという、去年七月下旬に発表されたアメリカ政府の報告書、「西暦二〇〇〇年の地球」のその二〇〇〇年に、我が孫たちはどうなっているだろうかという、重くて暗い「かなしみ」もまた含まれているのである。

生命の存続と継承、つまり個体保存本能と種族保存本能の満足、これが人生の目的なのだとの感は、年とともに私の中で強くなったのであるが、それは、孫を持って、一層動かないものになった。この人生の目的は、しかし、あまり積極的に説かれることがなかったようである。美の追究とか真理の探究とか、その他もっともったいのついたものを、私なども教えられたように思う。それは最大のうそだったのではないか。

この二大本能の満足を人生最大の目的として教えたならば、勲一等をもらった人と何ももらわなかった人との差が、あまりなくなってしまう。いわゆる勝者が威張れなくなってしまう。そういうのではなかったであろうか。二大本能の満足ということならば、虫けらだって路傍の雑草だって、それを目的として生きているではないか、人間様の生きる目的はもっと高尚なのだ、という。しかし、庶民が新郎新婦を花嫁花婿と言ってきたのは、人間の最も嬉しいときを植物の花咲くときと同じだと見たことを語っている。この太く素朴で正直な幸福論に、対抗できるどんな哲学があろう。

孫が生まれて実感となったことがもう一つある。老いるということの意味で、私が老いることがないならば、孫が生まれて育っていくということも有り得ないのだ、ということである。

環境の汚染、世の中の右傾化、戦争などなど、いのちを阻むものに対して、老いの微力が、微力を承知で、最も熱く抵抗の炎を燃やすのは、孫の寝顔を見ているときである。

（一九八一・一・二五）

私の幸福論

名古屋大学を去るに当たり、『名大新聞』を通じて、学生諸君に私の幸福論をお贈りし、お別れの言葉に代えたいと思う。実は、この幸福論、結婚の媒酌人として、または結婚の披露宴のときの祝辞として、またあるいは授業や講演の際に、十数年この方、しばしば口にしてきたもので、学生諸君のうち私の授業に出たことのある人は、すでに同じ話を聞いているはずである。そういう諸君に対しては、話が二度目または三度目になることについて、お許しを乞う次第である。

二つあって、一つは、それを味わうことができるものが多ければ多いほど、その幸福はすばらしくて、豊かである。それを味わうことができるものが少なければ少ないほど、その幸福はつまらなくて、貧弱である、というのである。例えば、結婚ということは、いのちあるものの大部分が味わい得るものであるから、その幸福は豊かですばらしいものであるが、ノーベル賞受賞の喜びなどは、極々少数の者しか味わうことができないから、それは貧弱でつまらない幸福である、といったふうに。結婚式のときにこの幸福論を言うのは大層効果があって、その日はたいてい、いろいろな花が飾ってあるのであるが、その日の主人公たちは古来花嫁花婿と呼ばれてきていて、人生最高の喜びの日の二人の仕合わせが、植物の花咲かせているときのものと同じだということを、目の前で指し示すことができる。ノーベル賞などという威張ってきたものを幸福の最下位に落とすことができる。

東京オリンピックのとき、日紡貝塚の女子バレーボール・チームの選手として金メダルを取った人が、十年ほど前、ある雑誌に随筆を書いていた。結婚して身ごもり、子を産んで抱いた感動に比べれば、オリンピック優勝のときの感動などは物の数に入らない、という意味の言葉で文章か結ばれていたのである。以来私は、私の幸福論を語るときに、たいていはこの女の人の話を付け加えることにしている。

この私の幸福論はまた、我々の間で似ているものないしは同じものを重視する立場と、違いを重視する立場のうち、前者に属するといい得るもので、例えば、平和というものも、人はいかに似たものであるか、こちらが嬉しいもの、いやなもの、悲しいもの、歯がゆいもの、我慢ならないものは、相手も同様に嬉しいしいやだし悲しいし歯がゆいし我慢ならないものだ、要するに、相手も人生の途中で死にたがってなぞいないのだということを、小さいときから教えて子供を育て教育することによって、必ず達成できたのではなかったか。

私の幸福論のもう一つは、古来、幸福を支配するのは物である、いや心である、という二つの論があるようであるが、私はどちらにも与しない、あるところまでは物が、その先は心が幸福を支配する、さらに多すぎる物は必ずといっていいほど我々を不幸にする力を持っている、というのである。生命は物なくしては存続し得ないが、物のうち、ぎりぎりいって最も生命に必要なものは、まず水であろう。ナチスは強制収容所にユダヤ人を送るのに、四十人が限度の貨車に百人を詰め込み、しかも四日間も水を与えないということをやったため、同乗者の排泄物のまわし飲みをした場合もあったらしい。しかしながら、水は多ければ多いほど我々の幸福を増すかといえば、決してそうではない。それは古来種々の方法で拷問に使われてきたのである。過食がさまざまの病気を招くことは人の知るところである。

物の増大に比例して仕合わせが増大するのもあるところまでで、それ以上に物が増大すると、その増大した物は我々を不仕合せにする力をほとんど確実に持つという考え方、そういう心の持ち方が、いかに我々を安らがせるか。落ちつかせるか。どんな大富豪の前でもびくともしないばかりか、彼らを憐れむ余裕さえ我々に与えるではないか。

諸君、ご機嫌よう。元気に力いっぱい生きてくれたまえ。

（一九八一・一・二八）

科学者の非力

「チャイナ・シンドローム」という原発の事故を扱ったアメリカ映画があった。中央管理室長、つまり原子力発電については、社内で最も豊富な知識と体験を持っている科学者が、一方の主人公であったが、彼は現在の低い出力を上げなければ、何とか事故を起こさずに済むことを知っている。ところが彼の上司の重役たちは、それでは儲からない、もっと出力を上げよと言う。室長の部下には、重役たちの言うことに従うべきだと言いだす者もいる。ひたすらに事故を恐れる室長は、ピストルで脅して部下を全部管理室外に出し、中から鍵をかけて自分独りになり、低い出力を維持する。しかし、やがて、重役たちは機動隊を導入、管理室の扉は焼き切られ、室長は自動小銃で射殺され、出力は上げられて、事故は起きる。

これは架空の話であるが、企業内の科学者の位置というものを象徴的に示していたように思う。企業、特に大企業の中で、科学者が開発した理論と技術をどう実行に移すかの最終決定権が、当の科学者にあるという場合は、きわめて稀なのではないか。
まったく同じ事情が、アメリカの原爆製造の際にも、正に典型的に見られた。科学者側の責任者であったオッペンハイマーは中佐、他の主だった科学者たち（その中にはそれぞれパン屋、百姓という偽名を使っていたボーア、フェルミなどもいたはずである）は少佐待遇であったのに対し、総責任者としての軍人グロウヴズは准将であったのである。

原爆製造のことを（$E=mc^2$）＋人間社会→原爆なる反応式で表わしてみると、$E=mc^2$ということを考え出したアインシュタインの偉大さも＋記号の前までで、彼が原爆を造る金も、造れと命じる権限も、また造った原爆の不使用を決める決定権も持たなかった点では、偉大どころか、正に非力であったのであり、その後の原爆を、全人類を何十遍も殺し得る量まで造り続けてきたのは、他ならぬ大企業と軍であったのである。

ノーベル賞の舞台で、核物理学に次いで脚光を浴びつつある分子生物学の場合も、この二大勢力、例えば大製薬会社とか、特には軍の生物兵器研究機関の無気味な存在を無視することは許されない。しかも、予想される絶大な危険故に、種々曲折を経た後、一九七六年六月にアメリカ国立衛生研究所によって出された遺伝子組み換え実験の規制指針も、同研究所から研究費を受ける必要のない財力を持った大企業の研究施設と、自衛の名の下に莫大な予算を獲得して秘密研究をしている軍の機関には、適用されないというのである。そして大企業の体質は、経済学者ケインズが半世紀前に「少なくともあと百年間、われわれは自分自身に、そしてすべての人々に、公正なものが不公正であり、逆に不正なものでも公正であるように偽って言い聞かせねばならない。なぜなら、不公正なものは有利であるのに、公正なものはそうではないからである。貪欲、高利、そして警戒心はあとしばらくの間、われわれの神様でなければならない。というのは、それらだけが経済的困窮というトンネルの暗闇から昼の光にわれわれを導いてくれるのだから」（斎藤志郎氏訳）と言ったものと、たいして変わっているようにも思われず、軍というのは、言うまでもなく、いかに能率的にかつ確実に人を殺すかを、懸命に研究し練習している存在なわけである。

科学者の知能労働の成果が大きく画期的でありさえすれば、金メダルと多額の賞金とをもってこれを褒めたたえる、つまり、人間社会と反応を起こす前の科学者の大きな力を褒めたたえることはしても、その成果の利用にすぐ着手できるだけの実力を持ち、従って、科学の成果を常に手ぐすね引いて待っている上記二大勢力の存在、しかも、その二大勢力の中で、科学特に現代科学のもたらすものの巨大な力を最もよく知っている科学者の地位が、一般に決して高いものではないという事実（産学協同、軍学協同、および産軍協同という語は、そういう事実の存在の外に、その産学、軍学、産軍なる語順によって、それらの間の力関係の高下をも示していて興味深い）、それらのことには、ほとんどまったく考慮が及んでいないかに見えるノーベル科学賞。これをどう考えるべきかの結論は、もう出ているように思われるのである。

（一九八一・一・二九）

人知の悲劇（名古屋大学最終講義）

こんなたくさんの方たちに聞いていただける、そして今、休み時間に、東京から来たかつての学生に出会い、花束をもらったりしまして、大変上がってしまいました。大変固くなりそうで、つじつまの合わない話になるかもしれませんが、お許しください。

人知の悲劇という題にしたのですが、バイブルの旧約の、知恵の木から食ったというのが、楽園喪失の原因とされているのも、非常に早い人知の悲劇ということに関係のある説話ではなかったかと思います。それからもう一つ、プロメテウスという、ギリシャ神話に出てくる人物が、禁じられた火を天上から盗んできて人間に与えたというので、ゼウスの怒りに触れてカウカソスの山の上にはりつけにされ、巨大な鷲に肝臓をついばまれる、夜になると鷲が巣に帰って行ってプロメテウスの体もまた元のようになる、そしてそれが毎日繰り返される、という話。これは何か人間が賢くなることを神が妬(ねた)んだのかもしれません。また、バベルの塔の話というのもそういうところが若干あるかもしれませんね。どんどんどんどん高い塔を造って人間が天に届こうとした。天にいる神は、これはけしからんというので、ある日塔を造っている人たちの言葉をお互いに通じなくして仕事が続けられないようにした。これは言葉の違う人間が地上になぜいるのかということを説明する話として考えると、一番納得がいくかもしれませんが、何かやはり、人間が賢くなることに対して全面的には肯定できない、という考え方を含んでいるところがあるように思います。

さて、私が生まれる前の年、一九一六年の正月に、人類の未来に対して非常に悲観的な見方をしている本が出ました。名著とされておりまして、丘浅次郎という人の『生物学講話』というのでありますが、丘さんの言うところによると、こういう人類絶滅の論というのは、丘さんの知る限り、今まで言っている人がいない、これはだから丘一人の考えなのであるという趣旨のことを断わって、人類の絶滅論というのを書いています。同じ著者の『進化論講話』と並んで、明治百年のときに、いろんな方にいわゆるアンケートを出して選ばれた百年間の名著十冊の中に入ったのではなかったかと記憶しますが、今読んでも、読みだすとなかなかやめられない面白い本です。その『生物学講話』のいわば結論の部分が、人類滅亡論なんですね。

いろいろな地層から出てくる生物の化石を調べてみますというと、いわゆる生存競争に有利なその生物の武器というものが、一千万年とか二千万年とかが経ちますと、だんだん強くなってくる、発達してくる。さらにもう一つ丘さんが挙げているのは、その有利な武器によって他の生物との生存競争にほぼ勝ったという、そういう段階に達しますと、同じ武器で同じように勝った同類が、最も強力な競争相手になってくる。そうなるとその勝ち抜くのに有利だった武器がより速く発達してより強力になる。ところが、例えばといって、挿絵を入れて、説明しているのが二つありまして、一つは鹿の族でですね、化石が出てくるのだそうですが、角の端から端までが二間半もある鹿がいたことが分かっている。過去の地層から非常にたくさんこの鹿の化石が出てきて大層栄えていたことが分かるのだそうです。ところがある時期以後は、化石がぱったり出なくなってい て、この種が絶滅したことが分かるというのですね。もう一つ挙げている例は虎の族で、上あごから出ている牙が一尺、皆さんお分かりでしょうか。当時はまだメートル法が使われておりませんので、一尺というと三十三センチメートル、二間半というと四・五メートルぐらいです。その虎の族も、やはり化石で分かるのだそうですが、大層栄えていたのが比較的短期間に一匹もいなくなってしまう。

そういう例を挙げて、結局人類は、走る力とか跳ぶ力とか、格闘する力、噛む力とか、いろんな点では他の生物に劣っているが、何が生存競争の武器として進んでいるかというと、それは脳味噌の働きである、それから手の働きである。直立姿勢になったことによって手が自由になった。丘さんはそこのところは言っていませんが、この重い脳髄が、四つ足で歩いていたころに比べますと、体の重心と同一線上にあるようになって、まあ常識的に分かることですが、より重い脳髄を乗っけることができるようになったわけです。この脳髄というもの、これの発達によって、人類は亡ぶことになるであろう、こういうのが、丘さんが展開している人類の滅亡論であります。

私は原爆というものを知るというか、その前に、丘浅次郎という人のこの今の『生物学講話』というのを読んでおりました。原爆というものを知りまして、私の頭にすぐきたのは、あ、丘浅次郎が言っている人類滅亡の兆(きざ)しというか、そういうものが、かなりはっきりこの兵器によって現われてきたな、ということであったのです。以来私は、自然科学哲学とか、自然科学の方法論とか自然科学の歴史とかいうものを、ずぶの素人でありますが、今まで、そうですね、五百冊は読んだと思います。私は原爆というものをどうしても卒業することができない。なぜ原爆が生まれたか。いろんな本によって、成功しなかった場合も含めてですね、実験に一発、人間の頭上に落とされた二発、我が人類がつくった三発の原爆、これまでで第二次世界大戦は終わりましたが、そのときまでに、原爆製造に参加したノーベル賞受賞者というものを、私は執念をもって捜していったのであります。私の知る限り、その人名が一覧表になって載っているということはありませんでした。ある本から一人、ある本から一遍に五人、というふうに見つけていきまして、実は三年ぐらい前に捜すのをやめてしまったのですが、二十三人あったのですね。学生に教えてもらった例もありました。そしてその中の非常に大物が、例えばアインシュタインと人によっては並べて褒めたたえるニールス・ボーアという人は、ベイカー、パン焼き屋という偽名をつかって原爆製造に参加していました。原爆ができる直前の理論を開発したエンリコ・フェルミという人は、これも大物中の大物ですが、ファーマー、百姓という名前で参加していました。そして非常に注目すべきことは、原爆製造の最高責任者は、自然科学者のほうは、皆さん大部分の方がご存じでしょう、ロバート・オッペンハイマーという人で、十八歳でハーバード大学の物理学教授になったという飛び抜けた秀才でありましたが、中佐であった、中佐待遇と申しますか、それに対して、准将という、中佐よりも二階級上のグロウヴズという軍人が、原爆製造の総責任者であった

ということです。ボーアとかフェルミとか、そういうすでにノーベル賞をもらっている
といった人たちは中佐より一級下の少佐待遇であったのです。ここで非常に重要なこと
は、自然科学について最も確実な知識と能力を持っている人が、それをどう運用するか
の最高責任者になっていないという歴史的事実です。

プラトンの『国家』か何かに、学者が政治の最高責任者になるといいというような論があったかなかったか、これ間違っているかもしれません、とにかく、そういう学者、自然科学者というものが、あとから総理大臣になるというのも、例がないわけではないでしょう。しかしなったときは自然科学者ではなくて、前歴が自然科学者であった、今は政治家である、そう考えるのが妥当じゃないかと思います。一般に、物を生産する企業におきましても、今問題にしている原爆といった兵器の生産におきましても、生産される物について最も正確な知識を持っている人たちは、兵器なら兵器の恐ろしさを一番よく知っている人たちは、どう製造するか、どう使うかということについての最終決定権を持っていない。今日か昨日かの新聞に、レーガン、アメリカ大統領が、中性子爆弾の製造を命令したでしたか製造に踏み切ることを発表したでしたか、とにかく、そういう記事が載っていました。前の大統領はたしかそれに待ったをかけていたのでしたね。

これなんかも、自然科学の成果をどうするかの決定権を誰が持っているかということを、今、我々の目の前で、示しているわけでありまして、自然科学者が最高の権力の座にいないということはほぼ言えると思います。若干の例外があっても、それは動かない太い人類社会の事実である、と言うことができる。

こういうような条件のもとで動いている人類社会、その中での人知の悲劇という発想は、思い出してみますと、敗戦後三年ぐらいで、かなりはっきりしたものに私の中でなっていたと思います。授業で、原爆使用を月から見ているとすると、それは人類という同じ種の殺し合いの悲劇で、原爆を開発した多くのノーベル賞受賞者の知恵も、愚か極まるものに見えるだろうというような話をしたことを覚えています。その翌年の一九四九年、昭和二十四年であります、アメリカ合州国に留学したときも、ある座談会で、英語は下手でしたが、同じ考えを話し、それをアメリカ通信として日本の新聞社に送るということがありました。しかし原爆のことを論じてはいけないという占領軍の命令があったそうで、そのせいか、没になり、去年出した雑文集に初めて載せることができました。その後、今から十七年ほど前に、『英語青年』という雑誌に書いた小文にも、特に人間の生理的肉体の保守性と自然科学の進歩性との落差という見方から、やはり人知の悲劇ということを訴えたことがあります。以来、この人知の悲劇という考えは、残念ながら、強くなりこそすれ、変わるということはありません。どういうことかと申しますと、

自然科学の成果＋人間社会→？

絶対値＋人間→関係値

$C + O_2 \rightarrow CO_2$

という反応式を使って考えるものですね。この？印のところ、関係値というところに何が出てくるか。二酸化炭素ができる式で言いますと、Cのところに自然科学の成果、O_2のところに人間社会というのを置きますと、CO_2のところに何が出てくるか。どんな化合物ができるのか。

例えばですね、ピエール・キュリーという人は妻のキュリー、それにアンリ・ベクレルと三人で一九〇三年にノーベル物理学賞をもらいましたが、今日でいう放射能障害のために体が弱っていて、すぐに受賞記念講演ができず、翌々一九〇五年の六月にそれを行ないました。白水社から出ている『キュリー夫人伝』によりますと、講演の終わりの

ところでこういうことを言っております。「犯罪人の手にかかれば、ラヂウムは、非常に危険なものともなりかねません。で、ひとは一応疑って見ることができます、人間は自然の秘密を識って果して得をするだらうか、その秘密を利用できるほど人間は成熟してゐるだらうか、それともこの知識は彼に有害なのではないだらうかと。ノーベルの発見が持って来いの例です。強力な爆薬は人々に驚くべき仕事をすることを許しました。それは諸国民を戦争に引きずり込む大犯罪人達の手にかかれば恐ろしい破壊の手段ともなります。が、私は、ノーベルとともに、人間は新しい発見から、悪よりも寧ろ善を引き出すと考へる者の一人であります」

強く私が問題としたいところは、この講演から現在まで人類は約四分の三世紀を歩いてきているわけですが、そのもう歩んでしまっている間に、何べん人類は戦争を、でかい奴が、世界大戦と名のつく奴が二つありました、何べん戦争をやったかということ、つまりですね、ピエールが言っている「諸国民を戦争に引きずり込む大犯罪人達の手にかかれば」という仮定法、これは百パーセント誤りであったということです。手にかかったんです。大犯罪人達は確実にいたんです。これは反論の余地がない。いたんです。今後はいないんでしょうか、現在はいないんでしょうか。

ここのところで、私は、ピエールという人ないしは人間一般というものに、結論を一つ下しておきたいと思うんですね。人間は自分に有利なことを言う、そういう生き物である、自分に決定的に不利なことはよう言い得ない、そういう程度なのが人間であるというのです。ピエール、いかに天才的な頭脳を持っていても、やはり、自分に決定的に不利な考え方はできなかった、それはピエールの欠点ではなくて、人間の程度を示す例として重要であるというのです。私はピエールを非難するためにピエールの言葉を引用したのではないということであります、結局。

例えば、フランスのカルノーという科学者は「物事の本性からくる限界」という言葉を使っております。「物事の本性からくる限界」ですから、このコップの水なら水に、上にのぼって行けと言っても、水の本性にもとりますから、上にのぼっては行きません。私は、人間の本性からくる限界、ということを考えたいのです。この

自然科学の成果＋人間社会→?

という書き方をしました式でですね、自然科学というのは、これは進歩の代表選手と

いってよいものです。これ以上に進歩という言葉が当てはまる人類の現象はない。一頃は、日進月歩ではなくて秒進分歩という言葉が自然科学をたたえるのに使われましたが、近頃は、自然科学批判が、まだ微々たるものではありますけれども、ようやく勢いを増してきまして、秒進分歩などと得意気に言う人はあまりなくなったようです。この自然科学のほうは進歩の権化です、いわば。これに対して、人類社会のほうは非進歩、または遅進歩のものである。とするとこの？印のところに何が出てくるか。自然科学の成果というものを人類社会は使いこなし得ない、力がなくて。こっちの自然科学はどんどんすばらしい成果を挙げますけれども、人間社会のほうはなかなかすばらしいものにはなり得ないが故に。とまあ、そういうのが太い私の着眼のし方であります。

例えば私はこういうふうに杖をついているのですが、四十一、二のころにちょっと無理をし過ぎまして、腰を壊してしまったのです。ぎっくり腰、椎間板ヘルニアというものになった。そのときかかったお医者さんに教わったのですが、我々人類は直立姿勢というものにまだ十分には適応していないのだそうです。骨格の構造とか、内臓の体の中でのぶら下り具合とか。で、夜に重力がですね、骨や内臓に、まあ背骨でいいますというと、直角にかかるような姿勢、横になって、つまり四つ足で歩いていたころの姿勢になって寝るので、わずかにですね、直立姿勢からくる腰椎への負担の蓄積を減らす。ところが夜に電灯をつけていつまでも起きているといった、不夜城などというのを誇ったりする文明社会というのは、腰を壊す人をどんどんどんどんどん生産している。とにかく、直立姿勢の不自然ということはまだ確実にあるのだそうです。

ところでこの直立姿勢というのに人類はいつころなったかといいますと、少し前までは二百万年前といった説が多かったようです。どんどん古い人骨が発見されまして、三年ほど前にはアメリカの女性人類学者でしたか、炭素14といった放射性元素の崩壊を利用した逆算によりますと、三百六十万年前と思われる我々の先祖の骨をアフリカで発見した。まあ仮に三百万年前、その辺はほぼのところのようです。直立になってから三百万年たちましても、我々の体というのは、前の四つんばいになっていた時代のほうがずっと長くてですね、完全には直立姿勢に順応していない。それで寝る、つまり四つんばいの時代と同じ姿勢になるということは、絶対に不可欠なのだそうです。

ダーウィンの説が今も正しいのかどうか知りませんが、『種の起源』という本、学生時代から五遍か六遍攻めまして、いつもあんまり話がくどいので、なかなか読み通せなかったんです。ちなみに、ちょっと脱線させていただきますと、ダーウィンは決して天才ではなかった。一を聞いて十を知るという人ではなかった。なかなか頭の巡りの遅い人で、『種の起源』は省略本であると「序言」で言っておりますが、それがひどくくどい。ウォレスという人が同じ自然選択説、淘汰説というのは近頃は選択説と訳語でもなりつつあるようですが、同じ選択説で種が変わっていくという論文を発表してしまったのですね。ダーウィンは非常に慌てまして、予定を縮少して省略本を出したというわけです。しかもウォレスは選択説の先取権といいますか、自分のほうが先にそれを発表したという権利を譲ったのですね。学界の美挙といわれているそうですが、ちなみにアンリ・ベクレルという人は放射能を発見してノーベル賞をもらったのですが、同時に発見した、何という人でしたか、その人は、発見したその日のうちに論文を活字にしたベクレルよりも論文の印刷が遅れたので、ノーベル賞をもらえなかったとのことです。こういう例は、脳髄というものがですね、真理の探究といってたたえられているようなものを目的として働くものではない、床屋さん、魚屋さん、いや誰とでも同じように、いかに有利に生きるかということを目的にして最高度に働くものである、ということの証明にもなると思いますが、次に挙げる同じような例はゲーテの『色彩論』に出て参ります。この本は、脱線し過ぎるといけませんが、ニュートンの光学に歯向かったものですね。二十

年ぐらい実験を続けて、光というのは色である、

光＋人間の目→色

こういうふうに書きますと、ニュートンは人間の視神経とか馬の視神経とか、馬は全色盲であるらしいという説を読んだことがありますが、それはともかく、そういう、光を受ける側に光はどう反応するかではなくて、光自体の性質を言ったわけです。ゲーテは、人間に見える色の世界こそが光の我々にとって最も大事なところであると言い張って、大部な『色彩論』というのを書いたのです。これを先に書きました三つの式のうちの二つ、

絶対値＋人間→関係値

C ＋ O_2 → CO_2

で申しますと、ニュートンは人間の目と反応する前の、人間とは無関係に成り立ってい

る光自体の性質、光のいわば絶対値を言った、これに対してゲーテは、そういう光の絶対値と人間との関係値、反応値と言ってもよいと思いますが、そっちの方を主張したということになります。炭素と酸素が反応して炭酸ガスができるほうの式で同じことを説明すれば、ニュートンはCの部分を、ゲーテはCO_2の部分を問題にした、ということになる。しかしながら、ここで、Cのみが正しくて、O_2と反応してできたCO_2は正しくないと言うなら、それはおかしい。私などが学生時代に聞いた講義では、ゲーテの負けだということであったのですが、それはどうしてもおかしい。前にも一度そこから引用しました『キュリー夫人伝』の三百十二ページに「科学では、専ら事物に関心をもつべきで、人間に関係はありません」という、キュリー夫人が格言のようによく繰り返したと著者が説明を加えている言葉が引用されておりますが、自然科学は正にキュリー夫人の言ったように、人間に関係のない事物の値、私の絶対値と言っているものだけを問題にし、その絶対値のみを、人間の主観が入らない客観的なものとして、肯定してきた、だから、光と人間との反応を問題にしたゲーテを、自然科学者としてはニュートンの下位に立つものと長い間言い成してきたということになろうかと思います。自然科学の成果は、必ず人間社会と反応を起こしてきたし今後も必ず反応し続けると思いますが、この絶対値のみの肯定というところに、自然科学の最大の誤りがあった、というのが、私の着眼点の出発であります。

だいぶ話が別のところにいってしまいましたが、このゲーテの『色彩論』に、ガリレイがいろいろの発見をしますというと、自分が考え出した謎文字で、何年何月何日ガリレイが何々を発見した、土星の環を発見した、と書いた紙片を友人のところに持って行き、大事なものだからと言って保管を頼んだ、ということが書いてあります。ゲーテは事もなげに、それは生活権の擁護であると説明していますが、これもですね、脳髄が真理の探究とかいうもののためにあるのではない、ということの一つの証明になる話だろうと思います。ちなみに、現在八十歳代の後半で、ハンガリア生まれですがアメリカに帰化している、アルベルト・セント＝ジェルジという人がおります。ビタミンCの構造式の決定と血液のエネルギー代謝の研究でノーベル医学生理学賞を受けた人ですが、一九六三年『科学・倫理・政治』という本を出しました。日本では三年遅れて訳が出ましたが、この人は、ユダヤ人でナチスのために亡命につぐ亡命をせざるを得なかった人で、亡命した先々にある実験設備を使って勉強するしかなかったために、専門が七つか八つある人なんです。医学もやれば物理学もやれば生理学もやる、アメリカに渡ってからは生物物理をやっているはずですが、その本の中でですね、我々の脳髄というのは、いかに有利に我がパンを得るか、いかに我が好む配偶者を手に入れるか、これに全面的に働くもので、鷹の鋭い目とか爪とか、飛ぶ力とか、豹の走る力とかとまったく同じものである、それは生物学者として自分の断言できることであると、百六十ページほどの薄い本の中で八回も繰り返して力説しております。

で、この人知の悲劇ということを考えるときに、美術家は美の追究を目的として生きている、学者は真理の探究を目的として生きているなどという、そういうごまかしから我々が脱け出すこと、これは人知の悲劇というものから脱け出すための一つの要諦ではないか、一つの要ではないか、と私は考えるのです。みんな同じように、生きることを目的としているんだ、その中に例外はないんだ、ということですね。

話が、ダーウィンの『種の起源』の並み外れたくどさというところからそれて、くどさの話が尻切れとんぼになりました。なぜダーウィンがそのようにくどかったかには、もう一つ大きな理由があったと思うのです。バイブルの『創世記』には、神が天地創造の次に、各々の種にしたがって生物をつくった、ということが書いてあって、生物の変化ということは書いてないわけなんですね。バイブルの背後の巨大な教会勢力というものを説得するには、一を聞いて十を知るという能率のよい分かり方によって得られた知識などでは駄目だったし、また、彼としても、能率のよい説得のし方では駄目なことを知っていたのでしょう。省略本でありながら、我々なら三つ例を出されればああ分かったというところを、彼は三十も出してもまだ例を出してくるんです。そういうわけで、私は『種の起源』を読み通すのに何度も失敗したのですが、話を、ダーウィンが考えた人間の進歩ということに移そうと思います。

『種の起源』には挿絵、それも挿絵とは言えないようなのが一枚入っているだけなんですが、横に等間隔に平行線が引いてあって、一番下の所から生物がどうやって枝分かれしてきたかが示してあります。途中で滅んでしまったものもたくさんある。その枝分かれの平行線の間の時間をどのくらいに考えるかについては、ダーウィンが生きている間に出した版によって「一千世代をあらわすものとしてよい。だが、……一万世代をあらわすものとすれば、もっとよいかもしれない」とか、「一千世代あるいはそれ以上をあらわすものとしてよい」とか、「一千世代あるいは一万世代」というふうに同じではないそうですが、人間という種にこれを当てはめますと、人間が進化するのに、もっとも、進化という訳語はいけないとも言われ始めていて、エヴォルーションというのは、外にころがってゆくこと、展開、といった意味で、もっとましになるという意味ではないんだ、変わるんだ、というのです。でまあ、とにかく変わる。人間が生物として変わるのに、人間の一世代は三十年と見積もられていますから、一千世代だと三万年。エジプトのピラミッドはいつできたんでしょうか。一万世代としますと、三十万年かかります。

私は、我が子の場合はそんなでもなかったのですが、孫が生まれてみますとね、彼らは今原始時代にいるんだなという思い、文明というものにはもう満身反抗しているんだという感じ、そういうのをしきりに持ちました。ともかく、人間が変わるにはですね、ダーウィンのこの小さい数値をとってみましょう、三万年かかる。ところが、自然科学の成果が目につくように挙がるのは、今から二世紀半足らず前の産業革命から、特には前世紀の終わりころからです。その点で第一回のノーベル賞が出された一九〇一年は象徴的なのですね。つまり人類社会が飛躍的に自然科学を進歩させてから、まだ一世紀が経っていないのです。

ところがです、大体けんかしたときに勝つんですね、自然科学で勝っているほうが。戦争になると、自然科学の実力のあるほうが必ず勝つといってもいい。企業間でも、新しい科学技術をより早く取り入れたほうがまず勝つんです。そういう前歴がありますので、人類社会の勝利者になりたい者たちが自然科学の進歩に力を注いだ、そしてノーベル賞がそれに油を注いだ、とまあ大体そういう構図になっている。

ちなみに、東洋ではですね、これはどこが出所か調べてなくて、どこかで読んだだけなのですが、発明をした人は、自分の一の弟子とか長男とか、跡を継ぐ人の人柄が思わしくないと、折角長年苦労して達成した発明を、全部葬り去ったというのですね。そういう伝統があったというのです。しかし私はそういう伝統を美しいといって褒める気はしないのです。理由はですね、そのころノーベル賞があったら、文化勲章があったら、文化功労者、学士院会員といったものがあったら、そういう名誉とか賞金とか年金とかが発明者に与えられるということがあったら、そう簡単に発明を葬り去るということを彼らはしただろうか、と私は考えるのです。昔の人はもっと立派でとも、もっと駄目であったとも、私は思えない。そういう意味で、自然科学者を褒める制度というものですね、これは非常に考えものである、と私は思うのです。

なるほど、自然科学の成果のおこぼれを我々庶民が何年か経ってから頂戴するということ、これは間々経験していることです。しかし、そういう褒賞制度によって能率を挙げた輝く成果なるものを、誰が一番喜び迎えるかということについては、考えを致しておく必要があるんじゃないかと思うのです。アインシュタインの例を見ましょう。いろんな本に、原爆ができた原理というのは、アインシュタインが導き出したE＝mc^2という式、物質とエネルギーは相互置換的なもので、mグラムの物質が持っている全エネルギーの量は、そのグラム数に、光が一秒間に進む距離をセンチメートルで表わした数Cの二乗を掛けたものに等しい、というものですね。このエネルギーの量はすごいんです。庄野直美・飯島宗一共著の『核放射線と原爆症』という大層専門的で、素人の私には難しい本があるのですが、その中に広島原爆では、約〇・七キログラムのウラニウム235が核分裂し、約十三兆カロリーのエネルギーが放出されたと推定されると書いてありますが、この〇・七キログラムのウラニウム235というのは直径約四・一七五センチメートル、ピンポン玉よりちょっと大きい球なのですね。こんな小さなものが広島を全滅させ、その日のうちだけで八万人の人を殺したのです。こういう、巨大な、いや巨大なという形容詞を一日中繰り返して使ってもまだ足りない自然科学の成果、それを利用する人間社会というものがおよそ非進歩であるというこの大きな線、これを見失ってはならないと私は思うのです。

ところが大変残念なことは、ないしは私のこういう論からいうと大変好都合なことは、人類社会の進歩ではなくて、退歩ということが指摘されているのですね。私は自分の立てる論が成功することを必ずしも望みません。人類の仕合わせというもの、私および私の孫とか子どもの仕合わせを望んで、理論の上で私が勝ったってそんなに快を貪る気持ちはありません。ですから、人間がもっと進歩するなら私は嬉しいですね。だが、しかしですね、事実は残念ながらそうなっていない。例えば何年前でしたか、もう十年近く経つでしょう、東京で世界医学会というものがありました、いや医学会ではなくて医師会でした。そのとき出された東京宣言というのがありまして、我々医師は拷問に手を貸さない、手を貸すことを求められて苦しんでいる同業者には援助の手を差し伸べるという、そういう趣旨のものでした。アムネスティ・インターナショナル、国際人権機構という、これがどういう調査を徹底的にやっているのか知りません、この国際人権機構が拷問は人類社会において増えつつあると発表した新聞記事を読んだことがあります。ここにその二つの切り抜きを持って来ておりますが、現に拷問の新しい方法が開発されているそうで、例えばある日、ここのすでに退官なさった心理学の先生とバスで一緒になったときに聞いた話では、全然証拠を残さない拷問の方法が幾多開発されていて、この間の大戦中の日本でも、心理学者がそういう開発にかなり参加したというのです。で、拷問が人類社会で増加しつつあるという厳たる事実がある。架空の話ではない。事実です、これは。

それから凶悪犯罪の増加ということがあります。政府が出した犯罪白書によりますと、増加の一途をたどっている、しかも文明国で。アメリカなどはノーベル科学賞というものを近頃はほとんど独り占めしているといってよい国であることは、皆さんご承知のとおりですが、同じアメリカが人口十万人当たりの凶悪犯罪において断然世界一なんですね。さらにその増加率です。十年前と現在とを比べると、増加率においても文明国が高い。日本は、西洋の科学技術というものをいち早く取り入れて繁栄を続けている国、文明国としては、いわゆる犯罪曲線というものが欧米型、つまり高い増加率を示す型、ではないと、長い間不思議に思われていたというのです。ところがここ数年、確実に欧米型の線を描き出したと、政府の犯罪白書は伝えておりました。

それから、麻薬、覚醒剤使用者の増加。これは主婦や若年層に広がっているそうで、新聞でよく報道されております。

特にこれから申し上げる戦争ですね。参考資料は時事通信社から出ている『平和の探求』というもので、岡倉古志郎・丸山益輝・関寛治の共著です。その真っ先に戦争の統計学というものが出ている。イギリスの気象学者でリチャードソンという人が『死の闘争の統計学』という本を出しているそうでありまして、七十以上の歴史書を参照し、一八〇二年以降第二次大戦までの入手可能なすべての戦争の統計をあきらかにしている本だとのことです。

それによりますと、こういうことがあります。一七九〇年から一八一五年までのナポレオン戦争では一日平均の死者二百三十三人。その約半世紀後のクリミヤ戦争では一日平均の死者千七十五人。そのやはり約半世紀後のバルカン戦争では一日平均の死者千九百四十一人。その直後に起こった第一次世界大戦では、飛躍的に数が伸びまして、一日平均の死者五千四百四十一人。第二次大戦では一日平均の死者七千七百三十八人。広島原爆の例が挙げてありまして、これは一日の死者八万人。

さらに戦争の直接の結果として殺される人の数は、十九世紀には千人当たり十五人であったのに、二十世紀になると約九十人になっているとあって、戦争による全死亡者中非戦闘員が占める割合はこういう数字をたどっているとあります。第一次大戦では一三パーセント、第二次大戦では七〇パーセント、朝鮮戦争では八四パーセント、ベトナム戦争では九〇パーセント以上。ですから、武器をとっている軍人というのは全死亡者の中で死ぬ割合が減る一方ですね。そうしますというと、自分たちが死なないで戦争ができるという、そういった気持ちを抱く軍人がだんだん増えるかもしれませんね、ひょっとすると。

さらに戦争による死者の総数が載っております。一八二〇年から五九年までは九十二回の戦争があって八十万の人が死んでおります。一八六〇年から九九年までは百六回の戦争があって四百六十万の人が死に、一九〇〇年から四九年までは百十七回の戦争があって四千二百五十万の人が死にました。一九五〇年から九九年までは、ここには推計の部分がありますが、百二十回の戦争で四億六千万の人が死ぬ、二〇〇〇年から五〇年までは、ここは全部推計なわけですが、百二十回戦争が起きて四十億五千万人の人が死ぬであろう、とあります。戦争の数も戦争による死者の数も、人類はそれを増加させる一方の歴史を歩いてきている、つまり人類社会は前よりましになってはいないらしい、ということですね。そのことを示す証拠は他にもあるでしょう。どんな分野においても人間がましになっていないというのではありません。選挙権が女の人にもあるようになった。姦通罪は女性にしか課せられていなかったのがそうではなくなった。いずれも戦後。その他いろいろましになっていることもありますが、大きな太い線では、人類はそうたいしてましになっていない。しばしば退歩という言葉が当てはまるような現象さえ指摘できるということ、これは勘定に入れておかなければならないと思うのです。

もう一つ別の角度から自然科学の発達と人間という問題を考えてみたいと思います。原子力発電と人間という問題であります。一昨年の三月二十八日に、これは皆さん全部ご存じでしょう、アメリカのスリーマイル島という所にある原子力発電所で大きな事故がありました。そういうときの私の攻め方といいますか考え方といいますのは、文学をやったせいかもしれません、いささか普通と違うのですね。すぐ機械の構造の欠陥といった部分に目を向けることをしない。石弘之君という朝日新聞の記者がおり、私と文通があるのですが、今ニューヨークの支局におります。自然科学哲学を専攻した人で『蝕まれる地球』という朝日新聞社から出ているすぐれた本の著者です。この人が『科学朝日』に書いていた文章によりますと、三月二十八日の午前四時三十六秒に事故が起きたときは、三十二歳の人と二十九歳の人の二人が中央制御室で当直をしていた、そして勤務は四交代であったとあります。二十四時間を四交代、つまり六時間ずつの勤務なわけですが、日本の原子力発電所では、同様の勤務が三交代、八時間ずつの勤務だそうで、労働条件は日本の方が悪い。

ところで事故のとき、この二人の当直者は、約五十ものスイッチやレバーをマニュアル、手引書といいますか、それに書いてある手順に従って操作しながら対処したのですが、事故発生の最初の一分間で、いろいろな色のランプが点滅し、警告のサイレンが鳴りひびき、コンピューターは何が何だか分からないという疑問符の信号を次から次と出すという具合で、後に連邦議会で証言したとき、当直者の一人は、できるならその警報盤を放り出してばしゃんと全部こわしてしまいたかった、という意味の証言をしたそうです。それはともかく、口で機械のことを説明するのはかなり空しいですね。私が攻めたい、問題としたいというのは、四交代ということにこだわるのです。

六時間交代なわけですが、ことで仮の交代時間を考えてみましょう。零時から六時まで、六時から十二時まで、昼の零時から六時まで、それに夜中の十二時までというふうに。かなりの専門知識がなければ中央制御室での勤務はできないで、恐らく資格試験といったものがあるのでしょう。素人じゃ勤まらない。で、そういう人が勤務しているといたします。そこで、ある人を、夜中の十二時から朝の六時までのところにいつも勤務させるとどういうことが起きるか、ということです。人間が熟睡する時間にいつも起きていなければならないわけですから、その人は日中部屋を暗くしてですね、昼に熟睡する練習を徹底的にする。結婚というものがある。細君も同じように昼と夜を逆にした生活をする。二人はある程度そういう生活に成功する。子供が生まれる。子供を昼夜逆転の生活に慣れさせることができるでしょうか。子供はやがて学校に行きます。行くといっても真夜中には学校がない。つまり、真夜中の勤務者を固定しておくことができないのです。ないしはその人に結婚を禁ずるまたはその人を去勢することが可能ならば話は別です。こういうふうに攻めてきますと、どういうことが分かるか。真夜中にぱっちり目を開けていて眠くならないという人間を人類社会の中に存在せしめることは、半永久的に不可能であるということが分かる。このような人間が、家庭なら家庭というものを持ちながら原子力発電所の四交代なら四交代の勤務についているのだということ、そのことを考えますと、眠かけをすることが誰にいつ起こるかは言えませんが、いつかは必ず起こるということは断言できます。素人でも断言できる。家庭の主婦でも断言できる。

結婚をさせない、種族保存本能を奪ってしまう、そうしてある仕事に適した人間をつくる、といったことは、我々の英文学でいうと、オールダス・ハックスリが『すばらしい新世界』という小説によって書きました。条件反射などの方法で、他のことを一切考えないでただただその仕事に専念する人間をつくる話が書いてあります。我々がおんどりに接しさせないめんどり、つまり卵生産器としてのめんどりを飼っているのと似たことを、人間にもする話ですね。どうも、今自然科学で最も脚光を浴びている分子生物学なんかも、そういう人間をつくるのに利用される可能性がないとは言えないんじゃないか。

ちなみに、ほぼ三年間に書かれた分子生物学の本には、この学問技術によって作られた新しい菌の感染事故が過去三十年間に五千件以上起きているとあります。また、生物兵器研究所として有名なアメリカ、メリーランド州のフォート・デトリックでは、兵器研究所ですから、いかに能率的にかつ確実に人を殺すかを研究しているわけで、外部に逃げ出しても大丈夫と称する大腸菌のKなんぼというのを扱っているのとは違うんです。逃げ出したら大変なんです。必ず人を殺す。ですから最上の物理的封じ込めの設備を持っていた。それにもかかわらず、いいですか、四百二十三件の事故を起こし、過去二十五年間に三人の死者を出している。そう書いてありました。

人類社会というのは自然科学の成果をどう扱っているか。このことこそ、色眼鏡をかけずに、我々は直視しなければならない、そう私は思うのです。人間の力の限界というもの、人間の実力というもの、それを心得ないでですね、自然科学の成果を褒めたたえる親玉、それはノーベル科学賞だと私は思います。

話を原子力発電所のことにもどしますと、とにもかくにも、そういうわけでですね、眠気というものを原子力発電所の勤務から取り去ることは永遠にできない、ということです。

私の友人に大企業の附属病院の院長をしている医者がおります。十年ほど前、彼はフランスのトゥールーズであった工場医学の国際学会で発表したんですが、私のところに発表の英文を見てくれというので泊まりがけで来ました。そのとき聞いた話です。顕微鏡で拡大しながら細かい機械の組み立てをする仕事がある。ところが会社に来てすぐその仕事に取り掛かると、いい製品ができないんだそうです。検査のときにぺけになってしまう。そこで座禅室といったものがあって、そこで精神統一をする。しかし個人差があって、一人三十分座れば大丈夫というわけにはいかない。恋もするわけです。ゆうべの彼の言葉が気になるというようなときは、三十分では心の動揺が治まりません。そこで座禅室での時間は個人に任せるしかないのだそうです。任せないで強行し、頑張らせると製品にぺけができて会社は損をする。または病気になって入院してくる。会社は入院費も払わなけりゃならないということになる。そういうわけで、その人の精神統一を本当に待つしかない。機械の構造の細かさが人間の能力を超えたものになっている一つの実証になるんじゃないでしょうか。機械の精密さを賛美していていいんでしょうか。どんどん精密さを増していっていいんでしょうか。

次に、自然科学というのは、申すまでもなく、その原因が発生すれば確実にその結果が出てくるということですね。人間は約束しても不確かなところがありまして、あ、忘れたということがあります。しかしいったんあるところから放射線が出るという原因があれば、絶対に放射線を出すことを忘れはしません。確実に、昼夜休みなく、人間らしく言えば、勤勉そのものにといいますか。全然うそ偽りを言わないのが自然科学の性質であります。人間が、その自然科学の原理と技術のもたらす力を理解できなくとも、その原理と技術を原因とする力は必ず発揮する。誰にも遠慮はしない。

私は多分百冊を超す原爆体験記を今まで読んでいると思いますが、一冊に何十人も書いている場合が多く、体験を語っている人はかなりな数に達しているはずです。その中でただの一人も、原爆が落とされた瞬間、超巨大爆弾だということが分かった人はいないんです。どう思ったかといいますと、当時焼夷弾という火事を起こさせる小型爆弾があったのですが、その直撃を自分の所が受けたという反射的認識ですね。これがほとんど全員です。一人も例外はないといっていい。広島の場合だと、比治山(ひじやま)といった高い所に逃げて行って、一面火の海になっているのを見、初めてこれはただごとではないと知るんです。このことは何を証明しているか。直径約四・一七五センチメートル、ピンポン玉よりちょっと大きいウラニウム235は、自然科学の法則どおり、核分裂を起こして巨大なエネルギーに変わり、そのエネルギーどおりの破壊力を正確無比に発揮した、けれども、それだけの破壊力が分かる能力は人間になかったということ、このことを紛れもなく、反論の余地なく、証明している。

それから、体験記にやたらに出てくる言葉があります。この世の地獄というのですが、体験記を書いてる被爆者で私が知っている何人かの人に聞いてみても、この世の地獄というその地獄というものについて、たいした知識なぞないんですね。このことは何の証明になるか。悲惨さの程度が普通の語彙の表現力を遙かに超えている場合に使われるのが、この世の地獄という言葉で、従って表現力はかなり空しい、かなり抽象的なものなので、原爆体験記にこの言葉が他に例のないほど頻出するのは、原爆の破壊力が文字どおり人間の理解力を超えていたことを証明している、そう言えると思います。次の例なども同じことを示しております。これは、ロッキード社にいて長年原爆の設計をやっていたオルドリッジという人の『核先制攻撃症候群』という岩波新書の一冊に書いてあるのですが、トライデント型潜水艦という、十三隻までその建造計画が発表されているその第一隻目に、広島原爆の二千倍の威力を持つ熱核兵器を四百八発積むというのです。どれぐらい巨大な破壊力なのか。数字上の計算などしてメガトンなどという単位の数を示されても、ほとんどまったく分からない。従ってその破壊力に相当する反対行動もなかなか起こってこない。そういう、人間の理解力を遙かに超えた自然科学の巨大な力が、問題の解決を極めて困難なものにしているという、実に大変な時代に、我々人類は今いるわけです。

トライデント型潜水艦というのについてはもう一つ触れておきたいことがあります。去年の暮れころの新聞に、この潜水艦が欠陥だらけで、海に出て任務に就くのがもう二年も遅れている、いつ就航できるか分からないということが出ていました。これは学生にも話したのですが、何千箇所という溶接の不完全な所があるというんです。まったくずさんなという表現を使ってそのことを言っていましたけれども、私はそうは言えないと思うのです。溶接箇所は数十万箇所あるのだそうで、仮に五十万箇所あって五千箇所がそのずさんと称する所であるとすると、百のうち一つ失敗している、つまり九九点ついていることになるわけで、ずさんどころの騒ぎじゃない。人間は本来誰でも百点はつかないものなので、合格点は悠々ついているのに、ずさん呼ばわりするのは、人間が人間であってはいけないと言っていることになる、そういうのが私の見方であります。人間はある程度はずさんであっていいのです。

スリーマイル島の原子力発電所の事故直後に、これは石弘之君の新聞記事ですが、アメリカの当時七十何基だかの全原子力発電所の、中央制御室などで執務している特殊技術者に試験をしてみたそうです。そうしたら六三パーセントの人が不合格であったというのです。この数字も潜水艦の溶接の場合と同様に考えるべきであって、アメリカでは人間の中の特に程度の低い人を原子力発電所に勤務させているのでしょうか。試験があるに違いない。日本の昔の高文ぐらい難しい、いやそれほどではないかもしれませんが、とにかく難しい試験があるでしょう。試験があれば、いわゆる一夜漬け、泥縄式といってもよい、そういう性質の準備をする部分が必ずあるのが人間ですね。高文を通った人でも四、五年経ってから予告なしに試験されるというと、不合格になったりする。そういう一夜漬けが効いた部分があったのです。原子力発電所の場合は違うんでしょうか。試験を通った後、あらゆる事柄についてとっさに適切な処置をとり得るだけの実力が保存できているはずはないと私は考えるのです。だからマニュアル、手引書といったものが座右に備え付けてあるのであって、すなわち相手が複雑過ぎるのです。人間が人間であり続けるには、そういう複雑すぎる相手のほうをやめるしか、根本的な解決策はないんじゃないか。

あのスリーマイル島事故のときも、人災か機械の不備かということがひとしきり論じられましたね。そして原子力発電のいわゆる推進派の人は、まず人災だと言います。常にそうです。日が経つにつれて必ずしもそうではないという方向になりました。いつものように。しかし私は、人災か機械の不備かという発想をしません。その機械は人間が原理を考えたんです。人間が設計したんです。人間が部品を作ったんです。人間が組み立てたんです。どうして機械だけが、人間の百点はつかないという性質ですね、その埒外にあり得るんでしょう。そういうごまかしのですね、機械を設計した人はそれを操作する人よりも偉いんだ、末端の労働者が駄目なんだという、誤った人間観がです、機械か人間かという発想をさせるのであって、設計も組み立ても操作もすべてそれは人間の仕業である、人間の百点つかなさを語っているにすぎないものだ、とそう私は思います。

原爆の力をですね、小さな焼夷弾の直撃を受けたとしか感じなかった、その破壊の惨状は表現の仕方がなくて、抽象的なこの世の地獄などという言葉を使うしかなかったということ、これは銘記しておく必要があると思います。さらにこういう例があります。『人類危機の十三日間』という、これはジョン・サマヴィルという現在七十五歳になるアメリカの社会学者が七年前に書いた芝居ですが、岩波新書に入っています。一九六二年にあったキューバ危機を扱ったもので、ケネディ大統領の時ですね。そのときに司法長官をしていたのが、やはり暗殺されたロバート・ケネディという弟で、記録魔といったような人であったらしく、逐一、その危機の十三日間のことを、多分速記術ができたのでしょう、記録していたのですね。キューバに核弾頭をつけたソ連製ミサイルが何基か置かれている、それにどう対処するかをアメリカの首脳が額を集めて十三日間相談したのです。大統領、国務長官、司法長官、国連大使、空軍参謀総長などの軍の首脳、国防長官、司法長官といった人たちですね。芝居は、後に英語になって出版された司法長官の記録を元にして書かれているそうで、台本の下の欄には、ここはロバート・ケネディの記録の何ページによるということが示してあるそうです。岩波新書でもそうなっています。つまり内容は信用のおけるものなわけです。私はこの本を三遍か四遍読んだのですが、その中には人類の滅亡、抹殺、全滅、終末といった言葉が五十七遍使われております。同じサマヴィルが去年出した『核時代の哲学と倫理』という本にも同様の言葉が盛んに使われていて、百六十六回まで数えられましたが、少し違うところが出てきている。人類の滅亡を実感するとか実感する必要があるとかといった表現がちらほら見られるのがそれです。そういう箇所を読んだとき、私には、実感ができないことに対するサマヴィルのいら立ち、何かそういったものが伝わってくる感じがしました。

それはともかく、キューバ危機のときのアメリカ首脳の最終決定は、ソ連がキューバからミサイルを撤去するか破壊するかしないならば、アメリカはソ連に対して開戦するというものでありました。そしてそういう最後通牒をソ連に突きつけたわけです。サマヴィルは『人類危機の十三日間』の「はしがき」で、「その決定を行なった人たちは、この最後通牒にソ連が同意するなどとは毛頭期待せず、また、戦争がもたらす結果についても、はっきり知っていたにかかわらず云々」と言っておりますが、ここで「戦争がもたらす結果」というのが、その三行後に言われている「人類は事実上抹殺し去られるだろう」ということ、すでに言いましたこの本の中で合計五十七回も出てくる人類の滅亡を意味していることは間違いないでしょう。サマヴィルは同じ「はしがき」の中で、同じ人類の滅亡という結果を「かくも優秀有能な指導者たち」は「よく知っており、……事実わかっていたのである。にもかかわらず云々」とも言っております。

私が問題としたいのは、「はっきり」分かるはずなどない、ということです。人類の滅亡などという、巨大などという形容詞にしんにゅうを百もかけてもまだ足りない巨大なことは、言葉としては言えますけれども、どういう光景になるであろうか、例えば名古屋二百万の人が全滅する光景などは、どんなすぐれた想像力の人、それで有名なキーツという詩人でも私が長い間やっているやはり想像力の鋭いので有名なブレイクでも、絶対に思い描くことはできない。ですから、先ほど言いましたトライデント型潜水艦に積むという広島原爆の二千倍の破壊力を持つ水爆を落とせば名古屋などは一遍に駄目になる、つまり、自然科学は処方どおりの結果を確実にもたらすわけですが、人間のほうは二百万人死ぬ光景を思い浮かべて、二百万人が死ぬ恐怖を持つ能力がない。いわんや全人類が、地球の裏側の人もぐるっと、全部死んでしまうなどということが分かる能力は人間にはまったくないのです。

ところがですね、話を十三日間の討議のことに戻しますと、このソ連が我々に突きつけている侮辱をどうするんだということになると、侮辱に対していきりたつ、憤慨するという能力はちゃんとある。この能力は正確無比に発揮される。ですからさっき申しましたような最後通牒をソ連に突きつけることになったわけです。サマヴィルも、言葉で言えるないしは試験答案に書けるということをもって分かったとする、現代文明国の大部分の人がかかっている病気にかかっていた、そしてその病気に少し気づいて『核時代の哲学と倫理』では人類の滅亡ということを実感するとか実感する必要があるとかということを所々で言った、そういう想像が可能だと思います。

国連大使がなかなかいいことを言っていますので、そしてやはり、今問題にしている人間の能力ということにも関係があると考えられますので、紹介いたします。

アメリカは時期的にキューバの場合よりも前に、トルコ、イタリア、その他の西欧諸国に核弾頭つきのミサイルを配置してソ連を包囲している、ということを指摘しているんですね。しかしこういう説得力のある理性的な言葉も、ソ連の侮辱なるものに対する、特に軍人たちのいきりたちにはとうてい勝つことができなかったのです。

一つ別のささやかな例を出して人間の実力というものを考えてみたい。キュリー夫妻というのは、ご承知のように、放射能障害にかかったのですが、ピエールは一九〇六年に馬車にひかれて死にます。道路を横切るとき、放射能障害で足がふらついてひかれたという説と、妻の恋に悩んだための自殺であったのだという説があって、後者の説に賛成する人もだいぶいるとのことです。ポール・ランジュヴァンというキュリー夫人より約五つ年下の優秀な理論物理学者がその恋の相手であったそうで、ポールの死後、キュリー夫人はランジュヴァン夫人に訴えられています。それはともかく、私など文学を読みまた研究してきた者には、偉大なといわれる自然科学者の神格化といったことよりも、彼もまた人間であるという見方に賛成したいところがあります。物理学の今取り組んでいる問題がなかなか解けないで隘路にでくわした、その悩みと、妻が誰かを好きになったらしいということを悩む悩みとは、どっちが大きいだろうかという場合にですね、私は妻の問題の方が大きいに違いない、それが人間なんだ、とまあそういうふうに考えるのです。これも人間の実力というものを考える一つの材料になるでしょうが、私が考えたかったのは、むしろ、キュリー夫妻が放射能障害にかかったことについてでした。今から逆算すると、許容量というもの、それも大いにでたらめなもののようで、実際はどんな微量の放射線でもそれに比例した害が必ずあるのだそうですが、その許容量と称しているものをはるかに超えたものを毎日浴びていただろうというのです。なぜ放射能障害になるのを防ぐことができなかったかというのが問題です。簡単至極だと私は思うのですね。放射線は当たっているときに熱くないからである。針とかばらのとげに刺されたように痛くないからである。血も出てこない。そういう放射線の性質と人間の肉体の性質のせいで、いかな大天才でも大学者でも、知識として放射線の有害なことが分かっていなかった当時では、ちゃんと見事に、放射能障害にかかった、そういうのが人間の肉体の実力であった、という認識、これが大切だと思うのです。そして、知識として放射線の害を知るということが、果たして、どれほど人間の有効な実力となり得るかという問題も、大きな問題として別にある、と私は考えています。

時間がなくなってきました。もう二つ三つ、自然科学の成果と人間の実力との関係、というものを示す例を挙げるにとどめたい。

一九六一年の一月三日に、カリフォルニア州の北東のアイダホ州、そこのアイダホフォールズという町から約六十キロ離れた所にあった小さな原子力発電所で三人が死んだ事故がありました。出力二百キロワットという実験炉でした。竹村健一という人気者は、原子力発電所の事故で死んだ人はいないなどと打(ぶ)って歩いてですね、何千人という聴衆に大拍手で迎えられていますが、そんなことはないんでしてね。私の調べた限りでも十三人死んでおります。さてこの二百キロワットの原子炉で三人の従業員が勤務についてから五時間と一分たった時に、原子炉から数キロ離れたところにあったアメリカ原子力委員会管轄下の消防団、その詰め所と保安所で、事故の発生を告げる放射線自動警報器が鳴りひびく。アイダホフォールズに住んでいた保健管理責任者のところの警報器も鳴る。人々が駆けつけてみますと、原子炉が収納してある建物の床に二人の人が倒れていました。一人は少し動いていてですね、まだ生きているらしい。一人の人は全然見えない。とにかく生きている人を助けなければならないのですが、建物の中に簡単に入ることができない。測ってみると一千ラド、致死量の二倍という放射能に満ちていたのですね。放射線を通さない鉛を大量につかった防護服を着、防毒マスクをして入って行って生きている人を運び出した。病院に走ったのですが、途中で死にました。しかし死体自体が放射能体になっていて致死量の放射線を出し続けている。その人の家に運ぶことなどできず、事故の起こった元の所に持って行くしかなかった。三人目の人はどうなっていたかと言いますと、制御棒でですね、鼠蹊部、太股の付け根の内側のところです、そこから首の所まで縦に串刺しになって天井に刺さっていたんです。この人も放射能体になっていて、翌日でも一千ラドという放射線を出していたとのことです。建物が放射能でいっぱいなので、防護服と防毒マスクで身を固めての作業も、一人三十秒から一分間が限度であったために、この人の死体を天井から降ろして収容したのは、事故から六日目でありました。三人の人は二十歳代半ばが二人、二十二歳が一人という若い人たちでしたから、結婚していたかどうか分かりませんが、もし奥さんがいたとしても、夫の死体に抱きつけば、死体から出る強い放射線のために奥さんが死ぬわけです。そういう事故があった。死体は水漬け氷漬けアルコール漬けにされ、事故の二十日後に埋葬されましたが、事故のとき露出していた手と頭は切断されて、別に厳重な保管をしなければなりませんでした。首なし手なしの葬式をやったんです。そして、この事故で最も恐ろしいのは、事故がどれくらいの時間で起きたかの推計が専門家によってなされているのですが、いいですか、実に五百分の一秒間で起きただろうというのですね。人間の能力をはるかに超えたものに自然科学の成果が利用されているということ、このことを否定し難く証明していると思うのです。

もう一つの原子炉の例。これはだいぶ前です。一九五二年の十二月十二日に、カナダ、オンタリオ州のチョークリヴァーの原子炉で起こったものです。中央制御室の運転主任の前の警報ランプが点滅しだした。制御室の地下にある現場から電話がかかり、故障が起きました、「主任、おかしい」と言う。主任は助手一人を制御室に残して、階段を駆け降り現場に行く。事態は急である制御室の助手に電話で四と三のボタンを押せと言ったつもりが、慌てていたのでしょう、四と一を押せと言ってしまった。すぐ誤りに気づいて四と三だと叫んだときは、助手は四と一を押してしまっていた。事故は、原子炉容器の四トンもある巨大な屋根を吹き上げ、容器上部から強い放射能を帯びた水を噴出させるというものに発展した。助手がすぐボタンを押したのは、アイダホフォールズの場合の五百分の一秒間に事故が起きるという、そういう緊急の処置を要するものが原子炉事故であるからであり、主任が慌てただろうというのも、同じ理由から納得がいきます。そんなに短い間に正確な判断ができるように人間はできていない。慌ててはいけないと言われても人間は慌てるものですね。人間が人間であることが許されない。そういう勤務を自然科学の成果は生み出しているのです。

　私は今年定年で辞めるわけですが、辞めるときに、大過なく勤めることができましてなどと言うのは、人間である範囲の、人間として許容できる範囲の、いろいろな過ちとか見落としとか、そういうものはありましたがという意味であろうと思うのですね。ところが今、自然科学の最先端などと称する施設に勤めている人は、大過なくなどとは言えなくなってしまっている。そして、先ほど触れましたスリーマイル島事故の初期の報道のように、ほとんど常に、機械を扱っている人間がいけなかったんだという扱いを受ける。人間の実力をはるかに超えて鋭敏な機械を生み出した自然科学そのものが批判を受けることはまずないのです。

　極めて卑近な例を最後に出してみたい。合成洗剤の例であります。これには多くの場合蛍光増白剤というものが使われているそうで、これはですね、食品衛生法でナプキンとか食堂の食卓を拭く布巾とか、真っ白であった方が感じがいいわけですが、その漂白をするには使用が禁止されている。もう一つ別の日本薬局方では、ガーゼ、包帯、脱脂綿などを白くするのに使ってはいけないとされている。なぜかというと、発癌性があることが証明されているからです。ところが我々が洗濯するとき使う洗剤には禁止の法律がないのですね。そこで使われている。これは目で見る限りでは前よりきれいになったように見えるわけですが、我々の体にとっては洗う前よりも汚いものになっている、有害なものに変わっているわけです。自然科学はこのように人間をだますのに使われている、法網をくぐってですね。有名な経済学者、メイナード・ケインズが一九三〇年に、もっともこれは例の世界大不況の真っ直中のころですから、多少は割引して考えなければならないかもしれませんが、こう言っているそうです。斉藤志郎氏の訳です。

「少なくともあと百年間、われわれは自分自身に、そしてすべての人々に、公正なものが不公正であり、逆に不正なものでも公正であるように偽って言い聞かせなければならない。なぜなら、不公正なものは有益であるのに、公正なものはそうではないからである。貪欲、高利、そして警戒心はあとしばらくの間、われわれの神様でなければならない。というのは、それらだけが経済的困窮というトンネルの暗闇から昼の光にわれわれを導いてくれるのだから」

私など経済の門外漢が見ましても、今の合成洗剤の例などを見ましても、駄目なものをいいと言っている。企業というものの体質が、半世紀後の現在、大きく変わっているとは、どうも思えない。

しかし自然科学の成果を、こういう具合にしろどういう具合にしろ、具体化することは、私にはできません。それだけの財力がないからです。そういう財力をすぐに持っているのはまず大企業、それから、自衛の名の元に想像を絶する莫大な額の予算を獲得して、秘密研究を行なっている軍であります。ちなみに去年で言いますと、世界の軍事費総額は約五千億ドル、日本円にして一分間に約二・二億円の巨額に上るそうであります。この二大勢力は人類社会に厳存するのです。架空の話ではない。我々に偽っても儲けを得ようとする企業、いかに能率的にそして確実に人間を殺すかを日夜研究しかつ練習し

ている軍。人類社会がこういう巨大な勢力を内に抱えているものであることを度外視してですね、

自然科学の成果＋人類社会↓

という式で、自然科学の人類社会と反応する前のこの部分ですね、成果という部分、この部分の画期性、記録破り性といってもよい、それのみを褒めたたえる代表選手、ノーベル賞というもの、これは、私は、葬るべきだと思うのです。三十一年前の今頃、私はアメリカにおりましたが、ある座談会で私の原爆観を話したのが元で、私だけの講演会が開かれるということがありました。それはノーベル賞批判を内容とするもので、生放送になったのでしたが、私が多くの人に向けてノーベル賞批判をした第一回のものでありました。正に三十一年前です。

私の話も終わりに近づきました。私は、物の良しあしがですね、何百万年も、我々がそれでもって物の良しあしを見分けてきた我々の感覚、この愛すべき感覚を使って分かる、目できれいに見えるものは本当にきれいなんだ、そういうところまで自然科学の使

い方を戻す、このことに人類が成功するか否かということ、これが問題だと思うのです。夢のような話かもしれませんが。

そして同時に、絵かきにしましても、彫刻家にしましても、音楽家にしましても、学者にしましても、農業や漁業を分担している人に対する義理を忘れたというところに、現在最大の堕落があると私は思うのです。この間、荒川豊蔵という人の抹茶茶碗が松坂屋に出ておりまして、四百六十万円でした。農業や漁業の人がそれを見たらどう思うか。農業者も漁業者も勲一等はもらわない。文化勲章ももらわない。ノーベル賞ももらわない。しかし、かつて、人類社会の素朴な出発のころは、食べものをくれる人がうんとうなずかない職業の存在は許されなかったはずです。各々の職業分野の人が農業者や漁業者に対する義理を忘れてしまった。自分に食べものをくれる人がうんと言わなければ自分の職業の存在は許されないのだということを忘れてしまった。そこのところに私は、我が大学における学問も人類の役に立たないものをたくさん抱えることになった、最も根本的な原因がある、と思うのです。ノーベル賞は、ご承知のように、農業賞というのを持ってはおりません。

これで私の話を終わらせていただきます。

（一九八一・二・六）

合成洗剤——一つの現代科学文明批判

発癌性が証明されている故に、食品衛生法で食品への一切の使用と台所用の布巾や紙ナプキンや食料包装紙などへの使用が禁止されている、また日本薬局方では、ガーゼや包帯や脱脂綿などに使用することを禁止されている蛍光増白剤が、法律に洗剤への禁止条項がないばかりに、合成洗剤には配合されているという事実は、幾つかのことを語っている。まず、いわゆる法網をくぐるということを業界はやるものであるということ、次には、洗濯をすることによって発癌性のあるものが新たに加わるのであるから、衣類は洗濯をする前よりも汚れたものになっているのに、我々の目にはよりきれいになったように見えるという、つまり、人間が長い年月の間、何百万年も、それで物が汚れているかきれいであるかを判断してきた目を欺くことによって売らんかなを狙ったものが、合成洗剤であるということ（おしめの吸湿性を少なくする柔軟剤は母親の触覚つまりは母親の愛情を欺いている）、従って、我々市民は、昔どおり感覚に頼って物の良しあしを見分けていると（我々の舌や鼻を欺くこともいかに多く行なわれているか）、とんでもない目にあうことが多いという、油断のならない大変な時代に生きているという、悲しい自覚を持たねばならないということ、などなど。

こういう商行為は、人間が物々交換の時代、つまり、有無相通ずる者同士が顔を合わせ言葉をかわし合って、相手の欲しいもの、従って相手の喜ぶものを提供するのでなければ、自分の欲しいものを分けてもらうことができなかった長い時代には、とうてい起こり得なかったであろうと考えられ、それは、例えば経済学者のメイナード・ケインズが、半世紀前の世界的大不況の折りに、「少なくともあと百年間、われわれは自分自身に、そしてすべての人々に、公正なものが不公正であり、逆に不正なものでも公正であるように偽って聞かせねばならない。なぜなら、不公正なものは有益であるのに、公正なものはそうではないからである。貪欲、高利、そして警戒心はあとしばらくの間、われわれの神様でなければならない。というのは、それらだけが経済的困窮というトンネルの暗闇から昼の光にわれわれを導いてくれるのだから」（斉藤志郎氏訳）と書いたころから、顕著に見られるようになった現象といってよいであろう。

我々の人間関係の悪化ないしは退化といってよいものを示す現象は、他にも指摘されている。国際人権機構は拷問の人類社会における増加を何度も報告しているし、我が国の犯罪白書は凶悪犯罪の人口比の数と一定年の増加率がいわゆる文明大国において最も高いことを記しており、我が国における覚せい剤使用者の増加、特に若年層と主婦の間における増加もしばしば新聞の記事になっている。そして特に注目すべきは戦争のことであろう。歴史の進行とともにその度数と死者数が増えてきたこと、今や全人類を何十回も殺し得る核兵器を人類が持っているという事実などは、人間関係の退歩というものを否定し難く示しているといい得る。そのような人類社会のただ中に、自然科学の成果が投げ込まれているということは、我々の決して忘れてならないことであると考えられる。

この自然科学の成果と我々人類との問題で、さらに考える必要があるのは、人間の生理的肉体の進化ないしは変化の極度の遅さと、自然科学の進歩の驚異的速さの間の落差、不均衡、距離の問題であるように思われる。

広島と長崎に落とされた原子爆弾をきっかけに、自然科学の進歩は果たして人間を仕合わせにするか、という疑問が筆者の前に立ちはだかり、以来三十余年、その問題を考え続けてきたのであるが、その間に読んだこの問題に関係のありそうな内外の数百冊の本に、最も欠落していると考えられたのは、この人間の肉体の遅進歩性または人間の肉体の原始性、または、人間の進化論的進化に要する時間の途方もない長さへの視点であった。

この点について、例えばダーウィンは、公正な従って健全な考えを持っていたように思われる。彼の『種の起源』は『バイブル』の「創世記」に見られる、種は神に創造されたまま固定して変わらない、という考えに対して、種は変わるということを示した画期的な書なわけであるが、一つ問うてみるに値するのは、なぜ種が固定して変わらないように人間の目に見えたのか、という問いであろう。それは種の変化に要する時間が、人間の尺度の時間ないしは人間の生活の時間ないしは人間の一生の時間に比べて、非常に長いものであるからであった。ダーウィンもその変化の遅さを、上記の書の中で、変化には一千世代または一万世代を要するであろうと言って示したり、「自然な飛躍をしない」という意味のラテン文を頻用することによって強調したりしているのである。そして人間もまたこの「自然」の中に含まれる一つの種であることは、言うまでもない。

筆者が合成洗剤の人体および自然環境への有害性を説きせっけんの使用をすすめた何千人かの人々のうち、合成洗剤に対するアレルギー体質とも称すべきものを持っていた人は、二人しかいなかった。合成洗剤で洗った下着は、どんなによくすすいでも、必ず蕁麻疹を発生させるというこの二人は、即座にすすめたせっけんを欲しいと言ったのである。これは人体に有害な合成洗剤に対してその人の体自体が拒否反応を示した例、体がちゃんと合成洗剤の有害性を知っていたといってよい例で、合成洗剤の有害性を説くまでもなかったが、せっけん普及に際しての困難の第一は、圧倒的多数の場合、人間の体がこの有害なものを有害と知る能力、つまりそういう性質を持っていないという点にあるように思われる。合成洗剤の場合は、しかしながら、やがていわゆる主婦湿疹という肉体的症状が現われてくる人が多いから、まだよいのであるが、放射線については、事柄はまさに絶望的といってよい。

放射線はまず、その存在を我々の目も耳も舌も鼻も膚も感じ取ることができない。ねずみの一種にそれを感じるものがあるという文章を読んだことがあるが、この有害きわまりないものの存在を人間の肉体は知る能力がないのである。そればかりではない。例えば、核分裂によって生成される放射性同位体の一つストロンチウム90は、骨肉腫や白血病を生じさせる猛毒物質であるが、人間の肉体は、その毒性を感じ取ることができないばかりか、この物質の化学的性質がカルシウムに似ており、カルシウムは現在の食生活ではとかく不足しがちであるという理由から、この毒物を避けるのはおろか、いわば積極的に体内に取り込むのである。同様のことは同じ核生成物であるヨウ素131についても言い得る。ヨウ素は海藻に多く含まれており、体の健康には不可欠とされているのであるが、やはり、とかく不足しがちである。我々の肉体は、甲状腺に濃縮して甲状腺癌を生じせしめるこの猛毒物質を、同様に喜んで取り込むのである。もう一つの核分裂性生物で地上最強の毒性を持つといわれるプルトニウム239の場合は、母体の血液にこの物質が混入していると、化学的性質が鉄と似ているが故に、「高度に選択的にできている胎盤の壁を通り抜け、成長中の胎児に到達し、新生児に障害を与える原因ともなりうる」(女医H・コルディコット著・高木仁三郎・阿木幸男訳『核文明の恐怖』八十四ページ)のである。

原水爆の実験によって我々の地球に初めて登場した、従ってその登場後の時間が四十年にも満たない、またその登場に関する研究が何人ものノーベル賞受賞者を出したこれら人工の新物質について考察をめぐらすとき、そして同じく近々わずかな年月の間に作り出された合成洗剤、食品添加物の多く、農薬の多く、プラスチック製品、膨大な数の薬などの有害性を思うとき、人間が作り出したものは結局は、人間との関わりを持たざるを得ないという厳たる事実を度外視し、人間は短期間には変わりも進歩もし得ない、つまり進化論的時間の制約下にある一つの生物体であるという己れ自らに対する認識を欠いて、人間とは無関係に成り立つ対象の値、対象の客観的数値ないしは性質なるものをひたすら追究し続け、「日進月歩」時には「秒進分歩」などと称してその進歩を謳歌してきた、現代自然科学のその姿勢に、根本的な誤りがあったというところに、ノーベル賞を筆頭とする種々の賞によって、主に自然科学の進歩を奨励してきたことは我が二十世紀文明の根本的な誤りの一つではなかったかというところに、我々は行き着かざるを得ないのである。

（一九八二・五・二〇）

本とのであい――丘浅次郎著『生物学講話』

物の考え方は、違いを強調するものと類似に着目するものというふうにも分類できるのではないか、と考えるようになったのは、いつごろからであったろう。

学生に求められて「似たもの同士、人間」という雑文を書いたのは四半世紀以上前であったが、その中に、東京に出て間もないころの市電の中で、妙なことに英語で浮んできた文句、My existence is not so important as I used to think. I am one of them というのを持っていた本の表紙裏に急いで書きつけたことが書いてある。そのころからであったろうか。

丘浅次郎の『生物学講和』と出あったのが、どうも、そのころであった。

一九一六年、私の生まれる一年前に出たこの本は、たしか「明治百年」の時、その百年間に日本人が書いた名著十冊の中に、同じ著者の『進化論講話』（一九〇四）共々各界の人のアンケートによって選ばれたこともあってか、一九六九年再刊され、現在は『生物学的人生観』上下二巻として講談社学術文庫に入っている（『進化論講話』のほうも同様に再刊され同じ二巻本として同じ文庫に入っている）。

これは読み出したらやめられない本であった。首が痛くなったことを今も覚えているが、例えば三分の二ぐらいのところに、人間の胎児が発生的にアメーバ、ヒドラ、やつめうなぎのような時代を経過する点では、王様も乞食も西洋人でも黒人でも少しも相違がない、ということが書いてあった。この本の最後にはさらに、著者独自の人類滅亡論が書いてあり、人類は脳髄の発達が原因で亡びるというのであった。

現在私は、違いを強調する考えを戦争待望に繋がる論理、類似に着目するほうを平和推進の思想と考えているのであるが、今まで出あった数多くの本で、出あいの仕合わせを感じる（仕合わせの語源は偶然の出あいということだそうである）もう一冊の本は、J・B・Sホールデン、著、八杉竜一訳の『人間とはなにか』（岩波新書）という、徹底して類似に着目している本である。

本の値段は内容には付けられていない。すばらしい掘り出し物が、本の世界には、きっとある。

（一九八三・五・四）

浅井たみさんを偲ぶ

我々の運動のかけがえのない同士、浅井たみさんが、師走も半ばを過ぎた十九日の午前三時三十分、二カ月半のご入院の後、七十九歳二カ月に少し足りないご生涯を終えられた。

お通夜の時も、翌日のお葬式の時も、私の心を去来してやまなかったこと、そして、お葬式の後、ご遺族の方々にも申し上げたその同じことを、少し説明を入れながら書いて、浅井さんを偲びたい。

浅井さんご自身から聞いた話であるが、若いころの浅井さんには、ヨーロッパ流の交響曲に東洋の楽器を加えた大交響曲の作曲を企てられた一時期があった。これはまさに大野望と称すべきもので、このような途方もない願望は、私が存じ上げるようになった晩年の浅井さんにも、時々ちらっと顔を見せることがあった。

しかしながら、若い日の浅井さんの右のような願いと晩年の浅井さんのそれとの間には大きな違いがあったと考えられる。

東西の楽器を含む大交響曲の作曲を目指すということは、大彫刻家、大画家、大詩人、大学者、大政治家といったものを目指すのと同種のもので、前人未踏の壮大な気宇を示してはいても、それはつまるところ、この世でパンを有利に得ようとする願望と見なすことができる。実はそれは、瑞々しくそして強烈な個体保存本能の発露であった。

個体保存本能といえば、我々はもう一つの本能を持っている。言うまでもなく種族保存本能であるが、私は近頃、我々が誰でもこの二大本能の埒外に出ることができないことを、わざと、我々は皆この個体保存本能と種族保存本能という二足の草鞋を履かざるを得ないのだ、というふうに学生などに説明することにしている。わざとといったのは、この二足の草鞋を履くということばは、同じ人が両立しないような二つの職業とか立場を兼ねるという意味で、人を非難するときに使われるのが普通だからである。

一昨年の九月湯川秀樹が死んだ翌日の新聞は、湯川夫人が亡き夫について「物理のことばかりを考えた一生でした」と語ったことを報じていた。もう一つの新聞も、やはり夫人のことばとして、湯川秀樹自身が、事もあろうに結婚初夜に臨んで、物理のことだけを考えさせてくれないか、と新妻に語ったことを伝えていた。

私が二大本能のことを二足の草鞋と言い始めたのは、実はといえば、この記事を読んだのがきっかけであった。この常識をいわば逆手にとった比喩を使うと、湯川秀樹が物理に専念しようとし、夫人が夫のその専念を語っていることは、物理学によってパンを有利に得ようとし、事実それに大成功を収めたことに、つまり個体保存本能という一足目の草鞋をうまく履こうとし、履き得たことに、ひどく偏った力点を置いていた一組の夫婦の存在を示しているということになり、今まさに二足目の草鞋を履こうとするときの男のことばと、金婚式を目前にしていたという長い年月、共に二足目の草鞋を履いてきた男の死の直後に語った女のことばは、この男女、二足目の草鞋はあまりうまく履かないでしまったのではないか、ということを暗示することにもなる。

またこの比喩は、これから人生を歩もうとしている私の学生たちに、この二足の草鞋を程よい調和を保って履くということが、実は仕合わせの内容なのであるが、日本では「ただこの一筋につながる」などと、とかく、一足目の草鞋を履くことを重視しすぎるから気をつけなければならない、というふうに、さらには、核兵器と核の「平和利用」によって、また緑のつまり酸素の減少、炭酸ガスの増加、成層圏・大気・土・海の汚染などの環境破壊によって、人類は、一足目の草鞋も二足目の草鞋も共に履けなくなるという、地球始まって以来の危機に直面することになったのであるが、二足の草鞋を調和よく履く以外に我々の仕合わせはないので、それを共に履けなくするものと戦う三足目の草鞋を各人が履くということが、どうしても必要になったのである、というふうに話すことを可能にする。

浅井さんも、もちろん、二足の草鞋を履かれた。そして浅井さんの最晩年は、この三足目の草鞋を、懸命に、渾身の力をふるって、最高の誇りをもって、履かれた年月であった。一足目の草履を浅井さんと同じくらいの大きな夢をもって履こうとする人は他にもいるであろう。しかし、この地球上の、芸術にも学問にも政治にも優先するいのちの存続のために、おききした大野望に注がれたのに劣らぬ熱意をもって、ご入院の日々の最後まで、三足目の草鞋を履かれた浅井さんのような例は、世に少ないであろう。浅井さんの最晩年は、最も充実した、そして最も崇高なものであった、と私は思う。

(一九八三・一二・三〇)

体の超保守性

ずっと昔に食べていた食べ物が健康によいということが指摘され始めている。例えば、長寿村として有名な山梨県の棡原(ゆずりはら)に、戦後バスが行くようになっていわゆる近代食が入って行くと、頑固で昔からの食習慣を変えないお年寄りは以前と同じく長生きであるが、その近代食なるものを取り入れた若い人たちは祖父母や父母よりも早く亡くなって、逆縁ということがしばしば起こっているという指摘。

また最近読んだ本では、英国学士院会員で英医学会の最高金メダル賞を受けたというバーキットの『食物繊維で現代病は予防できる』(桐山監訳、中央公論社、八八〇円)とサティラロというアメリカのある病院の院長をしている人の自分自身の体験を書いた『がん、ある「完全治癒」の記録』(上野圭一訳、日本教文社、一四〇〇円)というのがそれで、「食物繊維」というのは、棡原の老人たちが食べ続けているずっと昔からの食べ物のことといってよく、癌の「完全治癒」というのは、同種の食べ物を食べ続けて約三年、すでに五カ所にはっきりとした転移が認められた末期前立腺癌が、著者の体から、転移のものも含めて、完全に無くなったというのであった。

なぜ昔の食べものがそんなにすばらしいのかということについては、しかしながら、その根本的理由が着眼されていないように思われる。それは、我々の体の超保守性とでも言うべきもので、私はある講演の要旨を事前に求められたときに、農薬をはじめ、化学肥料の多く、食品添加物の多く、プラスティック製品、合成洗剤、人工放射能物質が有害なのは、これらが日進月歩と称する自然科学の進歩の最近の所産であるのに対し、人間の生理的肉体が太古の所産で、千年や二千年では変わり得ない極めて保守的なものであることからくる両者の落差故である、という意味のことを書いたことがあるが、我が家では、玄米にひえ、はとむぎ、小豆などを入れた、私の子供のころ、貧しい人たちが食べていた主食を食べるようになって、二年半ほどになる。人間は、大昔には、みんな貧乏であったので、我々の体の超保守性を念頭に置けば、近代的食生活などというものは、別にくわしい実験をしなくとも、我々に有害なものであったのである。

（一九八五・一〇・一五）

母性が地球を救うか

東京オリンピックの時、金メダルを取った日紡貝塚の女子バレーボール・チームの人が、だいぶ前、ある雑誌に随筆を書いていた。その文章の結びが、結婚して身ごもり、子を産んで抱いた感動に比べれば、オリンピック優勝のときの感動などは物の数に入らない、という意味のものであったのは、忘れられない。

女性は胎内にいのちの動くのを感じ、我が乳房から我がいのちを吸って育っていくいのちを抱くことによって、世界一になることよりもいのちが優先するということを、自ずからにして知るのではあるまいか。

男性は、大試合で優勝したとか、学校の成績が一番であったとか、賞をもらったとか、人間社会の競争のそういう勝者になったことを、最優先する価値として、墓場まで抱きしめて行く可能性が高い生きもののようである。

二カ月と少し前の新聞に、東京ソワールという会社の社長をしている児島絹子さんという人が、同年代の男性について「異常なくらいに出世欲、名誉欲が強いこと、こればっかりはちょっと理解できませんね」と記者に語ったことが出ていた。明治から大正にかけての感動的な人権運動家、福田英子（一八六五―一九二七）も、若いころ苦楽を共にして人権のために頑張った男たちが、後に政府の要職に就いたり、国会議員の地位に安住しているのを見て、よく「男は駄目だよ。位階や勲章に目がくらむからね。そこへいくと女には勲章をぶら下げて喜ぶやうな馬鹿はいないから頼もしいよ」と晩年に語ったという。ちなみに、私がこの人権運動家のことばを知った、村田静子著の『福田英子』（岩波新書）は、私が読んだ少なくない伝記の最もすぐれたものの一つである。

今、世界の反核運動、兵器としての核はもちろんいわゆる平和利用と称する原子力発電も、その主力は女性が担っているようで、「核戦争、女性の手で防ごう」「軍縮に女性の力を」「非核地帯、女の手で」「反核運動、主役は女性」「原発やめねば子供は産まぬ、フィンランドの女性四千人が政府に抗議」といった新聞の見出しが近頃多くなった。環境破壊、つまりいのちの破壊、に対する抵抗運動も、女性を中心に進められている場合が多いようだ。名古屋のＹＷＣＡ（キリスト教女子青年会）が、この地球を滅ぼすかもしれない核と環境の問題で、実に頭の下がる活動をしているのに対し、ＹＭＣＡ、つまり同じキリスト教精神による男性の団体は、その活動の話をほとんど聞くことがないのも、何か、象徴的のように感じられる。

それに、この間の戦争の、東京大空襲のときも、広島と長崎の原爆のときも、敗戦時満洲で明日を待てない逃避行のときも、陣痛が始まっていた女性、出産直後であった女性は必ずいたのであり、戦争による全死者のうち非戦闘員の占める割合は増える一方で、第一次大戦では一三パーセントであったのが、ベトナム戦争では九〇パーセントを超えるに至っているのである。

（一九八六・九・二三）

第五章

復刻版追加

科学は人間を幸せにしない　―これまでの価値観の誤り―

人間の体は進歩しない

人類が最初に手にした三発までの原子爆弾の製造に、ノーベル賞をもらった人が二十三人も直接参加しています。また、現在、兵器の改善に日夜努力している自然科学者は五十万人ほどいるとのことです。

私は文科系の人間ですが、「自然科学の発達は、はたして人間を幸せにするか」ということに関係のありそうな本を、敗戦後から現在まで、ほぼ七百冊位読んできています。これらの本の中で、最も欠けていると思われる点を一つ申し上げます。

それは、人間の体の原始性ということが着眼されていない。

進歩するものは、科学技術ばかりか、法律制度とか、女権問題、労働条件などいろいろあります。しかし、体の方は、千年や二千年、一万年たっても絶対に進歩しないものであることは着眼されていない。ダーウィンは、単細胞生物からだんだん変わって人間までできているという、生命のつながりを証明したといえますが、彼は、人類ができるまでには、膨大な時間がかかるということを、『種の起源』で言っています。大体、種の変化を考えるには、人間でいいますと、三十万年位かかるということです。

孔子や釈迦が生れてから、まだ二千五百年位しかたっていません。我々の肉体は、大昔の、大昔のままなのです。ですから、素人として役に立つのは、テレビの宣伝などの文句の終りには、新開発、新発売などなどの言葉がつきますが、新のものは、我々の肉体にとって危険であるという、おおまかな観点を持っていると、非常に役に立つということを申し上げたいのです。

体は旧である、体は実に保守的なので、ダーウィンも「自然は飛躍をしない」と何度もいっています。三十万年前とあまり変っていないという自覚が必要です。そして「新」というものにまず疑いを持つことです。体に入れる食べ物などは特にそうだと思います。

業績を尊重する誤り

もう一つ申し上げたいことは、現在、文明国で「偉い」ということに根本的に誤りがあるのではないかということです。

私は、加藤唐九郎とか、荒川豊蔵とかいった人をほめたたえるところに誤りがあると思うのです。食べ物を作る人は、業績というものを残さない。雪舟なら雪舟の絵があり、ダビンチならダビンチの絵、彫刻などがあります。文学者だと本が残る。私達なら研究業績が残る。そういう業績を尊重するところに誤謬があるといえます。

梅原龍三郎が死にますと、どんなにほめてもいいという調子で、美しい音楽などをいれて報道いたしますが、ここに誤りがある。農業や漁業を分担している人によって命は支えられています、私達が命あるかぎり、一日もかかすことなくお世話になっているその人たちは業績を残さない。記念碑も残さない。食べられて糞尿になってしまう私達の働くエネルギーを供給して、何にも名のあるものを残さないのです。

そういう人たちに対する感謝の念というのは、いわゆる業績を残す人をほめたたえるということとは一致しない部分があるのです。ああいうものを、あまり偉いと思わない精神をつちかわないと、食物に対して真に感謝する気持はおきないんだということを申し上げたいのです。

（以上の文は、一九八六年二月の〝私たちの生存は守られるか〟のシンポジウムでの梅津氏の発言を事務局でまとめたものです）

文学研究と素人の立場

素人とは、それで飯（メシ）を食っていない人。専門家とは、それで飯を食っている人。こう考えるとわかりやすいと思います。専門家は実力があるということで意見を求められたりしますが、専門家はその専門に関して最も公平にものを言えない場合が圧倒的に多いということを忘れてはなりません。

では平和で飯を食っている人はいるのでしょうか。戦争で飯を食っている人はいますが、平和のための運動で収入や名声が入ってくるはずのものではありません。平和には専門家というものはいないのです。

例えば専門家の書いた『源氏物語の研究　第13集』八千円という広告がありました。これは原典よりはるかにページ数も多く、かえって原典を読む気をなくさせる働きをするでしょう。

「源氏」は注の最も少ない版で読むのがいいのです。文学は読まれるためにあるのであって、研究されるため、いわんや研究業績稼ぎのためにあるのではないのです。

　キャスリン・レインの『ブレイクと伝統』という書も、世間の人ではとうてい不可能な金と時間を稀覯書（きこうしょ）にかけて成ったものですが、彼女はその中で、ブレイクがわからないのは読者のせいであって、詩人のせいではないなどと言っております。反感を押さえられませんでした。またある研究書では、ブレイクの何気ない挿絵の中の、鳥の翼の広げ方の意義如何を詮索しているものもあります。ブレイクの作品が、何の特別の準備もない素人の読者のためにあるのだということを、専門家は忘れるのです。私がブレイク学会をつくろうとしないのも、このようにブレイクを専門家だけのものにしていく傾向に賛成できないからです。

　それらに比べ、四十一歳の主婦、甘蔗珠恵子（かんしゃたえこ）さんの書いた『まだ、まにあうのなら』は、大きな活字で五十五ページ、二四〇円のパンフレットです。誰でも読めます。核の問題に本当に立ち向かうのなら、専門家にしかわからない大作を書いてはだめです。この小冊子は、素人の立場を貫いているからこそ、現在及び将来の人類の上に確実に有効に役立っているのです。

　勲章をもらうような「大家」や、一道に秀でた人などは、生きている自分や、子や孫にも影響を与えざるを得ないような問題に全く気づいていないことが多いものです。

芭蕉も「無芸無能にして、ただこのひと筋につながる」などと言ってはいますが、子供はもうける、作句の添削料は取る、私たちと同じです。パンとセックスにつながっているのです。ひと筋ではありません。当然です。

私のブレイク研究もこの点においての闘いでありました。ブレイクは貧乏をものともしないような偉大な天才であったとするような論評の多い中で、ブレイクも我々と同じ人間で、野心も抱き、貧乏にもひどく悩まされたことを書いたりしました。彼の手紙を読むとそのことがよくわかります。

文学は、あるいは文学の研究は、人間の幸福に役立ち得るか、その効用について私はしきりに考えてきました。毎年「文学概論」の講義で、次の五点を学生たちに話しています。

一　文学は進歩しない。
二　文学は才能や秀才を重んじない。いのちを重んじる。
三　文学は、人間には百点がつかないことをがっちり証明している。
四　不幸が文学を生み出すエネルギーである。

五　時代と場所を超越して人間がお互いに似た者であることを、文学ほどよく表わしているものはない。

専門家は問題の技葉末節に走り、この五点のような素人の立場からする文学の効用を忘れがちであります。

第一番目の、文学は進歩しないということですが、ホメロス、シェイクスピア、『源氏物語』をしのぐ作品がその後出ているでしょうか。岡山市のオリエント美術館に五千年前の陶器と武器が展示されています。短剣や槍の先など、人を殺す道具は今のほうがはるかに進歩しています。しかし平和のための日常生活の道具類は当時と現在の間に進歩はありません。五千年前の焼き物にはすばらしいものがあります。世の中には進歩しないものがあるのです。文学の分野でも「新しい研究」とか「新しい着眼」とかに皆が飛びついていく現象も、自然科学研究のめざましい進歩に眩惑されているためではないかと思います。画家レノルズは「芸術は進歩する」と言い、ブレイクは「進歩しない」として彼に痛烈な批判を加えました。文学や芸術部門というのは、進歩しないということを拠点におかないとわからないものなのです。

人間は進歩しないということの原因として、人間の肉体の非進歩性、あるいは遅進歩性ということがあります。我々は立っては寝ません。昔の四つ足状態に返って寝ます。直立するようになってから三百万年もたつのに、血の逆流を防ぐ静脈弁は一個も増えてはいません。最近になって出た、放射能などの有害物質を、人間の肉体はなぜ感じる力がないのか、それは昔はそういう物質がなかったために、肉体はそれを感知するようにはつくられていないからです。

七二〇年の『日本書紀』には、驚くほどズケズケと皇室の恥になることが書いてあります。一九三一年それは削られました。『谷崎源氏』も、源氏の義母との不義密通を削りました。高貴な人も我々と同じ人間であったのだということが「文学」の中には生きていたのに、つい最近になってこれが殺されかけているといえましょう。文学は百点のつく人物を書かない、むしろ人間の愚かさを主張しているものなのです。

十字架上で釘を打たれてもキリストは神の子だから痛くはなかったとする考えがあります。しかしキリストのその時の痛みを知る人こそがキリストに脱帽する――これが文学の精神です。ホメロスに出てくる英雄も、傷を負うと青ざめて震えていたとちゃんと書かれています。ですから、欠点がないとされる独裁者などが支配する組織の中で真先に除名を受けるのは、すぐれた文学者たちなのです。文学者は、百点がついた人間の味方をすることはできないのです。

文学が不幸から生まれるというのは、宗教が砂漠から生まれるのと同じです。大宗教が生まれるということは、その土地がいかに不幸であるかを証明しているのです。「芸術のための芸術」を唱える学者で「文学よ栄えよ」などという人がいますが、文学も宗教もあまり栄えないほうがいいのです。いのちが痛めつけられているのに比例して文学が生まれるのですから。痛めつけられたいのちの叫び、それが文学であることを、専門家は忘れてはなりません。

アスファルトを突き破って雑草が伸びてくる、この姿に感動するのが文学の精神です。アンナ・カレーニナは完璧で非の打ち所がない夫カレーニンではなく、欠点だらけだが比類のない温かさをもつウロンスキーにグイグイひかれていきます。一流の文学は、才能などというけちなものには着目しないものです。先ほどの雑草のようなことは人間にもいくらでもあることです。そういう人たちの努力や喜びや悲しみ、それが文学でありますが、私の経験からいうと、どうも専門家の文学研究からはそういうものが伝わってこないことが多いのであります。

最後に、人間はお互いに似ているものだということを文学は証明しているということですが、アルベルト・セント・ジョルジュは『科学・倫理・政治』の中でこう言っています。

「人間の脳みそは、鷹の爪やくちばし、チータなどの速い足と同様、生きるのに有利な武器、即ちいかに有利にパンと配偶者を得るかというための武器に過ぎないのであって、それ以上の何ものでもない」

しかしジョルジュは、ただし例外があるとし、有利さよりも真理を先にした四人の例外として、ガリレオ、ニュートン、パスツール、アインシュタインを挙げているのです。これは彼に文学の精神がなかったための失敗でありました。なぜなら、これら四人の科学者もすべて私たちと同じで例外ではなかったからです。

ガリレオは母と二人の妹、内妻、三人の子らのために、生きることに非常に苦労した人です。ニュートンもアカデミーの長になると、気にいらない人のクビを切ったり、権力欲が旺盛だったり、汚いところのある人でした。パスツールは国際社会で若いコッホの質問に詰まると、彼を生意気だと面罵（めんば）しております。アインシュタインも離婚しておりますから良き夫だったとは言えません。四人とも真理探求の権化のように思われておりますが、そうではないのです。このことを理解し、信ずることができるのは、ひとり文学のみではないでしょうか。

人間は皆同じだということを知ることは何に一番役立つでしょうか。恐らく平和に最も役立つでありましょう。こちらが悲しいことはあちらも悲しい、こちらが辛いことはあちらも辛い――これを理解するという文学の太いところでの効用を、我々は講義の中でも論文の中でも強く訴えて、人類が今直面している巨大な課題の解決のために、文学を役立てていくことができるのではないでしょうか。

自然科学はノーベル賞をみてもわかるように金の力によって成果があがります。しかし平和や文学というものは金では生まれません。文学というものはいのちを阻むものへの反発から生まれるものです。いのちを阻むものに対する改革を強く叫ぶものとして文学は正に進歩的でなければならず、同時に、人間は進歩しないという点で文学はまた保守的でなければならないと思います。

（一九八八・八・二五）

私をブレイクに引きつけたもの

『太平記』に頻出する、「美徳」「命を軽んずる」が猛威を振るったこの間の戦争中、三十歳代半ばのブレイクの言葉、「実行されない欲望を育てるよりはいっそ揺りかごの中のおさなごを殺せ」「女の裸は神の作品である」「あふれ出るものが美だ」は、私を捕らえて離さなかった。四十歳代の半ばのブレイクは「むごい扱いを受ける小羊は公の争いをかもし出すしかもなお屠殺人のほうちょうを許す」「人間以上であろうと試みると我々は以下になる」という命のあり方の認識に達しており、六十歳代になると「あらゆる売春婦はかつては処女であった、あらゆる犯罪者はおさないいとし子で」「各人の不徳の相互の許しそういうのが楽園の門である」と言うに至っている。

命について、この、学歴も読書も役に立たない、素朴な問いを、柔らかく、重く、鋭く、執拗に問い続けたブレイクに、私は引かれ続けたのであった。（一九八九・一・一）

ブレイクの現代的意義

そもそもすぐれた文学というものは、現代的意義などというものを持たないはずのものである。すぐれた文学は、人間の正味というか、掛け値なしの、または希望的観測を含まない人間の実力というか、そういったものを、時代と場所の隔たりを超えて示しているのであって、そういう人間の正味を語っている点でホメロスが古くなってしまったということはないのである。

愚なる人間への愛

私がこのほど全訳を終えたイギリスの彫版師ウィリアム・ブレイク（一七五七—一八二七）も、例えば三十歳代の半ばの言葉「実行されない欲望を育てるよりはいっそ揺りかごの中のおさなごを殺せ」が示しているように、いのちが阻まれない世界の到来を激しく望んだ人であったが、同時に、この人間の実力を見極める鋭さ、冷静さ、非情さにおいて、人後に落ちる人ではなかった。同じころの「切られたみみずは鋤を許す」という言葉は、畑を耕すのに、みみずを切らないように耕せということは、百メートルを三秒で走れというのと同じで、人間には無理な注文であることを明確に知っていたブレイクを語っている。やはり同じころの「どんな鳥も高すぎて舞い上がることはない、もし自分自身の翼で舞い上がるならば」とか、四十歳代半ばの「人間以上であろうと試みると我々は以下になる」という言葉も、人間の実力にとって高すぎる理想を持つことを非とするブレイクの立場を証していある。

こういう、いわば人間の「百点のつかなさ」の認識が、「あらゆる売春婦はかつては処女で、あらゆる犯罪者はおさないいとし子であったのだ」「各人の不徳の相互の許し／そういうのが楽園の門である」というブレイク最晩年の愛の境地を導くに至っているのも、至極当然のことであった。そして、この人間の「百点のつかなさ」の動かない認識、さらにその認識から必然的に出てくる、愚かなる人間の愛こそは、実は、すぐれた文学一般に通じる大きな特質であったのである。この特質は、最初に書いたことと矛盾するようであるが、すぐれた文学一般の、さらには、もちろんブレイクの、大きな現代的意義の内容となっていると考えられる。

技術の招いたもの

現代は、科学技術の飛躍的進歩の時代、いわゆる技術革新の時代で、第二または第三の産業革命と呼ばれたりしているわけであるが、例えば、十年前の三月に起こった米スリーマイル島原子力発電所の大事故の直後、当時稼働していた全米七十余基の中央制御室で勤務している特殊技術者全員に操作についての試験をしたところ、六三パーセントの者が不合格であったことが端的に示すごとく、この技術革新が、人間の実力にとっては、ますます複雑すぎるもの、ますます速すぎるもの、ますます精密すぎるものを日々に生み出している事態は、あらためて人間の実力の確かな認識、それに基づく人間の実力の主張、人間の愚の主張を緊急のこととしており、このことが、人間の実力を書き続けてきたすぐれた文学の、かつてない、いわば出番を、極めて強くわれわれに求めさせることになっているのである。

自然科学の成果をば、目前の目的のために利用しているにすぎない人間、どうひいき目に見てもそれ以上ではない人間、そういう人間が招いている温室効果、異常気象、酸性雨、フロンによるオゾン層の破壊、産業廃棄物による地下水の汚染などなど。人間の実力の正確な認識が今ほど必要な時代は、人類の歴史上、恐らく一度もなかった。文学の出番をいうゆえんである。

加えてブレイクは自ら自然科学の激しい批判者であった。例えばわが国の雑誌『自然』一九七六年六月号も、その「ミニスコープ」なる欄において、無署名の「科学批判の先駆者ブレイク」という記事を載せている。第一の産業革命の正に全期間を生きてきたブレイクは、過去の権威を教え込む学校教育というものをまったく受けなかったが故に、また多分は天才が持つ生得の平衡感覚の故に、当時の自然科学の思想的および実際的権威、ベイコン、ロック、ニュートンを批判して譲らなかったのである。

生態学的な視点も

ブレイクはさらに、今日しきりに問題とされる生態学の原理に気づいていた可能性がある。先に引用した「切られたみみずは鋤を許す」も、生命の尊重は、一切の生命を殺さないことであるというごとき単純なものではないという意味を含み得る点で、生態学的であるとすることができる。さらに四十歳代半ばころの「むごい扱いを受ける小羊は公の争いをかもし出す／しかもなお屠殺人のほうちょうを許す」「蠅を殺す気まぐれな男の子は／蜘蛛のうらみを感じることになろう」などという言葉は、はっきりと生態学的見方を示すもので、教育よりは己の正直で素朴な目を信じた人間の、預言者的力をよく例示しているといい得る。

ブレイクの全訳を終えて思うもう一つのことは、流行で事をする、度を越したわが国の「習慣」のことである。ブレイクが世界的に流行したのは、その死後百年のころであったが、その波に棹（さお）さして当時の『英語青年』は五号ものブレイク特集を出したのであった。しかし、その生誕二百年を記念する同誌の同じ特集号は、一号きりであったし、岩波、新潮両文庫にあった特集も、とっくに絶版になっている。ブレイクの現代的意義はむしろ、より大きくなっているのに、である。

（一九八九・六・一六）

分かりにくさの危険

例えば日本国憲法がサンスクリット語で書かれているとしたら、憲法は日本人の九九・九九九パーセントにとってないのとまったく同じものになってしまうだろう。読めないからである。分からないからである。

これに似たことがかつて人類にあったらしい話が、二百六十余年前に出た『ガリヴァー旅行記』第四部「ヒヒヒヒンの国でのガリヴァー」に出てくる。この第四部は日本語だと頓馬（とんま）、英語だとアス、ホース、ドンキーなどと、人間がばかの代名詞に使ってきたその馬が最も立派な品性を持った生物、人間は最下等の動物として書かれている風刺文学の傑作なのであるが、人間世界では法律が、法律の専門家だけに通じる特殊な隠語及びちんぷんかんぷんの言葉で書かれていて、一般の人にはまったくわからないという話である。法の内容と運営の民主化は、法律用語が誰にも分かるものに次第に改められるという歴史を歩んできているに相違なく、そのことは大日本帝国憲法と日本国憲法についても指摘できる。新憲法にも「接受」「争訟」「掌理」「対審」といった、我々市民の日常ではあまり使われない語が、残念ながら、まだ残っているのではあるが。

T・S・エリオットの詩『荒地』にはダンテのころのイタリア語はてはサンスクリットまで出てきて、英米人にも実に難解、作者による多くの注が付されるに至っているのであるが、そういう詩を中心的な業績としてエリオットをノーベル文学賞受賞者としたこの賞の当時の選考委員は、あまり民主的な考えの人たちでは多分なかったろうという想像も可能である。しかし、文学などが難解であってもいのちを脅かしたりはしない。

法律用語が時と共に分かり易いものになってきたのとは逆のことが、自然科学にはある。その日進月歩と称する性質の故に、それが時と共に難解になってきていることを言うのであるが、自然科学の成果がいのちを脅かす巨大な力をいかに多く生み出しつつあるか。核兵器がそうである。生物兵器がそうである。化学兵器がそうである。原子力発電がそうである。フレオンガスその他によるオゾン層の破壊がそうである。増加の一途をたどる工業生産によって生ずる膨大な炭酸ガスその他の廃棄物による地球の温暖化と酸性雨による自然破壊がそうである。

ストックホルム平和研究所の創立十周年報告『核時代の軍備と軍縮』が「今や軍事に

適した科学研究とそうでない研究という区別はない。……軍にとって興味のない科学研究の分野などは存在しない」(服部学訳)と言い、一九七四年のノーベル物理学賞受賞者M・ライルが死の前「いまや新しい恐怖が生み出される前に、基礎科学の研究を停止すべきときがきているのではないか」と言っている今、その民主的運営をますます困難にする分かりにくさの増大に寄与する自然科学の文化勲章、ノーベル賞などによる進歩の奨励は、もうやめにすべきではなかろうか。

(一九八九・一一・六)

湾岸戦争、平和馬鹿の弁

一等賞病

何度も、一等賞病、という言葉が心をよぎった。四十二年前、約一年間アメリカにいて、アメリカ人は一等賞病にかかっているな、と感じる折りが多かったことを思い出したのである。川の話になると嬉しそうな顔つきをする人に何人も出会った。後にアマゾン川と訂正されたが、当時はミシシッピ川が世界最長とされていたからである。同じ病気にかかっている彼らは、世界一高い山が合州国にないことを、何やら残念がっているところがあった。一等賞病は普通子供が多くかかり、大人になるとたいてい治るのであるが、この間の十五年戦争のときは、多数の大人がこれにかかり、少なくともアジアでは一等でないと治らなくなって、近衛首相自らが、日本が中国を侵略したのに、「暴戻(ぼうれい)支那の膺懲(ようちょう)」を宣言したのであった。

アラブ世界ではフセインが、全世界ではブッシュが、どうもこの一等賞病も重いのにかかっていると感じられてならなかった。加えて、我が日本も、経済大国とやらで、かなり重症なこの悪病にかかっていることは、もはや被うべくもない。

信長、秀吉、家康、信玄、また、明治維新の薩長など、覇を国内に唱えようとした人々も、皆実は一等賞病にかかっていたので、近年これらの人々が大河ドラマとやらでしきりに取り上げられているのは、日本人の一等賞病を悪化させる恐れなしとしない。

とにかく、この一等賞病というやつ、かつても今も、戦争を起こし、たくさんの人を殺す。かからないのに越したことはないのであるが、湾岸戦争から帰国したアメリカ兵が飛行機から降りたとたんに「アメリカ、ナンバーワン」と二度絶叫したのも象徴的であったし、ブッシュの支持率が八割を越したと伝えられるのは、来年の大統領選挙でのブッシュの勝利を、はかばかしい成果をあげ得ないでいるその財政政策、麻薬問題その他、世界一の犯罪件数などにもかかわらず、きっと確かなものにするのであろう。しかし我々は、このますます重症になりつつある危険なアメリカ人の一等賞病が招くかもしれないものに、暗く重い不安を感じないではいられない。

この一等賞病はまた、二等以下のもの、いわんや五等六等というものは眼中に置かないという困った症状を呈するのを一つの特徴とする。東大一等賞病にかかっていたらしい民法の大御所で文化勲章受章者の我妻栄は、死ぬまで、東大以外は大学ではないと言い張って譲らなかったそうである。十五年戦争中、少将であった人が出版した戦争中の日記に、一般兵士が「消耗品」と書かれていたことが問題となって、その本がすぐ絶版にされたことがあったが、兵士のいのちを自分のものと同等に思う司令官、宣戦の布告者は、今まで、一人でもいたであろうか。だから、各人のいのちの値が決して同じにはなっていない、つまり、民主主義が未成熟な人類社会では、低く見積もられている人々がより多く戦争で死ぬということになっている。社会的に弱い立場の人々が。

女（母）性と戦争

弱いといって、出産のときの女性ぐらい弱い者は稀であろう。戦争が始まるとしょっちゅう、今爆撃下で陣痛が始まっている女性、出産直後の女性、戦争の種々の衝撃で陣痛が予定よりも早くきてしまった女性が、広島と長崎の原爆投下時、東京大空襲のときと同じように、必ずいると思った。敗戦時の満州で、車でいち早く逃げてしまった軍に取り残された日本の女性たちがそうであったことは、私が数百冊を仲介した深田信四郎、深田信、夫妻共著の『二龍山（あるろんしゃん）』に語られており、栗原貞子さんの「生ましめんかな」は、広島に原爆が落とされた夜の「ローソク一本ない暗い地下室」での出産、瀕死の産婆が最後の力を振り絞って生ませた後「血まみれのまま死んだ」出産を歌った詩である。

　戦争はこういう最も弱い者に何の容赦もしない最大の弱い者いじめなのである。湾岸戦争が始まる前と後の、種々の討論会で、こういう女性のことが話に出るということは、私の知る限り、一度もなかった。爆弾落下のその下で、陣痛が始まっている女性、出産直後の女性、そういう状況下で産み落とされた赤ん坊、それら最も弱い者たちのいのちは、多くの男たちが口にする、国の正義などとはまったく無関係なのである。

　討論会などで男たちが論じたのは、正義、大義、面子、威信、指導力、主導権、作戦、勝利、国力、国の地位など、要するに、男の世界のこと、そういうのが男の関心事であることを疑う余地なく示すものであった。行商をしながらもその主張を最後までやめなかった感動的人権運動家、福田英子（一八六五―一九二七）が晩年によく語ったという、「男は駄目だよ。位階や勲章に目がくらむからね。そこへいくと女には勲章をぶら下げて喜ぶような馬鹿はいないから頼もしいよ」という言葉も、人権つまりいのちの主張にはあまり適しないのが男ではないか、を暗示しているようにも思われる。ブッシュもそれに全面的に追随している日本政府も事ごとにその名を出して利用した国連も、女性のために入獄までして戦っているエジプトの女医で国連で働いた経験を持つナワル・エル・サーダウィさんが、その入獄体験を書いた『女子刑務所』（鳥居千代香訳）の中で、「国連は上級職や先進国の男性に牛耳られ、第三世界の女性たちを下級なものと見なしていた」と書いているように、それほど民主的な機関ではないのである。戦争を正当化するのに特に権力者が使ってきた言葉、国のため、正義のため、国連が保証する、などは、常に、眉に唾をつけて聞くべきものであったのだ。権力の維持または拡大のためのこういう殺し文句に引っ掛かって、いのちを落とした人が今まで何億いたか。

女は弱しされど母は強し

岡倉・丸山・関編の『平和の探求』（時事通信社）によると、戦争による一日の平均死者数は、ナポレオン戦争で二三三人、クリミヤ戦争で一〇七五人、バルカン戦争で一九四一人、第一次世界大戦で五四四一人、第二次世界で七七三八人であり、戦争で直接殺される人の数は、十九世紀には一〇〇〇人あたり十五人であったのが二十世紀になると約九十人、しかも非戦闘員の全死者中に占める割合は、第一次大戦では一三パーセント、第二次大戦では七〇パーセント、ベトナム戦争では九〇パーセント以上、と増加の一途をたどっているという。

広島と長崎の被爆体験記を私は何十冊も読んだが、とっさに我が子におおいかぶさり、自分は黒焦げになって死んだが子供は助かったという、多くの母親に起こった本能的反射的行動が、男に起こった例を記しているものにはでくわさなかった。

腕相撲では男に負けるが、我が子のいのちのことでは、男がとても勝てない力を発揮するのが母であることは、例えば十四世紀半ばの作とされる『曽我物語』にも次のように出ている。「母の慈悲は山野の獣（けだもの）類、江河の鱗族（うろくず）までも、子を思う志の深き事は、父には母すぐれたりとこそ申し候へ」

一九〇六年六月、ピエール・キュリーは、そのノーベル賞受賞記念講演を次のように結んでいる。

「犯罪人の手にかかれば、ラヂウムは、非常に危険なものともなりかねません。で、ひとは一応疑って見ることができます、人間は自然の秘密を識って果して得（とく）をするだろうか、その秘密を利用できるほど人間は成熟しているだろうか、それともこの知識は彼に有害なのではないだろうかと。ノーベルの発見がもってこいの例です。強力な爆薬は人々に驚くべき仕事をすることを許しました。それは諸国民を戦争に引きずり込む大犯罪人たちの手にかかれば恐ろしい破壊の手段ともなります。が、私は、ノーベルと共に、人間は新しい発見から、悪よりもむしろ善を引き出すと考える者の一人であります」

先にあげた、戦争のときの一日平均の死者の、年と共に増えている数、非戦闘員の全死者中に占める割合の、同様に年と共に増えている数、それらの少なくとも最大の原因は、自然科学の進歩によってもたらされた兵器の威力の増大である。そして、ピエール・キュリーが先の演説をしてからの八十五年弱の間、「諸国民を戦争に引きずり込む大犯罪人たち」はいなかったであろうか。

そしてさらに、それら「大犯罪人たち」は、人間のいのちを殺す罪だけを犯しているのではない。それなしには人間のいのちも、人間がそれに全面的に依存している他の生物のいのちも、共に生きることができない国境なき環境、それを破壊する大犯罪者どもでも、彼らはあるのである。

女性は自然科学に弱いといわれるが、それは、女性を強くするいのちへの愛とともに、彼女たちの長所であるかもしれない。ぎりぎりのときに、ひたすらいのちを拠点としてしか発言しない女性たちをこそ、各種の討論会、各種の議会の構成員として、もっとたくさん送る工夫を緊急にしなくてはならない。

平和はいのちが惜しい、死にたくないという当たり前至極の庶民の願い、勇敢をたたえ臆病を非難する武士道とは逆のものである。そして、おびただしい戦争の専門家に対して、平和の専門家は一人もいない。我々庶民が、女性を先頭に立てて努力する他ないのが、正に平和なのである。

（一九九一・三・二七）

原子力発電今昔物語

一

一九四六年綜合雑誌『潮流』四月号に一流の言論人阿部真之助「原子革命のユートピア」と題して書く。「原子爆弾は元来戦争の道具でありながら、過大な威力によって戦争そのものを圧伏するに至るのであるが、その役割はそれをもって終わるものではない。むしろ建設の役割において注目すべき多くを見出すのである。……今や原子力エネルギーを自由自在に操ることを覚えたからには、明日の日に太陽が光を失おうと、私たちは原子力エネルギーを駆使して思うがままに光と熱を動力として持つことができるのである。……つまり地球の自給自足主義だ。これによって人類は無限にその生存をたのしむことができるのだ。……その原子力エネルギーは多分国立か世界立の工場によって製造され……戸毎に配達される日が来るのであろう。各家庭は一定の装置にはめこむと直ちに電気になり……製造機械の動力となるのである。……過去において見も聞きもしない、まったく新しいものすごい原子力エネルギーの出現について、私たちが無関心であっていい訳のものではない。……恐らく三十年もでない間に世界は原子力時代に突入するに違いないのである」

二

一九五四年七月二日の『毎日新聞』の記事「原子力時代来たる」曰く。原子力エネルギーの資源たるウラニウムの地球の埋蔵量は、石炭、石油、天然ガスの二十三倍あり、電気料金はこの原子力発電によって現在の二千分の一になるであろう。

三

一九五五年八月十七日の『朝日新聞』の記事「原子雲を越えて」曰く。原子力飛行機で東京ニューヨーク間を二時間半で飛ぶようになるであろう。原子力潜水商船ができるであろう。工場は原子力エネルギーによって自動化が進み、労働は一日二時間となり人工放射能の照射による原子力殺菌で生のままの缶詰が食べられ、エネルギー問題は原子力発電で解決されるであろう。

四　一九六二年十二月十日、ニューヨークのコンソリデイテッド・エジソン社は、ニューヨークの都心に七十万キロワットの原子炉を建設する認可申請を原子力委員会に提出。

五　一九七六年二月二日、ジェネラル・エレクトリック社の原子炉担当の技師三人、原子力と人類は共存できないと発表して退社。

六　一九七六年六月、コンソリデイテッド・エジソン社、ニューヨーク市の地下に原子炉を設置できるか否か研究中と発表。

七　一九七七年、フォード財団後援の専門家集団、原発が生み出す放射性廃棄物は五十万年にわたって危険な量の放射線を出すので、その長期的な影響についても考慮しなければならないと発表。

八　一九七八年十一月五日、オーストラリア国民投票五〇・四七パーセント対四九・五三パーセントで反原発派勝つ。

九　一九七九年三月二十八日、午前四時三十六分アメリカのスリーマイル島原発で大事故。八六年三月になって、炉心溶融は七〇パーセントに及んだことが判明。

十　一九八〇年三月二十三日、スウェーデン原発に関し国民投票。（路線一）現在稼働中の六基と準備中の六基を二十五年間使用、その間代替エネルギーを開発、準備中の六基以上はつくらない……一八・九パーセント（路線二）路線一に原発の国有化とエネルギーの節約を加える……三九・三パーセント（路線三）準備中の六基の運転を認めず、既存の六基も最大限十年で段階的に廃止……三八・五パーセント。

十一　一九八〇年六月十日、スウェーデン議会、国内原発の操業を二〇一〇年までに完全停止することを決定。

十二　一九八〇年六月二十三日、八月の米民主党大会で採択する党綱領草案作成委員会、原発の段階的削減と究極的な廃止を目標にすることを全会一致で決定。

十三　一九八〇年七月四日、経済協力開発機構、ウラニウムは二十年後になくなると発表。

十四　一九八一年二月十三日の『朝日』の記事、元通産官僚日本経済研究センター理事並木信義氏財界首脳への講演で「政府はこれまで投資をさせてきた三菱、東芝、日立などの原子力関係者に義理があるので、霞ヶ関では禁句だが、もう原子力開発はストップして、代替エネルギーの石炭に力を入れるべき時だ。こんなことは、民間が政府にかわってもっというべきだ」と語ったことを報道。

十五　一九八一年八月十一日の『朝日』夕刊の記事。もともと原発建設推進を任務とする自民党電源立地推進本部事務局長渡部恒三代議士「日本中をミニ水力発電所で埋めつくそう、ウランはいずれ枯渇する、エネルギー問題は長い目で」と、ミニ水力発電推進連盟結成の呼びかけやPRに走り回っていると。

十六　一九八二年一月二十五日の『朝日』、スリーマイル島原発事故後昨年まで、米国では原発の新規発注三年連続ゼロ、逆にキャンセルは計二十八基、建設計画の延期は延べ百八十三基にものぼっていることが、米原子力産業会議の年次報告で判明、今年になってからもすでに四基の建設中止が必至になるなどのキャンセル傾向が続いていると報道。（ちなみに八十四年末までの米原発は発注二百五十四基、キャンセル百十一基、閉鎖十二基。西独では七十五年、英では七十四年、米では七十八年以降原発の発注まったくなく、また米では八十四年に五〇パーセントまでできていた一基が建設放棄、九七パーセントまでできていた一基は火力発電に転じている）

十七　一九八四年十一月九日の『朝日』「安い原発」の神話崩壊、発電原価石炭と実質逆転、急速に膨張する建設費、と報道。

十八　一九八六年三月米政府高レベル核廃棄物の厳重な地層処分安全管理期間を一万年と決定。

十九　一九八六年四月二十六日、午前一時二十三分ソ連チェルノブイリ原発出力調整実験に失敗して大事故。

二十　一九八六年六月十二日フィンランドの女性四千人、政府に「原発やめねば子供は産まぬ、国内の全原発を一九九〇年までに閉鎖せよ」との抗議書要求書を提出。

二十一　一九八六年『世界』十月号、槌屋治紀氏論文『原発なき未来エネルギー構想』（二四一〜二五三ページ）を掲載。

二十二　一九八六年『科学朝日』十月号「サヨナラ原子力」（一八〜四九ページ）を特集。

二十三　一九八七年一月二十一日の『朝日』「安上がり原発」揺らぐ、石炭・石油より割高。資源エネルギー庁試算、と報道。

二十四　一九八七年七月三十日、米下院本会議、商業用原発事故の住民への損害賠償限度額を現行の十倍七十億ドル（約一兆円）に引き上げることを賛成多数で可決。（ちなみに日本の場合は百億円）

二十五　一九八七年十月十九日から三日間、四国伊方原発二号炉で出力調整実験を行なう。

二十六　一九八七年十一月八、九日、イタリア原発に関し国民投票。八〇パーセント近くが反原発。

二十七　一九八七年十二月十八日のイタリア国会原発建設計画の破棄、建設中原発の建設中止を含む法案を賛成三五〇、反対二〇三で可決。

二十八　一九八八年一月三日、総理府が自ら行なった原発に関する世論調査の結果を「原発に不安」と答えた者八五・九パーセントと発表。

二十九　一九八八年一月二十一日、ソ連プラウダ、住民の力により一原発建設中止に追い込まれたと報道。

三十　一九八八年一月二十三日の『朝日』、西独の原子力産業スキャンダル（放射性物質ごまかし輸送、贈収賄など）の大略を報道。

三十一　一九八八年二月七日の『毎日』伊方原発の出力調整実験に関し、二カ月足らず間に五十六万人の反対署名を集めた母親たちのことを伝えて「主婦パワーが運動変えた」と報道。

三十二　一九八八年二月十一日の『朝日』、原発がフル稼働すると電力は供給オーバーに、今年一月のデータ語る、と報道。

三十三　一九八八年二月十二日、伊方原発出力調整実験を強行。

（一九八八・二・二三）

わたしは脱原発

すぐれた文学研究者は、簡単には進歩を信じないはずだと考える。三千年前のホメロス、一千年前の紫式部、四百年前のシェイクスピアをしのぐ作を、人類は生み出していないからである。また、例えば嫉妬をしない人、いっさい失敗をしない人のような、希望的観測を内容とした、しかし実在しない人間を登場させるなら、それは三流の文学で、そういう文学をよしとする研究者も、また三流の研究者でしかないからである。

私は、かなり前から、実在の人間にとっては速すぎるもの、細かすぎるもの、正確すぎるもの、特に人間の感覚がとらええない、しかも有害きわまりない放射線を出すものは、人間を叱咤激励することによっては安全に運転できるはずがない、その人間の実力にとって度を越しているものの運転は、人間のいのちに対するいじめであり、断じて許すことはできないものである、そっちのほうを、非人間的な仕組みのほうをやめるしかないか、打開策はありえない――と断定していた。

自然科学の成果＋人間の実力→？という式を$C + O_2 \rightarrow CO_2$という方程式になぞらえて考えてみると、自然科学は日進月歩、いや一時は秒進分歩などと称されたとおり、進歩の権化。その無際限な進歩を肯定、賛美してきた代表選手といったら、それはノーベル賞であろう。その賞金の大きさも、この肯定、賛美の同調者を非常に多く生産した。ところがである。人間の実力は、さっぱりといっていいほど進歩しない。しかもノーベル賞は、この人間との反応ということをまったく考慮せず、成果が画期的で前人未到で記録破でありさえすれば、ぽんぽん賞を与えた。私は、敗戦の四年後に合衆国にやられ、ある座談会がきっかけでアリゾナ州グレンデイル市の公会堂で講演を頼まれ、はやくノーベル賞をやめないと人類は危ないということを話し、それがラジオで放送になった。一九五〇年一月五日のことであった。

（一九九三・一一・二〇）

こんな先進国はいかが

三十七歳で三人の子の母親が副首相。学校相は四カ月の双子を持つ三十歳の母親。一歳の子を持つ四十歳の母親が文科相。全閣僚二十二名の半数が女性。女性議員の全議員中に占める率は四〇・四パーセントで世界一。ある市の市議会では、議場近くの一部屋を授乳室に改装して授乳中の母親議員に役立てている、という。

これは、スヴェリゲ――スウェーデンというのは英米人の呼び方で少なくとも私はこの国の人が自らを呼ぶスヴェリゲのほうをとる――で去年秋に行われた総選挙及びその直後の近況である。

少しさかのぼって、スヴェリゲの女性問題についてのことを見てみると、一九一九年には女性参政権の法案が議会を通過していて我が国の場合より二十六年早く、一九七四年には出産のとき両親が二人で分けて休暇を利用できる制度ができ、翌七五年には中絶法が改正されて妊娠十八週まであれば女性がひとりで中絶を決めうるようになり、一九七九年には幼児を持つ親は労働時間を一日六時間にすることができるようになっている。

次に、男性しか皇位につけないというのは我が国天皇制の一つの欠点と考えられるのであるが、王制を持っているスヴェリゲでは、一九八〇年、国王の第一子は男女の性別に関係なく王位継承者になれるというふうに法改正がなされている。ちなみに、我が国でも、重祚※ちょうそを入れると九人の女の天皇がかつてはいたのである。歴史には退歩ということもあることを覚えておきたい。

私がスヴェリゲを見習うべき先進国と思うのは、この女性の立場の重視ということ、さらにはそれがスヴェリゲの平和維持の実績に直結していると考えるからである。スヴェリゲは第一次世界大戦にも第二次世界大戦にも参加しなかった。いや過去実に百八十年間戦争を拒否し続けてきているのである。私は九年ほど前「母性が地球を救うか」（423ページ）という小文を書いたことがあるが、いのちを侵すものに対する抵抗を女性ほど強く示すものはないと強く信じるようになって久しい。

いのちの重視は、特に近頃事々に見られる才能の重視とは根本的に違うものであり、片仮名書きの、しゃれたつもりのフェミニズムの流行とも縁なきもの。平和こそは、いのちを身ごもる女の、いのちの声によって守られるものであったのだ。

（一九九五・三・七）

※重祚……一度退位した天皇が再び即位すること。

怒り

「放射能から子供を守る」というとき、私は二つの深い怒りを覚える。

ストロンチウム90、ヨウ素131、プルトニウム239といった猛毒放射性物質の存在を人間の五官は感じることができないばかりか、それらがとかく不足しがちなカルシウム、ヨード、鉄に似ているので、積極的に体に取り込んでしまう。こういう新物質を人類にもたらした科学者たちに対するものが一つ。

二つ目は、ノーベル科学賞に対するもの。昔東洋では、発明者は一番弟子とか長男とかの跡継ぎの人柄が思わしくないと、長年苦労した発明を葬り去るという伝統があったという。ノーベル賞はその発見を人間がどう使うだろうかを考えず、それが画期的でありさえすれば大金を与えて科学奨励を続けてきたわけである。この賞は大兵器産業で大儲けした罪滅ぼしとしての平和賞だけを考えたらしいが、拡大したのは大失敗であった。

（一九九五・六・一九）

あるいじめ

釈迦のものと伝えられる一本の歯を納める仏塔がミャンマーのある王によって十九世紀の終わりころに計画され、王の死まで足かけ二十年間、何千人もの奴隷によって建築が進められた。王の死によって工事は中止されたが、土台だけで高さ五十メートルほど、計画の三分の一程度、両側にはそれぞれ七十メートル以上の長さの土台ができていたという。

『ナショナル・ジオグラフィック』日本版、今年の七月号に載っていた。

人間が偉すぎると、その人の歯一本のために延べ何万人のいのちが過酷な生を強いられる。それほどでなくても、過去の偉人なるものが、広く社会で、特に教育の場で、多くのいのちを結果的にいじめることになっているのではないか。

私は小学校三年の時、一番偉いと言われる釈迦、孔子、キリストなどが大昔に生きていて、それ以後現在までは、偉さがそれ以下の人しかいなかったことになっていることに、しばらくの間、ひとりで思い悩んだ重い記憶がある。
以来、徐々にではあるが、本当は、人にはそんなに差はないのだという思いが強くなる一方で、現在に至っているのである。

もうひとつのいじめ

私の両親のころの義務教育は四年、私のころは六年、今は九年いや大部分にとっては実質十二年。学んだほうがいいとされる事柄は増えるばかり。今に、いのちの一番柔らかな時期のほとんどが、義務教育によっていじめられるという時代が、実際くるのかもしれない。

（一九九五・一〇・二　七十八歳の誕生日に）

文明を問い直す　―人間の実力を踏まえて―

文明の驕り

今朝の新聞に、水上勉と灰谷健次郎の新潮社より出される本の広告があって、「文明の驕りを見つめ地球と人類の明日を考える――今読む人の魂に語りかける二十四通の手紙」というのがその書き出しの部分でした。

今から十年前に、日本人で本の広告にしろ「文明の驕り」と言い切れる人がいたでしょうか。文明にけちをつける、いわんや驕りと称し、いい気になるなと言わんとした人がいたでしょうか。

私は四十一年前、半ば強制的に米国に留学させられ、アリゾナ州で、飛行機から農薬のＤＤＴを撒くのをこの目で見たのでした。ＤＤＴは害虫益虫とか、害鳥益鳥とか、人間が勝手に決めた分類には関係なく、すべての生命を攻撃します。生き残った昆虫が耐性を獲得すると、もっと強い薬を、もっと多くとか、もっとしばしばとかといった論議がなされていました。

この問題を名古屋の新聞に書いた私の結びは次のようなものでした。「人々、特に米国人は文明というものをたたえる。ＤＤＴができると、偉いものが発明されたものだ、文明とはなんと素晴らしいものかという。しかし、ＤＤＴ散布の例が示すように、己れ一個の目前の目的を果たすために人間が考え出した方法などは、人間ばかりでなく、他のすべての生命をその中に包んで生きさせている大自然の、大きくて奥深く複雑な法則の、ほんの一部分でしか計算に入れてなかったものではなかったのか。ＤＤＴの威力を見せつけられても簡単には文明を肯定しない頭脳を、近い将来の人類の幸福は求めているのかもしれない」三十二歳になったばかりの私でした。

原爆を生んだ頭脳は？

この直後、ある座談会で、原爆についての私の考えを聞かれることがあり、既に名大の学生に話していたことを下手な英語でしゃべったのでした。

もし月から地球を見ているとしたら、国境や人種の違いは見えないだろう。人類という生物が見えるだろうが、この同類殺し合いをする生物の、他の同類殺し合いをする生物と違うところは、その殺し合いの能率がどんどん上がってきていることだ。拳、歯、石などから、刀、槍、弓、火薬、毒ガスなどを使うようになり、最近は原爆という画期的、飛躍的に能率のいいものを作ってそれを使った。人類は脚、歯、爪などの力では他の生物に劣るが、ただ一つ脳味噌の働きでは勝つ。脳味噌は人間の自慢の種であるようだが、同じ人間をあのように能率的に殺すものを作った脳味噌は、最高に愚かなものだ、きっとこんなふうに月からは見えるであろう。

この私の話をもっと多くの人に聞かせたいと、私の講演会が開かれ、ラジオで放送になったのですが、そこでは、このような殺し合いの能率をますます上げるのに役立つ自然科学を奨励するノーベル賞を早急に廃止する必要があるということも力説しました。

原爆は、最初の爆発実験、広島、長崎に落とされた二発、この三発までの製造にすでに二十三人ものノーベル賞受賞者が参加していたのです。

ノーベル賞批判起こる

この私のノーベル賞批判は今から四十年半前のことでしたが、横文字の世界にノーベル賞批判が初めて現れたのは、私の知る限り、一九七五年三月二十七日号の『自然』というイギリスの雑誌でありました。この雑誌は権威ある自然科学関係のものとしては世界で最も古いもので（一八六九年創刊）現在も続いているものですが、ノーベル賞は三つの欠点をもっている、考え直す必要があると言っています。

第一に、物理と化学と医学・生理学賞しかないのは、自然科学全般に対して不公平で納得がいかない。重要な分野は他にもあるではないかということ。

第二に、例えば物理で甲乙つけがたい人が五人いるなどということはざらにある。これは私の注釈ですが、賞金が多いと尊重され、少ないと軽蔑されるということがありますね。四～五人に分けて賞金が少なくなるとノーベル賞の権威が落ちるんです。私は去年、日本翻訳文化賞というのを二つもらったのですが、一方は賞金ゼロ、他は十万円というもので、新聞の隅に小さく載っただけでした。

第三に、ノーベル賞をもらった人はほとんど例外なくいい気になって困るというのです。例えば、湯川秀樹は、湯川天皇と呼ばれていましたし、朝永振一郎は同級生なのに、湯川先生と呼んでいました。そう呼ばないと治まらないほど、湯川秀樹は威張っていたのです。川端康成も古美術品、植木などの代金を、何億円、何千万円も払わずに平気でいるという、傍若無人な晩年でした。

ノーベル賞批判は一九七四年、佐藤栄作の平和賞、七六年、フリードマン米シカゴ大教授の経済学賞の授賞式の時の反対デモ、という形でも現われ始めています。

徳川時代には武士が威張った。この間の戦争の時は軍人が威張った。現在威張っているのは誰でしょう。芸術家、学者、俳優など。農、漁、林といった、いのちを分担している人たちが威張れる場面ってありますか。皆無に近い。こんなことでいいんでしょうか。

第一回の時に詳しく申しましたように、生命は簡単に進歩しないし、進歩させることは非常に難しい。農、漁、林という、皆生命を扱っているものが脚光を浴びないのは、進歩するものの代表といっていい自然科学に拍手を送っているのが現代だからです。

敗戦直後に、進歩的科学者として有名な武谷三男はこう書いています。(『自然科学』第一巻正月号一九四六年所収)

「自然科学は最も有効な、最も実力ある、最も進歩せる学問であることは万人が認めるところである。かかる優れた学問を正しくつかみ正しく推し進めている自然科学者は最も能力のある人々であり、これらの人々の考え方は必ずや一般人を導くものでなければならぬ」

武士が威張った、軍人が威張った、自然科学者が威張っている。人間というのは、どうも、世の中にどうしても必要なものを公平に認め奨励する実力を、いつの時代どこの場所でも、持たないもののようです。その時々の流行のものに、政党も、大学人も、一般世人も拍手を送って、世の中の歪を増大させている。今、人類社会最大の問題である環境破壊も、ほとんど一にかかって自然科学の横暴にその根があるといえましょう。

絶対信仰を捨てよ

この横暴の根本的原因は、私が絶対値と呼んでいるもののみを真とし、関係値と呼んでいるものを偽としたところにある、と私は考えます。例えば地球は毎秒四六〇メートルの速さで自転し、毎秒三〇キロメートルの速さで公転している半径約六三七八キロメートルの球であるという、人間が地球上にいようがいまいが成り立っている、地球の値、これを私は地球の絶対値と呼ぶのですが、それのみが正しいと教えるのが自然科学なのですね。これは例えば $C + O_2 \rightarrow CO_2$ という炭酸ガスができる化学方程式、Cだけが正しく、O_2 と化合した後の CO_2 は間違いだとするのとまったく同じ誤りなのです。Cのところに人間を置いて反応させると、CO_2 のところにどういう化合物ができるでしょう。CO_2 のところの値を私は関係値または反応値と呼んでいるのですが、地球と人間との関係値は、地球は丸くなぞなくて登り下りがあるし、動かない。動くと人間に感じられるのは地震である、ということになります。昔から我々が地球について感じていたことは皆 CO_2 の部分、地球と人間との関係値であって、少しも間違ってはいなかった。地球の絶対値と、その人間との関係値は、$C + O_2 \rightarrow CO_2$ のCと CO_2 に当たっていて、両方とも正しい値であったのです。

現象学の祖といわれるフッサールという人は最晩年に、ヨーロッパ思想の決定的な誤謬は何であるかというと、人間が関与する前の対象の客観的な数値、私の言う絶対値だけが正しくて、人間と関係した後の数値を誤りとしたことであると、繰り返し繰り返し言っていたというのです。私はこのことを南山大学の哲学の先生が新聞に書いた文章で知ったのですが、ヨーロッパにも同じことに気づいた人がいたのかと興奮しました。

絶対値のみが正しいのだ、人間と関係した後の数値などは、主観的で不正確なのだという、いわば絶対値信仰の例はいくらでもあります。

例えば、人間の錯覚を教えるのによく使われる次の図は、皆さんも御覧になったことがあるでしょう。

当然右の方が長く見えます。長く見えてこそ正常な目なのです。違う条件があるのに、真ん中の等長な線を等長と見ないのを、外界の事物をその客観的性質に相応しない形で知覚すること、つまり、錯覚と心理学では教えているのです。しかも錯覚は、思い違い、という意味にも使われています。

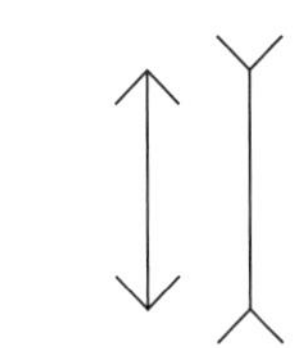

私の郷里山形に出羽三山という山があり、その主峰月山には一合目から十合目まで小屋があって、小屋小屋には次の小屋までの距離が書いてある立札が立っていました。その示されている距離は、何百年もずーっと、山道と人間との関係値が使われていました。道の勾配、土質の変化、多分は登山者の疲れの蓄積さえも含まれていた数値ですね。ところが戦後、実測がなされ、ただ距離のみを刻んだ石の里程標が、山道と人間の生きた温かい役立つ関係値を非科学的としてあざ笑うがごとく、冷え冷えと立ったのでした。

光は無色透明の波動であると言ったのはニュートンでした。いや光は色であると言って、約二十年の実験をし、『色彩論』という大著を書いたのはゲーテでした。しかしここでも絶対値信仰は幅を利かせ続けていて、私が教わったどの哲学の先生も自然科学の先生も皆この勝負はゲーテの負けであると教えました。実はといえば、ニュートンは光の絶対値、ゲーテは光と人間の目の関係値を言ったのに過ぎず、どちらも正しい、いや我々人間にとってははるかに有意義なのは、光と我々の関係値、すなわち色の世界であります。

ついでながら、ニュートンは大変権力欲の強い人で、日本の学士院長に相当するものになった時、気に入らない人を皆やめさせています。真理探究の権化でなぞありませんでした。

絶対値信仰の典型的な例をもう一つ挙げておきましょう。キュリー夫人の例です。『キュリー夫人伝』の著者である娘のエーヴは、母が格言のようにしばしば繰り返した言葉として「科学では専ら事物に関心を持つべきで、人間に関係はありません」を引用しています。

人間に関係ないことを力説したせいでしょうか、皮肉にも、キュリー夫人は妻子ある四歳年下の理論物理学者ポール・ランジュヴァンと、特に夫ピエールの死後、熱烈な恋に落ち、ランジュヴァン夫人に訴えられています。キュリー夫人もまた、真理探究の権化ではなかったわけです。

絶対値信仰は、地球についていえば、核の冬、環境の悪化などによって、人類が仮に一人もこの地上にいなくなっても、依然として、かくかくの速さで自転公転しているかくかくの半径の球であるというのを、唯一の正しい地球の値であるとする、ということになるでしょう。

人間の実力を踏まえて

人間は流行で自殺する生き物ですね。しかも自殺のやり方さえ流行する。三原山の火口に飛び込む自殺が大流行したことがありました。どうもあまり賢いとはいえない。最近の例では、私の家内の郷里、鶴岡の寺の池に、人面魚が現れたというのでかなりの騒ぎになりました。気味が悪いと厄払いの祈祷師を頼んだり。

人間の実力がたいしたものでないのは、私が数え年六つの九月一日に起きた関東大震災の時、東北の山村の井戸にも不逞鮮人（ふていせんじん）が毒を入れるから気をつけろ、という流言蜚語（ひご）が飛び交ったことでもわかります。そのころ東京ではまさかりとか斧で朝鮮の人をたくさん殺していたのです。この日本人の実力、どう見てもさほど立派でなぞない。

別の角度から人間の実力を見てみましょう。戦争についてです。ナポレオン戦争では、一日平均の死者が二百三十三人。半世紀後のクリミヤ戦争では一〇七五人。バルカン戦争では一九四一人。第一次大戦では飛躍的に死者の数が伸びて五四四一人、第二次大戦では七一八四人と、増える一方です。この数字を見ても、人間が進歩しているなどとはとうてい言えない。進歩しているのは自然科学だけです。

今朝も、アムネスティ・インターナショナル、人権侵害の不当逮捕などを救済する国際的な団体ですが、この団体の会員として、政治犯の釈放を要請する葉書を四通出したのですが、この団体の報告によると、人類がやっている拷問が明らかに増えています。ばかりか、拷問の方法がいわば進歩しています。長い間、体に跡が残る拷問しか人間はしていなかったのですが、今では自然科学の進歩により、体に何の痕跡も残さない拷問がたくさん開発されているそうです。

かつて名大にいたころ、同僚の心理学の先生とバスで一緒になった折でした。拷問の話が出て、第二次大戦中、新しい拷問法開発のために、大勢の心理学者が動員されたのだそうです。そして例えば、無音の真暗闇の中に閉じ込めておくという、残酷な、しかし何の傷跡も残さない拷問方法が案出されたのですね。

このように、自然科学の進歩は戦争のもたらす不幸の増大、拷問という悪の増大に、紛れもなく役立っているのです。

犯罪による不幸の増大にも、大幅に自然科学の進歩は役立っていると言えます。犯罪のより能率的な、また、より巧妙な方法を自然科学の進歩は明らかに提供しているからです。それに、世界一の文明国といわれる米国は世界一の犯罪国でもあります。殺人、強姦、強盗などの十万人当たりの件数が断然世界一なんですね。そして、犯罪は英独仏という文明国がこれに次いで多いのです。日本の犯罪はといいますと、政府が出している犯罪白書がいっています、近年急速に文明国型になっていると。文明とは一体何だったんでしょうか。

今朝の新聞はまた、癌患者が、一九八五年の推計でいって、十年前の二倍に増えていると報じています。肝臓を親からもらう生体肝移植が話題となっていますが、こういう病気も癌も、有効な治療法の発見実施に先陣争いをするより、そういう病気を発生させないための努力こそが望まれます。環境の汚染、食品添加物、農薬、その他諸々の、こういう病気を発生させる原因と考えられるものの根にある、自然科学の進歩、これにメスを入れることが、メスを入れて実態を直視し、見直すことが、そして拍手など送らないことが、我々に課された急務ではないでしょうか。

一九六七年にスヴェリゲのストックホルムにできた世界平和研究所は、その創立十周

年記念号で、

「今や軍事に適した科学研究とそうでない研究という区別はない。……軍にとって興味のない科学研究の分野などは存在しない。……基礎科学への国防省の援助は必然的、合理的、合目的的であり、その目的は科学研究それ自体の援助にはない。金の卵を得るためにはどうしても餌をやらねばならないのである」と言っています。

二年ほど前に名古屋大学の有志が、軍事研究に手を貸さない、という意味の宣言をしました。私にもその宣言文発表の会に祝辞をという依頼がありましたが、軍事研究と分かるものに参加しないからといって、先を争って論文を発表している、それが、世界平和研究所が言っているように、期せずして軍部の注目するところとなるということを知っていましたので、祝辞を寄せる気にはなりませんでした。

専門家と素人

最後に、専門家というものについて触れて、私の話を終わりにさせていただきたい。

専門家というのは、その専門の知識技術で飯を食っている人、と私は定義します。いい加減な知識技術では飯が食えませんから、その専門分野についてはかなりの力があります。力があるということと、専門家が正しいこと、公平なことを言うだろうということとを混同している人が非常に多いと思いますので、このことを話題にしたのです。

三日ばかり前に、国の水道行政のてっぺんにいた人がテレビに出て、水道水の汚染——大変な時代になったものです——について発言していました。専門家といっても、定年でやめた人が、つい最近までの同僚を公平に批判することなどできるはずがありません。一般に、実際的にも感情的にも、利害が切実にからむ自分の専門分野について、専門家の公平な意見を期待するのは無理というものでしょう。我々素人の、粗雑であっても率直な発言を、おじけずにする必要は、ますます大きくなっていると思います。

特に戦争の専門家は非常にたくさんいるけれども、平和の専門家はいないという点が重要です。

英国では大学で物理学をやった者の四〇パーセントが軍事研究に従事しているといいます。ストックホルムの平和研究所の推定によると、全世界では今、四十万から五十万の科学技術者が新しい兵器の研究開発に従事しているとのこと。その結果、例えばグアム島には、長さ一万メートル重さ五トンの大垂直アンテナをぶら下げて、戦略潜水艦に情報や命令を伝える大型飛行機四機が常駐、一機は常に空中にある、というような恐ろしい事態を数多く招くに至っています。

平和の専門家はしかし、一人もおりません。平和では飯が食えません。平和はですから、我々素人が、それを主張し、それを守るしかないのです。特に、いのちを身ごもり、いのちの胎動を我が体内に感じ、我がいのちを乳として与えていのちを育てる女性、世界中の母親たちこそが、平和の主たる担い手であるといえます。

物の考え方をあらためて問い直す時がきています。決して専門家に任せずに、素人として、それは市民としてということに他なりませんが、一介の素人として、力を合せようではありませんか。

（一九九〇・六・二九）

掲載誌紙一覧

学問のあり方を考える

ある座談会について　一九五四・八・二〇　会報（荘内育英会）

読者論　一九六四・六月号　英語青年

「科学時代」に生きる素人の立場　一九六八・六・二九　清水勇教授退職記念論集

私の研究テーマ——人間主張の論理的根拠　一九七〇・一二月号　英語研究

人間無視に対して怒れ　一九七一・一二・一九　中日新聞

愚の主張の必要　一九七三・六・一七　中日新聞

人間の物差し　一九七四・四・一三　中日新聞

人間の実力の自覚を　一九七六・一・二〇　SURVIVAL

絶対値と関係値　一九七六・一一・三〇　SURVIVAL

小人閑居して不善を為す　一九七七・八・二三　SURVIVAL

体外受精児の報道に接して科学の進歩と人間の問題を考える

一九七八・八・二一　岐阜日日新聞

学生と共に、ほか

真実と修辞　一九五三・一二・一八　南山大学新聞

読害について	一九五五・一一・一四	東海学生新聞（創刊号）
似たもの同志、人間	一九五六・一〇月号	ソフィア
地獄寸感	一九五八・四・一	うず（創刊号）
我が青春の読書遍歴	一九五八・一一・二〇	名古屋大学新聞
文化サークルよ栄えよ	一九五九・三・一八	名古屋大学新聞
助教授の弁	一九六〇・二・三	朝日新聞
他山の石ということ	一九六〇・一一・二三	名古屋大学新聞
中位ということ	一九六二・一・二〇	名古屋市立保育短大新聞
素人の立場（一）	一九六四	氷華（名古屋大学アイスホッケー部十周年記念号）
素人の立場（二）	一九六六・一・二〇	名大評論
愛国心	一九六六・一・一三	名古屋大学新聞
学生よ驕るなかれ	一九六七・四・八	名大教養部報（創刊号）
背のび	一九六七・七・一〇	千草（千種台中学校ＰＴＡ新聞）
大学を語る	一九六九・四・一	名大評論
えにし	一九六九・五・二五	福原麟太郎著作集第３巻月報
ふるさとの味	一九六九・二月号	あじくりげ
あのころ	一九六九・八月号	あじくりげ
四季の楽しみ	一九七〇・二月号	あじくりげ
一元論と多元論	一九七六・四・二三	中日新聞
謝辞	一九七九・四・五	英友会報（岡崎高等師範学校英語科）

「早乙女」　一九七九・三・二四　中日新聞

アメリカから

『夕刊新東海』というのに一週一回「アメリカ通信」として載ったのであるが、占領下であったためか、新聞社側が筆者に断わることなしに掲載を見合わせたものもあり、約三十篇書き送った通信文の後半は、これも筆者に断ることなしに、全く掲載せず、右新聞社は間もなく新聞発行それ自体を止めてしまったのであった。幸い、送った原稿は全部保存されていて筆者に返されたため、このたび、その約半分をこの集に収めることにしたのである。右の次第で、この部分のものについては、原稿の末尾に記しておいた執筆年月日のみを、各篇の末尾にそのまま付記するにとどめた。

増補

価値観の転換を　一九七九・四・七　消費者リポート

私の好きなブレイクの言葉　一九八一・一・二六　名大教養部ニュース

孫　一九八一・三・二五　（名古屋大学）語学センターだより

私の幸福論　一九八一・三・二五　名古屋大学新聞

科学者の非力　一九八一・二・二五　名古屋大学新聞

人知の悲劇（名古屋大学最終講義）　一九八一・二・六　（名古屋大学最終講義）

合成洗剤——一つの現代科学文明批判　一九八二・八・七　合成洗剤研究（Synthetic Detergent Research）

本とのであい――丘浅次郎著『生物学講話』	一九八三・五・二四	中京大学広報
浅井たみさんを偲ぶ	一九八四・三・五	SURVIVAL
体の超保守性	一九八六・七・九	なずなグループ10周年を迎えて
母性が地球を救うか	一九八六・一二・二七	桑の実のこころ十五年のあゆみ

復刻版追加

科学は人間を幸せにしない ―これまでの価値観の誤り―	一九八六・二	SURVIVAL
文学研究と素人の立場	一九八八・八・二五	新英米文学研究会年次大会記念講演
私をブレイクに引きつけたもの	一九八九・一・一	未掲載
ブレイクの現代的意義	一九八九・六・一六	朝日新聞　夕刊
分かりにくさの危険	一九八九・一一・六	未掲載
湾岸戦争、平和馬鹿の弁	一九九一・六・五	SURVIVAL
原子力発電今昔物語	掲載日不明	SURVIVAL
わたしは脱原発	一九九三・一一・二〇	反原発新聞
こんな先進国はいかが	一九九五・三・七	未掲載
怒り	一九九五・六・一九	未掲載
あるいじめ	一九九五・一〇・二	未掲載
文明を問い直す ―人間の実力を踏まえて―	一九九〇・一一・五	SURVIVAL

本書は『文明を問い直す』（一九七九年一〇月・八潮出版社刊行）を復刻版とし新たな原稿を加えて出版したものです。

本文中に、今日の人権意識に照らして、人種、身分、年齢、ジェンダー等に関し、不適切と思われる表現がありますが、当時の時代的背景、著者が故人であることを考慮し、原本のままとしました。

【編集付記】

・この本が、現在の私たちにとって、少しでも読むことが容易になるように、常用漢字に改めています。

・人名は原本のままとしています。

梅津 濟美 うめつ なるみ

1917年10月2日山形県羽黒山麓に生まれる。
1945年東京文理科大学英語英文学科卒業。
1949年～1950年アメリカに留学。
名古屋大学名誉教授、中京大学文学部教授。
文学博士（東京教育大学）。
1996年10月7日没。

＜著書＞
『ウィリアム・ブレイクの研究』 垂水書房
『ブレイク研究 改訂新版』 八潮出版社
『ブレイクを語る』 八潮出版社

＜翻訳＞
『ブレイクの手紙』 八潮出版社
『ブレイク全著作』 名古屋大学出版会

人間の実力の自覚を　そして　身の丈にあったしあわせの重視を

藤田芳郎

定員の後ろに引っかかった大学での最初の講義が梅津濟美先生の授業だった。

「六百万人のユダヤ人が虐殺されたという六百万人がわかるか、大学に入ったから人よりものがわかるなどといい気になるな、丸を、いや人間の形をした図形を六百万個描いてみろ、それを描く手の疲労という感覚によって六百万人の死という事件の大きさがほんの少しわかるというのが人間なのだ」

頭を殴られたような気がした。

「自然科学は人間とは無関係に成り立つ対象の値、地球は半径六三七一キロメートルの球であるといういわば対象の絶対値のみを扱い、それのみを真理だとする。ところが、人間にとって地球が球ではなく平らであるとしか感じないのはひとつの正確な科学現象なのだ。それは地球という物体の絶対値に対して人間と地球との反応値または関係値なのであって、『地球が平らである』ということはまったく正しい値なのである。広島原爆と同規模のものを、その二千五百倍の破壊力を持つ水爆ができているからといって『低爆発力のもの』などと称することは、両者の絶対値だけを比較したに過ぎないのであって、広島原爆は人間にとって『低爆発力のものであった』か。『低爆発力のものになってしまった』とでもいうのか。何たる人間無視か、人間侮辱であるか」

以来「絶対値」＋「人間」→「関係値」という式がものの考え方の基本となった。

人間が何に対して喜びや悲しみや愛憎を感じるのかは数千年前から少しも変わらない。一方、武器の威力や科学技術は形容できないほど進歩してしまった。一人の天才の哲学は、半減期二万四三六〇年の猛毒のプルトニウムを扱うなどということが、人類の将来に幸福をもたらすのかどうかの明確な論理的結論を五十年以上前に出していたのであった。

（ふじた・よしろう　中部ろうさい病院　副院長）

ドクスメレーベル発刊に寄せて

「本は心の栄養」と言われます。現代人は体の栄養には気を使う方が多いようですが、心の栄養には無頓着な方が多い。しかし、本なら何でも読めばいいというわけではありません。心の栄養といっても添加物ばかりの入った食べ物であればかえって不健康になってしまうことと同じです。ではそれをどうやって見分けるのか。その一つの指針として、その本の内容が三世代に渡って有効だろうか？という問いです。真理とは時代がどんなに変わっても変わらない絶対性があるものを言います。そして、私たちの拠りどころとなる科学こそ真理だと考える

人も、少なくありません。実際、現代は科学が大発展した社会であり、これからももっと進化していくのでしょう。しかし私たちは気づいてしまいました。科学の発展が必ずしも人類に有効なものばかりでなく、その反面である取り返しのつかない破壊性もあるということを。現代社会は情報に溢れています。そこにコンプライアンスだとかハラスメントだとか、そしてSNSという道具による自我の肥大化。これらの環境によって頭の中がいつも雑念でいっぱいなのではないでしょうか。これでは私たち日本人が長く培ってきた精神性や真理などの継承は繋がっていかないのではないか、という危機感をもってしまいます。そこで考えついたのがこのドクスメレーベルです。三世代に渡って繋がるに耐える本。これを時代を超えて多くの方に真の心の栄養としてお知らせしたいとはじめました。情報が多い社会ですから、何でもすぐに知ったような気になってしまいがちですが、まだまだこの世は「？（なぜ）」と「！（びっくり）」に溢れています。今まで信じてきた「常識」や「普通」を打ち破って、皆様の人生が、いつも「？」や「！」に満ちた新鮮で気持ちのいい道の歩みの一助けになれたら幸いです。
一冊の本との出会いで運命的に人生は変わる。私もその体験がありますし、当店に来られた人たちの間に起きた奇跡も多く見てまいりました。ですから、このドクスメレーベルを是非とも応援していただきたいと思います。

「読書のすすめ」店長　清水克衛

既刊本のご紹介

第1弾
関大徹『食えなんだら食うな』
定価1,980円（本体1,800円+税）　ごま書房新社

第2弾
下村個人『青年の思索のために』
定価1,650円（本体1,500円+税）　ごま書房新社

第3弾
形山睡峰『非ずのこころ』
定価1,980円（本体1,800円+税）　エイチエス

第4弾
伊藤整『女性に関する十二章』
定価1,650円（本体1,800円+税）　ごま書房新社

第5弾
朝比奈宗源『覚悟はよいか』
定価1,980円（本体1,800円+税）　ごま書房新社

第6弾
形山睡峰『和するこころ』
定価1,980円（本体1,800円+税）　エイチエス

第7弾
大西良慶　平櫛田中『人間ざかりは百五歳』
定価1,980円（本体1,800円+税）　佼成出版社

※価格は2024年9月30日現在のものです。

【文明を問い直す ― 一市民の立場より ―】

初　刷 ――― 二〇二四年一〇月一一日
著　者 ――― 梅津濟美
発行者 ――― 斉藤隆幸
発行所 ――― エイチエス株式会社　　HS Co., LTD.
064-0822
札幌市中央区北2条西20丁目1-12佐々木ビル
phone : 011.792.7130　　fax : 011.613.3700
e-mail : info@hs-prj.jp　　URL : www.hs-prj.jp
印刷・製本 ――― モリモト印刷株式会社
乱丁・落丁はお取替えします。

ISBN978-4-910595-11-5